歷史文化叢刊

樸堂讀書記

李學銘　著

「樸堂」說（代自序）

　　《老子》第十九章：「見素抱樸，少私寡欲。」許慎《說文解字》：「樸，木素也。」段玉裁注：「素，猶質也。以木為質，未雕飾，如瓦器之坯然。」王充《論衡・量知篇》：「無刀斧之斷者謂之樸。」班固《漢書・黃霸傳》：「澆淳散樸。」顏師古注：「樸，大質也。」是「樸」有「素」、「質」、「未雕飾」、「無刀斧之斷」諸義。又《玉篇・木部》：「樸，真也。」《呂氏春秋・論人》：「故知知一，則復歸於樸。」高誘注：「樸，本也。」是「樸」亦有「真」及「本」義。張岱《瑯嬛文集・竹臂閣囊銘》：「玉有璞，竹有籜。君子師之，示人以樸。」區區不敏，豈敢自居為「君子」？惟示人以樸，乃素志也。而章學誠《讀書劄記》卷三《丙辰箚記》則引述李耆卿《文章精義》語：「文章不難於巧，而難於拙；不難於華，而難於樸。」並謂「其言極是」。李、章兩氏本論文章之巧拙及華樸，若以此論為學與做人之道，亦無不可。予自名讀書處曰「樸堂」，其意不外是耳。

李學銘

於新亞研究所（香港）
二〇二四年十二月

目次

「樸堂」說（代自序）…………………………………… 1

甲輯　論經

說「鄉愿」……………………………………………………… 3
「執鞭之士」解 ………………………………………………… 13
東漢畫像石與歷史文化——以孔子問禮老子為例 ………… 19
孔子與老子的先後及其關係——《中國古史尋證》讀後小札 …27
「為長者折枝」解 ……………………………………………… 39
從《論語》所記談「學做人」………………………………… 43
錢賓四先生論經之說蠡談 …………………………………… 65
略談經典教育與書院價值觀的傳承 ………………………… 87

乙輯　說史

《三國志》與諸家注及其他 ………………………………… 101
論譙周說後主降魏 …………………………………………… 111
略談「九品中正制」之異說 ………………………………… 119
鴻門宴座次的尊卑及其他 …………………………………… 127
劉邦脫身鴻門宴事辨疑 ……………………………………… 147

丙輯　談文

- 讀蘇軾寫景狀物小品札語……………………………………155
- 「留夷夢寐向華原」——《蓮生書簡》讀後………………165
- 陳之藩說「清明時節雨紛紛」………………………………181
- 陸游說詩——《老學庵筆記》讀後…………………………187
- 「園寢化為墟」,「萌隸營農圃」——讀張載《七哀詩》…209
- 金農論「相馬者」及「自寫真」……………………………219

丁輯　序跋

- 《梅園論學集》讀後…………………………………………229
- 《說文解字句讀述釋》序……………………………………237
- 《牟潤孫先生學術年譜》序…………………………………241
- 《香港標準字形字典》序……………………………………243
- 《課室快樂寫字》序…………………………………………247
- 《溫肅別傳》序………………………………………………249
- 《語文釋要》序………………………………………………253
- 《平山探藝》序………………………………………………257
- 《中國文學經典品鑑》序……………………………………259
- 《中國書院發展與佛教的關係》序言………………………263
- 《望雲窗詩稿選》序…………………………………………267
- 《中國禪宗思想遭變研究》序言……………………………271
- 《葉玉超詩選集》的述懷詩及其他（代序）………………277
- 《望雲窗詩稿續編》序………………………………………283
- 《從王土到共和：「清末一代」古典詩人淺談》序言……287
- 《望雲窗韻稿選》序…………………………………………291

《張之洞「通經致用」教育思想研究》序 …………………… 293
《平山探藝》第一、二輯讀後 ………………………………… 295
《益智仁室詩說》序 …………………………………………… 299
後記 ……………………………………………………………… 305

甲輯

論經

說「鄉愿」

一

「鄉愿」，是古代漢語中一個常用詞，但到了今天，仍有人在不斷應用，不算僻罕。應用的人是不少了，可是大家對這個詞語的理解，似乎有些出入。這些出入，有時會影響了我們在語文應用上的理解和表達。現提出來談談，藉供關心語文應用的人參考。

二

金庸（查良鏞，1924-2018）是知名的武俠小說家，他在《小說創作的幾點思考》一文中說：

> 葉洪先生討論到我小說人物的「原型」問題⋯⋯葉先生說臥龍生的小說《飛燕驚龍》出版在前，所以《笑傲江湖》中的偽君子岳不群是抄自臥龍生所創造的假好人。⋯⋯岳不群是偽君子，他的原型相信是孔子在《論語》中所說：「鄉愿，德之賊也。」鄉愿就是偽君子，孟子形容這種人「媚於世」，「言不顧行，行不顧言」，「同乎流俗，合乎污世，居之似忠信，行之似廉潔，眾皆悅之，自以為是，而不可與入堯舜之道」。中國社會中任何地方、任何時代都有偽君子，不必到書中去找「原型」。[1]

---

[1] 見《金庸散文集》，2006年9月作家出版社（北京），頁273-274。

上文提到「德之賤也」,《論語》原文是「德之賊也」,我相信是校對失檢,而不是引用有誤。金庸自辯小說中的岳不群,「原型」在中國社會中任何地方、任何時代都有,不必抄自臥龍生的《飛燕驚龍》;而且,古書《論語》和《孟子》,就提到「鄉愿」這種人。金庸認為,「鄉愿」就是像岳不群這種「偽君子」,在葉洪生的口中則是「假好人」。

我的意見是:「鄉愿」與「假好人」或「偽君子」,義近而非同義。「鄉愿」指識見鄙陋、表現謹厚、隨俗順世、不辨是非的人,但並不存心去害人,只因「似德非德」,可「亂乎德」,對道德有損,所以孔子(前551-前479)才會斥責這種人為「德之賊」。「假好人」或「偽君子」則貌似謹厚或貌似善人,其實是包藏禍心,為了一己私利,會處心積慮去害人,因此也可說是「偽善者」。簡而言之,「鄉愿」無害人之心,「假好人」或「偽君子」,則會假扮好人或君子的樣子去害人。面對「鄉愿」,我們會氣餒、無奈;面對「假好人」或「偽君子」,我們會被欺騙,並在不防避的情況下受到傷害。

三

為了要對「鄉愿」一詞有較多了解,我們不妨先看看《論語》的原文和朱注的解說。《論語‧陽貨第十七》:

> 子曰:「鄉原,德之賊也。」[2]

朱注:

2　見朱熹《論語集注》卷九,《四書章句集注》,2005年9月中華書局(北京),頁179。

> 鄉者，鄙俗之意。原，與愿同。……鄉原，鄉人之愿者也。蓋其同流合汙以媚於世，故於鄉人之中，獨以愿稱。夫子以其似德非德，而反亂乎德，故以為德之賊而深惡之，詳見《孟子》末篇。[3]

「鄉原」的「原」，與「愿」同。「愿」是甚麼意思？《論語·泰伯第八》：

> 子曰：「狂而不直，侗而不愿，悾悾而不信，吾不知之矣。」[4]

朱注：

> 侗，無知貌。愿，謹厚也。悾悾，無能貌。吾不知之者，甚絕之辭，亦不屑之教誨也。[5]

根據朱注的解說，「愿」指「謹厚」，「鄉愿」也就是指鄉里中識見鄙陋、外貌謹厚而隨俗媚世的人。外貌謹厚的人，「似德非德，而反亂乎德」，所以孔子斥之為「德之賊」，意思是對道德有損害。孔子不滿鄉愿，是肯定的，但是否「深惡之」，恐怕說不定；而隨俗媚世，有討好別人的成分，但未必一定與壞人同流合汙。朱注的措詞，我以為是稍稍增加了主觀的成分。

---

[3] 見同上。
[4] 見朱熹《論語集注》卷四，《四書章句集注》，頁106。
[5] 見同上，頁106-107。

四

朱注對「鄉愿」的解說，並強調孔子有「深惡之」的態度，很可能是受了孟子（約前372-前389）之說之影響，《孟子·盡心篇》云：

> 孟子曰：「……孔子曰：『過我門而不入我室，我不憾焉者，其惟鄉原乎！鄉原，德之賊也。』」（萬章）曰：「何如斯可謂之鄉原矣？」曰：「……閹然媚於世也者，是鄉原也。」萬子曰：「一鄉皆稱原人焉，無所往而不為原人，孔子以為德之賊，何哉？」曰：「非之無舉也，刺之無刺也；同乎流俗，合乎汙世；居之似忠信，行之似廉潔；眾皆悅之，自以為是，而不可與入堯舜之道，故曰德之賊也。孔子曰：『惡似而非者：惡莠，恐其亂苗也；惡佞，恐其亂義也；惡利口，恐其亂信也；惡鄭聲，恐其亂樂也；惡紫，恐其亂朱也；惡鄉原，恐其亂德也。』君子反經而已矣。經正，則庶民興；庶民興，斯無邪慝矣。」[6]

孟子答弟子萬章的提問，詳細說明孔子「惡鄉原（愿）」的理由。朱注掌握要點，對「鄉愿」作特別的說明：

> 鄉原不狂不獧，人皆以為善，有似乎中道而實非也，故恐其亂德。[7]

而對「君子反經而已矣」一語，朱注：

---

[6] 見朱熹《孟子集注》卷十四，《四書章句集注》，頁375-376。
[7] 見同上，頁376。

> 反，復也。經，常也，萬世不易之常道也。[8]

也就是說，「君子反經」，是要使似是而非、可亂正的東西，復歸於常道，常道即正道、中道。

從孟子滔滔的答問，可見他的善辯。孟子根據孔子的話語發揮，認為「鄉愿」是「同乎流俗，合乎汙世」，貌似忠信、廉潔，自以為是，但其實「不可與入堯舜之道」；孔子「惡鄉愿」，是因為「鄉愿」會亂正道、中道、常道，而所謂正道、中道、常道，就是「堯舜之道」。老實說，「堯舜之道」是儒家的極高道德標準，「鄉愿」固然不能「入」，而一般君子恐怕也難以「入」，孟子對「鄉愿」的要求，無疑太高了！可以說，孔子對「鄉愿」的亂德，態度是「惡」的，但未達到朱注所說「深惡」的地步。我們有這樣的理解，才會知道把「鄉愿」稱為「假好人」（葉洪生說）和「偽君子」（金庸說），與《論語》的原意是有點距離的。

五

錢賓四（穆）先生（1895-1990）對「鄉愿」的解說，原則上也是以孟子之說為根據。《論語新解・陽貨第十七》云：

> 鄉者，其群鄙俗。原同愿，謹愿也。一鄉皆稱其謹愿，如曰鄉原。《孟子・萬章篇》有云：孔子曰：「過我門而不入我室，我不憾焉者，其惟鄉原乎！鄉原，德之賊也。」較本章多三句。或是《論語》編者刪節之，而《孟子》全錄其語也。[9]

8　見同上。
9　見錢穆《論語新解》下冊，1963年12月新亞研究所（香港），頁604。

上述引文提到《孟子》的《萬章篇》，應是《盡心篇》。錢先生指出，孟子引述孔子的話語，比《論語》原文多了三句，可能是《論語》編者的刪節，而《孟子》的編者全錄其語。這三句顯示了孔子對「鄉愿」的態度，不可忽略。孔子表示，鄉愿「過我門而不入我室，我不憾焉」，看出他不是不容許鄉愿「入我室」，而是過門不入的話，不會視為憾事。這種語氣，有嫌棄的意思，即所謂「惡」，但不是如朱注所說——「深惡」。如果是包藏禍心、立意害人的「假好人」、「偽君子」，根本就是壞蛋，孔子對這種壞蛋，才會「深惡」，對「深惡」的人，孔子會只表示過門「不入我室」，「我不憾焉」嗎！

錢先生跟著又引述孟子的話，認為鄉愿「同乎流俗，合乎汙世」，「而不可與入堯舜之道」，因此是「德之賊」。孟子之說，前面已有較完整的摘錄，這裏就儘量節略，不再重覆了。在引述後，錢先生加按語云：

> 惟特立獨行之士始可入德，故孔子有取狂狷。若同流合污，媚世偽善，則斷非入德之門。[10]

按語的意思是，儒家之「德」，就是「堯舜之道」，只有特立獨行之士，才可入德，狂狷之士也能特立獨行，所以孔子認為也可以入德，但鄉愿同流合污，媚世偽善，因此斷不能入德。照這樣說，孔子口中所謂「德之賊」的鄉愿，只是未能入德、可以亂德、對道德有損害的人。孔子對鄉愿是持責備態度的，但未有達到「深惡」那種嚴重程度。

錢先生在《論語新解》中，又以白話試譯「鄉愿，德之賊也」：

---

10 見同上。

一鄉中全不得罪的那種好人,是人品德中的敗類呀![11]

「敗類」是甚麼意思?《現代漢語詞典》的解說是「集體中的墮落或變節分子」[12]。這個解說,對《新解》的語譯並不適用。揣摩《新解》語意,把「敗類」轉換為「不良分子」,可能較接近錢先生要表達的意思。不過,以詞論詞,「敗類」語氣較重,「不良分子」則語氣較輕。從較輕的角度考慮,「德之賊」或可語譯為「對道德有損害」。做事損害道德,可能是兩種情況:一種是無意損害,另一種是有意損害。有意為之,即所謂「包藏禍心」,會是「敗類」,無意為之,可稱為「鄉愿」。「鄉愿」有時會好心做壞事,或是要作好人,卻做了於人無益、於事無補、對人有害的事,這就是所謂「對道德有損害的不良分子」。

六

綜合以上的討論,竊以為把「鄉愿」解說為「假好人」、「偽君子」、「偽善者」或「敗類」,在語氣上似乎重了些,反而我們今天常用的「好好先生」,則較接近《論語》原文的意思。《現代漢語詞典》原則上不收古代漢語的詞目,但也有例外。如《詞典》收「鄉愿」一詞,標「書」字,表示是「書面上的文言詞語」,釋義云:

外貌忠誠謹慎、實際上欺世盜名的人。[13]

詞意的重點,在「實際上欺世盜名」。《詞典》又收「偽君子」和「偽

---

11 見同上。
12 參閱《現代漢語詞典》,1996年9月商務印書館(北京)第186次印刷,頁30。
13 見同上,頁1370。

善」兩詞目，前者的釋義是「外貌正派，實際上卑鄙無恥的小人」；後者的釋義是「冒充好人」[14]。《詞典》沒有「假好人」這個詞目，如照「偽君子」和「偽善」的釋義，「假好人」就是「冒充好人」，而實際上是「欺世盜名」、「卑鄙無恥的小人」。也就是說，《詞典》對「鄉愿」的釋義，應該不出「假好人」、「偽君子」、「偽善者」的詞義範圍。無論是「假好人」、「偽君子」或「偽善者」，我都覺得責備的語氣稍嫌過了些。《詞典》另有詞目「好好先生」，釋義是：

一團和氣，與人無爭，不問是非曲直，只求相安無事的人。[15]

上述釋義，似乎較接近《論語》的原義，《詞典》的編撰者沒有用「好好先生」的詞義來解釋「鄉愿」，我認為是可以商榷的。

七

楊伯峻的《論語譯注》，對「鄉愿，德之賊也」語譯為：

沒有真是非的好好先生是足以敗壞道德的小人。[16]

《譯注》一書，在一九八〇年代前頗流行，一般的評論認為水平不低。「好好先生」是個貶義詞，「沒有真是非」，也就是「不問是非曲直」，如果在「沒有真是非」之前加一句「識見鄙陋」，或許更能透出「鄉愿」一詞中「鄉」字的潛在義，也較近於「鄉愿」的原意。李零

---

14 參閱同上，頁1311。
15 見同上，頁503。
16 見楊伯峻《論語譯注》，1980年12月中華書局（北京），頁186。

在《喪家狗：我讀論語》中在解說「鄉原」時，也提到「好好先生」：

> 「鄉原」，亦作鄉愿，即一鄉之中類似忠厚，並以這種假象取悅於眾的好好先生。[17]

李氏解說「鄉愿」即「好好先生」，大體上是對的，但他在「忠厚」之前加了「類似」，在「好好先生」之前加了「並以這種假象取悅於眾」，不免多了些主觀元素。他這樣說，表示「好好先生」是有意假扮或冒充忠厚，並以這種假充忠厚的形象去討好或欺騙人。其實，「好好先生」的忠厚或「好好」的形象不一定是假充，也無意用假象去討好人或欺騙人。的確，「好好先生」的表現，在明眼人或對道德大有要求的人看來，是令人心裏不舒服的，但不至於是「假好人」、「偽君子」或「偽善者」。因為「好好先生」有時會好心做壞事或無意中害了人，但一般不會立心去害人，或刻意去敗壞道德。在人與人的交往中，不少「好好先生」為了怕得罪人或有意討好人，往往對是非黑白採取含混的態度，即使知道真相、看見事實，也會說：「不知道！」「記不起了！」「我看不見。」……碰到咬住不放的追問，有時就會笑著顧左右而言他。這種回應態度，當然對道德有損害，惹人反感，稱之為「敗壞道德的小人」，未嘗不可，但感覺上，與「鄉愿」的原意似仍未達一間。

總的來說，「鄉愿」就是「好好先生」。「好好先生」有隨俗順世的傾向，不問是非曲直，怕得罪人，表現有時會「亂乎德」，是對道

---

17 見李零《喪家狗：我讀論語》中的《陽貨第十七》，2008年10月山西人民出版社（太原），頁307。

德有損害的不良分子,但說不上是「假好人」、「偽君子」、「偽善者」、「敗類」、「卑鄙無恥的小人」、「墮落或變節分子」,也不會立意以「類似忠厚」「這種假象取悅於眾」。在日常生活的語文應用中,我們遇到像「鄉愿」或「好好先生」這樣的詞語,得恰如其分地掌握詞語的意義,少附加個人主觀的成分,不過分解讀,才會較準確地理解或表達。

二○二二年三月完稿

「執鞭之士」解

一

《論語・述而第七》：

> 子曰：「富而可求也，雖執鞭之士，吾亦為之。如不可求，從吾所好。」[1]

朱注：

> 執鞭，賤者之事。設言富若可求，則雖身為賤役以求之，亦所不辭。[2]

此僅言「富」，不言「貴」，蓋「執鞭」為賤者之職，藉賤職求富，或可成事，藉賤職求貴，恐大難矣。孔子嘗言：「吾少也賤，故多能鄙事。」[3]是則孔子乃一可任賤職、可執鄙事之人，亦非不欲求富，富若可求，雖身任賤役以求之，又何傷焉？

---

1 見朱熹《四書章句集注》卷四，2005年9月中華書局（北京），頁96。
2 見同上。
3 見《論語・子罕第九》，朱熹《四書章句集注》卷五，頁110。

二

「執鞭之士」，概言之，指任賤職之人，析言之，則有數說：

（一）天子及諸侯之開道者

《周禮・秋官・條狼氏》：

> 條狼氏，掌執鞭以趨辟。王出則八人夾道，公則六人，侯伯則四人，子男則二人。[4]

鄭注：

> 趨辟，趨而辟行人，若今卒辟車之為也。[5]

（二）持鞭為天子駕車之御士

皇侃《義疏》引繆協語云：

> 袁氏（袁宏）曰：「執鞭，君之御士，亦有祿位於朝也。[6]

（三）市場守門卒

《周禮・地官・司市》：

---

4 見《周禮注疏》卷三十七，2000年12月北京大學出版社（北京），頁1147。
5 見同上。
6 見程樹德《論語集釋》卷十三，1965年3月藝文印書館（臺北），頁394。

凡市入，則胥執鞭度守門。[7]

楊伯峻《論語譯注》：

> 根據《周禮》，有兩種人拿著皮鞭，一種是古代天子及諸侯出入之時，有二至八人拿著皮鞭使行路之人讓道。一種是市場守門人，手執皮鞭來維持秩序。這裏講的是求財，市場是財富所聚集之處，因之譯為「市場守門卒」。[8]

楊氏之說近理，其說所據，為《周禮・地官・司市》及《周禮・秋官・條狼氏》。

三

錢賓四先生（1895-1990）《論語新解・述而第七》：

> 執鞭，賤職。《周禮・地官・秋官》皆有此職。[9]

據上，可知錢先生三說中取兩說，所見同楊氏：其一《周禮・秋官》之為天子、諸侯開道者；其二《周禮・地官》之市場守門卒。兩者俱屬賤職。不取為天子駕車之御士，如皇侃《義疏》所云，蓋因御士亦有祿位於朝，難以稱為賤職也。此或可略覘錢先生取義之矜慎，有考據在其中。論者不知，妄議錢先生解《論語》純以義理為主，立說多

---

[7] 見《周禮注疏》卷十四，頁436。
[8] 見楊伯峻《論語譯注》，2005年9月中華書局（北京），頁69。
[9] 見錢穆《論語新解》，1963年12月新亞研究所（香港），頁230-231。

依朱注,其說固不公,其見亦淺[10]。

孔子之言,意在賤職,而不必限開道者或守門卒。所舉之例,乃其時人人熟知之事物,可見孔子答問或發言,常以日常生活所知事物取譬也。

四

夫任賤職者,既無關乎品德修養,亦非不義,故孔子弗以身居賤職為嫌,所不欲得者,乃「不義而富且貴」耳。如《論語・述而第七》載:

> 子曰:「飯疏食飲水,曲肱而枕之,樂亦在其中矣。不義而富且貴,於我如浮雲。」[11]

朱注:

> 程子曰:「非樂疏食飲水也,雖疏食飲水,不能改其樂也。不義之富貴,視之輕如浮雲然。」[12]

此章兼言富貴,可補「富而可求」章僅言富之偏。孔子每次答問或發言,均會因人、因事、因地、因時之不同,而有不同答案或意旨,非真有所偏也。孔子自言無寧安於疏食及飲水之貧儉生活,而不取藉不

---

10 參閱李零《喪家狗》「導讀四」,2008年10月山西人民出版社(太原),頁42。
11 見朱熹《四書章句集注》卷四,頁97。
12 見同上。

義而得之富貴；苟富貴而不失義，則求之又何傷？孔子之言，誠切近人情而非遠離人情者。

五

最後可一提：長久以來，凡從事教育工作者，均稱為「執教鞭」，其說之源，似為《論語》載孔子所云「雖執鞭之士吾亦為之」，而竟未覺孔子原意，實非指教育工作也。教育工作，豈賤職耶！世之以非為是、人云亦云者，可謂繁有其徒矣。

二〇二二年八月完稿

東漢畫像石與歷史文化
——以孔子問禮老子為例

　　新亞書院創校於一九四九年，新亞研究所正式成立於一九五五年，前者距今有七十多年，後者距今也有六十多年。現在特別把新亞校徽提出來作為話題，主要是因為圖形的設計，涉及漢代畫像石，這也算是漢史的討論範圍罷？

一

　　據我所知，新亞書院校徽最初由當時在學的黃祖植學長參加設計比賽（1955），經校方評審後中選，但建議修訂並改繪。其中最重要的建議是：把中央原來的「人文」兩字，改為校訓「誠明」。可以說，校徽是集體設計、構思的成品[1]。後來新亞研究所和新亞中學先後採用同樣的圖形為校徽，分別只是中英文的名稱。

　　校徽是圓形設計，上方是中文「新亞書院」，下方是英文「NEW ASIA COLLEGE」，中央是校訓「誠明」兩篆字；左方人物手持禽鳥，表示「贄敬」，據說是孔子；右方人物手拄曲杖，表示年邁，據說是老子。如果有人刪去表示贄敬的禽鳥和象徵老邁的曲杖，就會與

1　參閱黃祖植《校徽的故事》（書函兩通），《誠明古道照顏色——新亞書院五十五周年紀念文集》，2006年香港中文大學新亞書院（香港），頁152-153。

原圖之意未盡符合[2]。校徽人物的形狀，主要是選取漢墓出土畫像石上的圖形。東漢時期的畫像石，表現孔子見老子或問禮於老子的圖畫很多，例如張道一《漢畫故事──漢代畫像石研究》第一部分中的「孔子見老子」，就附有漢墓出土相關的畫像石圖多幅，出土地點是山東和江蘇[3]。這只是其中一部分，加上《莊子》、《史記》早有載述，可見故事流傳的廣泛而長久。現試以其中一圖為例，稍作說明。

二

下面所見，是東漢畫像石「孔子見老子」圖，或稱「孔子問禮老子」圖：

（一）上圖是一九七七年山東嘉祥縣核桃園鄉齊山村出土「孔子見老子」畫像石。原石高五十六釐米，寬兩百八十五釐米。畫面分兩

---

2 新亞研究所和新亞中學的校徽，就刪去了孔子袖中的禽鳥和老子手中的枴杖。這可能是校徽製造商為了校徽圖像的簡潔而刪去。
3 參閱張道一《漢畫故事──漢代畫像石研究》，2007年6月重慶大學出版社（重慶），頁5-9。

層，上層刻「孔子見老子」，下層刻車騎出行圖。孔子之後有二十人，是孔子的弟子[4]。

（二）畫面中，孔子、老子對揖。左方老子拄曲杖，右方孔子袖中有禽鳥作為贄禮，古代贄禮的禽鳥大多為雁、雉之類。《左傳》莊公二十四年（前670）：「男贄：大者玉帛，小者禽鳥，以章物也。女贄，不過榛、栗、棗、脩，以告虔也。」[5]所謂贄禮，意云「執物以為相見之禮」。孔子袖中禽鳥向外探頭，引來天上和地下的雀鳥。

（三）兩人中間有一小童，手持玩具滾輪（滾環），表示他是個孩子，據說他是七歲神童項橐（或作項託、項陀），孔子曾向他討教，奉他為師。有關資料見：

《史記·甘茂列傳》附《甘羅傳》：

項橐生七歲為孔子師。[6]

《戰國策·卷五》：

甘羅曰：夫項橐生七歲而為孔子師。[7]

《淮南子·脩務訓》：

夫項託七歲為孔子師，孔子有以聽其言也。[8]

---

4 圖見同上，頁8-9。
5 見《春秋左傳》，陳戍國《四書五經校注本》，2006年9月岳麓書社（長沙），頁1792。
6 見司馬遷《史記》卷七十一，1962年5月中華書局（北京）校點本，頁2319。
7 見張清常、王延棟《戰國策箋注》卷七，1993年3月湖南大學出版社（天津），頁194。
8 見劉文典《淮南鴻烈解》卷十九，1989年5月中華書局（北京），頁654。

《淮南子・說林訓》高誘注：

> 項託年七歲，窮難孔子而為之作師。[9]

《新序・雜事五》：

> 秦項橐，七歲為聖人師。[10]

《論衡・實知》：

> 夫項託年七歲教孔子。[11]

以上畫像石所描繪的故事和相關資料的記述，其實只屬陳陳相因的傳說，不一定是信史。張道一《漢畫故事》也有提到上述資料，只是沒有說明這或許不是可信的載述。

三

關於孔子見老子或問禮於老子的記事，《史記・孔子世家》載：

> （孔子）適周問禮，蓋見老子云。……孔子自周反于魯，弟子稍益進焉。[12]

---

[9] 見劉文典《淮南鴻烈解》卷十七，頁566。
[10] 見《新序》卷五，《漢魏叢書》第三冊，1966年1月新興書局（臺北）影印程榮輯本（明刻本），頁817。
[11] 見王充《論衡》卷二十六，1974年9月上海人民出版社（上海），頁400。
[12] 見司馬遷《史記》卷四十七，頁1909。

又《史記・老子韓非列傳》載：

> 孔子適周，將問禮於老子。……孔子去，謂弟子曰：「……吾今日見老子，其猶龍邪！」[13]

《莊子・天運篇》，也有關於孔子見老子的描述，其中談到「聞道」、「語仁義」、「治六經」等等問題[14]。

《莊子》所記，是以道家立場，有意「絀儒學」，而《史記》所載，不過沿襲《莊子》，不足信。

錢穆先生（1895-1990）在《先秦諸子繫年》中，有《孔子與南宮敬叔適周問禮老子辨》一文，云：

> 孔子適周問禮於老聃，其事不見於《論語》、《孟子》。《史記》所載，蓋襲自《莊子》。而《莊子》寓言十九，固不可信。[15]

錢先生在文中多方引據辨析，最後總結說：

> 孔子見老聃問禮，不徒其年難定，抑且其地無據，其人無徵，其事不信，至其書五千言，亦斷非春秋時書……。[16]

多年後，美國華裔學人何炳棣（1917-2012）撰文詳細考證老子

---

13 見司馬遷《史記》卷六十三，頁2140。
14 參閱王先謙《莊子集解》卷四，1987年10月中華書局（北京），頁126-131。
15 見錢穆《先秦諸子繫年》增訂版上冊卷一，1956年6月香港大學出版社（香港），頁5。本書初版於1935年。現已收入《錢賓四先生全集》甲編，1994年9月聯經出版事業公司（臺北）。2011年北京九州出版社又出版了《錢穆先生全集》的新校本。
16 見同上，頁8。

（李耳）的生年，並在《讀史閱世六十年》中指出：

> （《史記》）《老子列傳》陳述李耳籍貫鄉里之詳，列舉李耳後裔以至仍然健在的八世孫李解在全部《史記》中是獨特的，這項獨特的史料只可能是青年司馬談親自獲自膠西王印太傅李解的。根據這項老子後裔世譜，如按兩世代相隔三十年估算，李耳約生於公元前四四〇年，較孔子之晚一一一年，較墨子之生約晚四十年。[17]

何氏之說，可供參考。可惜他在考證老子生年的過程中，似乎沒有留意錢先生在《先秦諸子繫年》中的考證。

無論怎樣，錢先生在當年雖接受這個校徽的圖形設計，但不表示他認同孔子曾問禮於老子（李耳、老聃）的說法。不過，校徽的圖像，既然是漢代流行的傳說故事，則其中應有深層的文化義蘊，值得我們注意。

四

新亞校徽圖像所透出的文化義蘊是甚麼？可簡略地說說：

（一）問禮，表示對禮的尊重。孔子向來重視禮，《論語》中就有不少關於禮的提示和討論；禮，也是我國傳統文化中的重要成分。孔子好問，原來問即禮。《論語・八佾第三》載：

---

[17] 見何炳棣《讀史閱世六十年》第二十章《老驥伏櫪：先秦思想攻堅》，2005年4月商務印書館（香港），頁472。

> 子入大（太）廟，每事問。或曰：「孰謂鄹人之子知禮乎？入大（太）廟，每事問。」子聞之曰：「是禮也！」[18]

不知固然要問，有時雖已知也要問，如孔子入太廟每事問，這正是合禮的做法。

（二）「老子」，不必實指李耳（老聃），可以是前輩（或「老先生」、長者）。問禮於前輩，有敬老尊賢、虛心好學之意。孔子請教的對象，不止前輩，還會是平輩，甚至是孩童（如項橐），這是求學做人的應有態度，也正是「新亞學規」第一條的要求：「求學與做人，貴能齊頭並進，更貴能融通合一。」[19]孔子問禮和項橐的故事，正顯示孔子重視禮，也虛心求學，懂得做人。

（三）兩漢治術，既有黃老，又有陰陽五行，又有經學，又有本於黃老的申韓，情況複雜，不是「儒學定於一尊」所可概括。東漢畫像石所刻繪的「孔子見老子」，表示兩漢「累世經學」造成「累世公卿」的同時，講儒術又講申韓刑法，而仍不忘道家清淨無為之說，最後形成「一番倒捲」[20]，並影響了後來政治、社會、思想的發展。

五

最後要說明的是：考古文物資料，有它的價值與作用，例如可補充、糾正史書、文獻資料的不足與錯誤，並會讓我們對古代歷史文化和社會生活，有較清晰、較具體的印象。局限是反映的往往是部分情

---

18 見朱熹《論語集注》卷二《四書章句集注》，2005年9月中華書局（北京），頁65。

19 見《新亞遺鐸》，2004年8月生活、讀書、新知三聯書店（北京），頁1。「求學」，亦作「為學」。

20 參閱錢穆《國史大綱》（修訂本）第十二章，1998年1月商務印書館（香港），頁225。

況，涵蓋性不足，較易誤導人以偏概全。而且，考古文物所顯示的，不免有時代、地域的限制，因而所傳遞的訊息，有時可能有偏差或錯誤。例如漢人講黃老治術，尊崇老子，相信有孔子見老子或孔子問禮老子的事，於是他們在畫像石上所刻繪的，就是他們所相信的一套。後人看了畫像石上的刻繪，信以為真，以至謬說流傳，至今不絕。這就是過信實物或把認識凝固於實物的毛病。

我們研究中國古代史例如兩漢史，有些論題，的確非參考或引用考古文物資料不可，但不必認定所有沒有考古文物資料的古代史研究，都不是有價值的研究。在學術研究上，我們需要的，是「能認識異己之美」的態度。

二〇二三年三月完稿

孔子與老子的先後及其關係
——《中國古史尋證》讀後小札

一

孔子（前551-前479）、老子（生卒年不詳）的先後，歷來有不少爭議，其中更涉及孔子是否有向老子問禮的問題。長久以來，論者大多相信《莊子‧天運篇》、《史記‧孔子世家》及《老子韓非列傳》之說。錢穆先生（1895-1990）起而質疑，既有《先秦諸子繫年》的辨析，又有《莊老通辨》主張《老子》書出莊子、惠施、公孫龍之後[1]。美國華裔學者何炳棣（1917-2012）《讀史閱世六十年》更根據老子後裔世譜，估算老子（李耳、李聃）晚生於孔子約百多年。錢、何之說，與舊說不同，可備參考。我曾撰作短文《東漢畫像石與歷史文化——以孔子問禮老子為例》，引述錢、何意見，略作述說。不過，沿承舊說的現代學者仍有不少，其中更有人根據《論語》內容和考古文物資料，證明老子生於孔子之前，而《論語》中，更有不少襲用《老子》之說的證據，證明「老學先於孔學」。為了方便討論，我們先看李學勤在《中國古史尋證》中的意見。

---

1 參閱錢穆《莊老通辨‧自序》，《民主評論》8卷17期（1957年9月）。《莊老通辨》已收入《錢賓四先生全集》第7冊，1994年9月聯經出版事業公司（臺北）。2011年北点九州出版社又出版了《錢穆先生全集》的新校本。

二

　　李學勤是一位長於以考古文物尋證中國古史的學者，他在《古書反思與典籍解讀》中說：

> 關於老子與孔子的先後及其關係，古書中記述很多，互有矛盾，可疑之點也不少。研究這方面的論作，近來有陳鼓應先生《老莊新論》所收《老學先於孔學》一篇。文內專門討論了《論語》受《老子》的影響，用以證明「《老子》成書早於《論語》」。《論語》開頭一章：「子曰：述而不作，信而好學，竊比於我老彭。」這裏所言「老彭」應指老子，這就意味著孔子曾受到老子的影響。程樹德講過：「古人不嫌重名，壽必稱彭，猶之射必稱羿，巫必稱咸也。」此言甚是。老子之稱大約也是由於老壽，從而也可以稱為老彭了。無論如何，「老彭」總是與老子有關。[2]

　　「竊比於我老彭」，語見《論語・述而第七》[3]，並不是「《論語》開頭一章」，《論語》開頭一章是《學而第一》。李氏引述陳鼓應《老學先於孔學》之說，認為「《論語》受《老子》的影響」。陳氏所論大抵是為錢先生的《莊老通辨》而發，是否可信，下文會稍有交代，但因為《論語》有「竊比於我老彭」一語，李氏因而認定「這裏所言『老

---

[2] 見李學勤、郭志坤《中國古史尋證》，2002年5月上海科技教育出版社（上海），頁102。

[3] 參閱朱熹《論語集注》卷四，《四書章句集注》，2005年9月中華書局（北京），頁93。按：「老彭」，朱注認為是「商賢大夫，見《大戴禮》」。有說「老彭」只指「彭祖」，或只指「老聃」；也有說「老」指「老聃」，「彭」指「彭祖」。異說紛紜，未有定說。

彭』應指老子」，於是進而推論「這就意味著孔子曾受到老子的影響」。「老彭」之稱由於老壽，「老子」之稱大約也是由於老壽，可說有理，但為甚麼「老壽」的「老彭」，不是其他老者而一定「應指老子」？就算措詞是「無論如何，『老彭』總是與老子有關」，也只能看作是「勉為其說」而已。

三

李學勤在《古書反思與典籍解讀》中又說：

> 孔子是受到老子思想的影響的。《論語·衛靈公》：「子曰：無為而治者，其舜也與！夫何為哉？恭己正南面而已矣。」「無為而治」應是老子的學說。《論語》這樣推崇無為而治，可見在這個觀念上孔子所受老子的影響。從這些情況來看，古書所記老子長於孔子，《老子》之書先成之事，可以認為是確實可據的。[4]

李氏顯然同意陳氏《老學先於孔學》之說，他所舉《論語·衛靈公》「無為而治」一語，大抵也是陳氏所舉之例。李、陳認為「『無為而治』應是老子的學說」，並明指在這個觀念上，是孔子受老子思想的影響，因而有這樣的定論：「老子長於孔子，《老子》之書先成之事，可以認為是確實可據的。」究竟是不是「確實可據」？不妨再多看一些資料。

《論語·為政第二》記孔子論為政：

---

4 見李學勤、郭志坤《中國古史尋證》，頁102-103。

> 子曰：為政以德，譬如北辰，居其所而眾星拱之。[5]

意思大抵是「為政以德」不是完全無為，只不過德治的本旨，是通過「無為」而達致「眾星拱之」的效果。

關於舜的「無為而治」，朱熹（1130-1200）注云：

> 無為而治者，聖人德盛而民化，不待其有所作為也。獨稱舜者，紹堯之後，而又得人以任眾職，故尤不見其有為之跡也。[6]

朱熹解說堯舜能「無為而治」，是因為他們「德盛」而民自化，不待人君有所作為。舜有了堯治理天下的良好基礎，「又得人以任眾職」，更不見其有作為了。可見在意義上，與《老子》之說不盡相同。

程樹德《論語‧衛靈公上‧餘論》云：

> 舜承堯而又得賢，則時所當為者堯已為之，其臣又能為之損益而緣飾之，舜且必欲有所改斵以與前聖擬功，則反以累道而傷物。舜之無為，與孔子之不作同，因時而利用之以集其成也。……邢疏以「無為」為老氏之清淨，全與經義相悖。[7]

程說近於朱注而稍詳。他主要指出舜承前人治理天下之功而又得賢臣為助，所謂「因時而利用之以集其成」，就不必有所改斵而有為，意義

---

[5] 見朱熹《論語集注》卷一，《四書章句集注》，頁53。
[6] 見朱熹《論語集注》卷八，《四書章句集注》，頁162。
[7] 見程樹德《論語集釋》卷三十一，1965年3月藝文印書館（臺北），頁923-924。按：邢昺《疏》云：「此一章美帝舜也。帝王之道，貴在無為清淨而民化之。」見《論語注疏》卷第十五，十三經注疏整理委員《十三經注疏》，2000年12月北京大學出版社（北京），頁236。

不同於老子的清淨無為。因此，程氏強調：邢疏所解，全悖儒家之義。

錢穆先生的解說是：

> 無為而治：任官得人，己不親勞其事也。……孔子屢稱堯舜之治，又屢稱其無為，其後老莊承儒家義而推之益遠。其言無為，與儒義自不同，不得謂《論語》言無為乃承之老子。[8]

錢先生指出，老子的「無為而治」，與儒義不同，「不得謂《論語》」「承之老子」，似乎已預見有人會這樣說。其實孔子所說的「無為而治」，是指君主有德，又能舉賢任能，就不必「親勞其事」而天下治，與《老子》所倡導的清淨無為而治不同。至於錢先生說「無為」之言，是「老莊承儒家義而推之益遠」，顯然不同意老學先於孔學。這個意見，相信也不會為李、陳兩位所接受。

四

還有一說可以參考，就是：「無為而治」的思想，在周、秦、漢，是一種君道的治術，即人君治天下、御臣工的南面術。張舜徽（1911-1992）在《周秦道論》中說：

> 道論在周秦西漢，是一種專門學問，是指導人君如何統治天下、控御臣工之南面術。……亦惟漢儒深通其旨，故司馬談《論六家要指》……以為「立俗施事無所不宜。指約而易操，

---

[8] 見《論語·衛靈公篇第十五》，錢穆《論語新解》下冊，1963年12月新亞研究所（香港），頁527。

事少而功多。」[9]

所謂「道論」，指君道之論，也就是南面之術，司馬談（前165-前110）所云「指約」、「事少」，就是治術的竅門。

張氏又說：

> 無為之旨本為君道而發……吾嘗博究周秦諸子之書，非特老子五千言為道論之精英，即其他諸子書中……言之尤為深切著明。[10]

諸子書中，張氏舉了《管子》、《莊子》、《韓非子》、《呂覽》（《呂氏春秋》）等書的篇章為例[11]。

張氏又引述孔子論政之言作為論據：

> 仲尼論政，有曰：「為政以德，譬如北辰，居其所而眾星拱之。」（鄭玄注：「德者無為也。」）又曰：「無為而治者，其舜也與！夫何為哉？恭己正南面而已矣。」……則孔子之言主術，亦無以遠於道德也。下逮七十子後學所記，若《大戴禮記‧子張問入官》之類……意更明白。荀卿……《王霸篇》中廣陳人主任人而不任智之義，以闡揚無為之意……雖在墨子之書，論及主術，亦莫不歸於無為。[12]

---

9 見張舜徽《愛晚廬隨筆‧學林脞錄》卷四，1991年2月湖南教育出版社（長沙），頁96-97。
10 見同上，頁98-99。
11 參閱同上，頁99。
12 見同上。

除了上面提到的諸子書，張氏又舉《大戴禮記》、《荀子》、《墨子》為例。可見「無為」之說，《論語》中有，先秦諸子書中亦有，不是《老子》所專。以《論語》中有「無為而治」之言，證老子先於孔子、老學先於孔學，恐怕說服力還有不足。

各陳己見，各舉論據，本來是學術述論中常有的事，反而可留意的是，同是「無為而治」一語，可以有不同概念、不同解說，我們實不宜把這一語視為《老子》的專用語。事實上，「無為」有不同程度、不同方式的「無為」，「有為」也有不同程度、不同方式的「有為」。上古時期的堯舜，少採「有為」甚至用「無為」來治國、治民，應該合乎常理，因為當時的國政和民事都較後來為簡單。孔子嚮往堯舜的治術，他所說的「無為」，不必等同老子的「無為」，難道舜的「無為而治」，是秉承老子思想嗎？至於誰長於誰，誰承自誰，誰受誰的影響，這涉及人的先後和成書的先後，這方面，上文已有提及，但下面還要補充說說。

五

孔子、老子的先後，李學勤、陳鼓應力主老子長於孔子，但錢穆先生和何炳棣早有辨析，並不認為老子必先於孔子。除非有切實證據推翻錢、何之說，否則李、陳的意見，仍未可信為「確實可據」的定論。也就是說，孔子所問禮的老子，可能是一位前輩或長者，不一定是與《老子》一書有密切關係的老子（李耳、李聃）。至於《老子》成書的年代，我們還是先看李學勤在《古書反思與典籍解讀》的意見：

> 一九七三年底馬王堆三號漢墓出土的帛書，內有《老子》兩篇，從字體、避諱判斷，抄寫年代都晚，無益於《老子》著作

年代的推定，但《老子》乙本前面有《黃帝書》四篇，係「黃老」合抄之本。[13]

為甚麼說帛書《老子》「抄寫年代都晚」？因為出土帛書《老子》有甲、乙兩種寫本，甲種字體介於篆隸之間，乙種字體是漢隸。不說避諱，單從字體判斷，兩種寫本大抵抄寫在秦末漢初[14]，所以李氏說「無益於《老子》著作年代的推定」。

提到《黃帝書》，李氏繼續說：

> 唐蘭先生早已推定《黃帝書》「最早不能到公元前五世紀中期，最晚也不能到公元前四世紀中期」。陳鼓應先生經過深入研究，也認為「該四篇至遲作成於戰國中期」。綜合各方面來看，這應當是可信的判斷。那麼，為《黃帝書》所稱引的《老子》，必須再上一個時期，也就是說不會晚於戰國早期。[15]

李氏之說，可商榷。我們即使相信《黃帝書》四篇「至遲作成遲戰國中期」，也不能把《老子》的成書再推上一個時期，因為《黃帝書》和《老子》只是「合抄之本」，而不是如李氏所云「為《黃帝書》所稱引」。就算是為《黃帝書》所稱引，也可能是同時期的稱引。現代學界，也常有這種情況。如果說《老子》「必須再上一個時期」，只能看作是一種主觀推斷語。也就是說，老子是否長於孔子，《老子》之書是否先成於《論語》，「不會晚於戰國早期」，憑「黃老」合抄之本，恐怕難以斷定。

---

13 見李學勤、郭志坤《中國古史尋證》，頁102。
14 參閱同上。
15 見同上。

六

最後，李學勤在《古書反思與典籍解讀》中又說：

> 一九九八年公布的荊門郭店一號墓楚簡，裏面有《老子》，墓的年代不晚於公元前三百年，這就把《老子》晚出之說否定了。[16]

荊門郭店一號墓楚簡的出土，裏面有《老子》，據此推斷《老子》成書的年代不晚於西元前三百年，可說有據，但也不過證明《老子》成書的時間不晚於西元前三百年，這個年代，是周赧王、楚懷王晚年在位的時期，約為戰國的中、晚期，而《孟子》書中，常引述《論語》語句，可知《論語》的成書，應在孟子（約前372-前289）之前，也就是戰國早期或中期，似乎並不晚於《老子》。由於《論語》和《老子》都成書於戰國，都由後學編集，因此在內容上偶有摻雜或類近，思想、措詞在大異中有小同（其實未必盡同），是不足為奇的。

令人稍感詫異的是，以李氏對考古文物的認識，他不會不知出土的東漢畫像石中，有不少刻繪的是「孔子見老子」故事，如果要證明老子長於孔子、《老子》之書先成、孔子思想受老子影響，東漢畫像石是現成的文物證據之一。李氏沒有提到，是一時的忽略，還是因為無益於老子先於孔子的推定？此外，研治先秦諸子事跡和思想的學者，一般會讀過錢先生早年的重要著作——《先秦諸子繫年》，也不會忽略書中《孔子與南宮敬叔適周問禮老子辨》一文內容[17]，至於

---

16 見同上，頁103。
17 參閱錢穆《先秦諸子繫年》增訂版上冊卷一，1956年6月香港大學出版社（香港），頁5。本書初版於1935年。

《莊老通辨》的意見，也不宜不理。無論是否同意錢書之說，討論孔、老的先後和兩人的關係，似乎都不宜避開錢先生的考證，何況還有何炳棣的說法。略而不提，解決不了問題。話說回來，東漢畫像石頗多刻繪「孔子見老子」故事，足見這是漢代頗多人的「共識」，也代表當時社會流行的「時論」。「時論」有時顯示事實之真，有時不是。

<h2 style="text-align:center">七</h2>

綜合以上討論，我們或可作一小結。

《史記・孔子世家》和《老子韓非列傳》中應有許多可靠的史實，但不是全部，其中關於孔子問禮的記述，就不必認定為毫無疑問的實錄。馬王堆三號漢墓出土的帛書——黃老合抄之本、荊門郭店一號墓楚簡以至東漢畫像石孔子見老子等等考古文物資料，都不足以證明老子必長於孔子、《老子》一書必先成於《論語》。陳鼓應從《論語》摘取資料，認為孔子的思想受老子的影響，「老學先於孔學」。根據李學勤、陳鼓應對《論語》中「無為而治」一語的解說，我們或可推知他們已先認定老子必先於孔子、「無為而治」是《老子》的專有思想和專用語。有了這個前提，述論不免有偏，而漢墓出土的考古文物資料，也不過證實了漢人有重黃老思想的事實、《老子》成書約在戰國中、晚期，卻無補於解決讀者其他方面的疑惑。

我無意否定李、陳之說，也不認為錢、何兩先生之說沒有討論空間。不過，孔子、老子的先後和兩人關係的爭議，目前似仍未有定說，即仍待有人進一步提供更堅實、更有說服力的論據，包括新的考古文物資料。

附記：本文是一則讀書札記，獨立成篇，但內容方面，也可視為拙文《東漢畫像石與歷史文化——以孔子問禮老子為例》的補充續篇。

二〇二三年四月完稿

「為長者折枝」解

《孟子‧梁惠王章句上》云：

（齊宣王）問曰：「不為者與不能者之形何以異？」曰：「挾太山以超北海，語人曰：『我不能』，是誠不能也。為長者折枝，語人曰：『我不能』，是不為也，非不能也。故王之不王，非挾太山以超北海之類也；王之不王，是折枝之類也。……」[1]

「折枝」之意云何？朱熹（1130-1200）注云：

為長者折枝，以長者之命，折草木之枝，言不難也。[2]

朱注釋「折枝」為「折草木之枝」，似未是，而從其說者頗不乏其人。

《後漢書‧張晧王龔列傳》之「傳論」，亦引述《孟子》此典故，云：

論曰：……能獻既已厚其功，器收亦理兼天下。其利甚博，而人莫之先，豈同折枝於長者，以不為為難乎？[3]

---

[1] 見朱熹《孟子集注》卷一，《四書章句集注》，2005年9月中華書局（北京），頁209。

[2] 見同上。

[3] 見范曄《後漢書》卷五十六《張王种陳列傳》，1965年5月中華書局（北京）校點本，頁1821。

李賢（655-684）等注引劉熙（生卒年不詳）注《孟子》語曰：

> 折枝，若今之案摩也。⁴

此以「案摩」釋「折枝」，與朱注之說不同。

毛奇齡（1623-1713）《四書改錯》「折枝」條，辨朱注之誤頗詳，云：

> 折草木之枝何用？……趙岐註：「折枝，案摩折手節解罷枝也。」此卑幼奉事尊長之節。《內則》「子婦事舅姑，問疾痛疴癢而抑搔之」，鄭註「抑搔」即按摩。屈抑枝體，與折義同。且「是不為，非不能」，亦有明註。《後漢・張皓王龔・論》云：「豈同折枝于長者，以不為為難乎？」劉熙註「按摩」。不為豈是難能，正《孟子》之解。若劉峻《廣絕交論》「折枝舐痔」、盧思道《北齊論》「韓高之徒，人皆折枝舐痔」、《朝野僉載》「薛稷等舐痔折枝，阿附太平公主」類，則以非卑幼事尊長，便屬婠諂，故加「為長者」三字。若折草木枝，即為人亦非難，何必長者？⁵

毛氏引據趙岐（約110-201）、鄭玄（127-200）、李賢及其他諸說，證「折枝」意非「折草木枝」，而為「案摩」或「抑搔」。毛氏立意攻《四書集注》之誤，措詞嚴苛，偶有偏失，惟此條辨析應可信。

杭世駿（1695-1772）《訂譌類編・續補》卷上「義訛」類同意毛

4　見同上，頁1822。
5　見毛奇齡《四書改錯》卷十八，2015年7月華東師範大學出版社（上海），頁423-424。

氏之說,並引以為據,更云:

> 趙注:「折枝,案摩,折手節解罷枝也。」少者恥見役,故不為耳。……屈抑枝體,調和血脈,乃少事長、賤事貴之常禮,即導引之法也。……夫折草樹之枝,誠易也,與長者何涉乎?[6]

夫「折枝」之「折」,意云「屈折」;「枝」,與「肢」通。「罷」,猶「疲」;「案摩」,即今常言之「按摩」。故所謂「折手節解罷枝」,乃少者為長者屈折肢體,藉按摩通其血脈、解其疲乏也。焦循(1763-1820)《孟子正義》,亦取毛說以釋「折枝」[7]。

據以上資料,可見漢、唐人已知《孟子》「折枝」之本義為「案摩(按摩)」或「抑搔」。朱熹為宋代大儒,非泛泛者,而僅從字面以「折草木之枝」解之,而沿襲其誤者數在不少,包括現代學者,誠可異也。

二〇二三年四月完稿

6　見杭世駿《訂譌類編》,1986年6月上海書店(上海)影印本,頁398-399。
7　參閱焦循《孟子正義》卷一《梁惠王章句上》,1957年10月中華書局(北京),頁51。

從《論語》所記談「學做人」

一　引言

　　凡是新亞人，大抵都知道有「新亞學規」的存在。「學規」有二十四條，由錢穆先生（1895-1990）、唐君毅先生（1901-1978）、張丕介先生（1904-1970）、吳俊升先生（1901-2000）諸位新亞先賢所共同撰擬。「學規」的第一條是：

　　　　為（求）學與做人，貴能齊頭並進，更貴能融通合一。[1]

我以為，這條「學規」，涵蓋性大，可說是各條「學規」的總綱，表示「為學」與「做人」同屬一事，在學的新亞同學都應該人人盡力去做。新亞校訓是「誠明」，這兩字見《中庸》。據錢先生的解說，「誠」字屬德性行為方面，「明」字屬知識了解方面，採用「誠明」作為校訓，正是要把「為學」與「做人」認為同屬一事，也是提示我們在人事方面所應盡力的事[2]。

　　不過，在接受教育期中，「為學」與「做人」固應兼顧並重，但畢業後投身社會工作，最重要的，還是要「努力做人」。錢先生在一

---

[1] 見《新亞遺鐸》，2004年8月三聯書店（北京），頁1-3。按：本書「為學」作「求學」，但錢先生在不同場合提到「學規」的內容，用語往往是「為學」。

[2] 參閱錢穆《新亞校訓誠明二字釋義》，《新亞遺鐸》，頁66。本篇寫1955年10月，錢先生為校訓譯義時，用語也是「為學」、「做人」並舉。參閱同書，頁66-68。

九五七年七月勉勵畢業同學說：

> 諸位此刻畢業不論學業高下，將來謀事不論職位大小，總之應努力做人，在自己品格上力求上進，力求完善。這是諸位惟一應該注重之要點。[3]

錢先生所強調的，大抵是：在社會不同工作崗位的人，最重要的，是要懂得做人。

今屆（二十屆）中華傳統文化研修班的主題是：「《論語》的中心思想：學做人」，我根據主題，選取《論語》中「記言」和「記事」的資料，談「學做人」。

二　「仁」與「做人」

讀過《論語》的人，大多都會同意，一本《論語》，無非是教導我們如何做人，錢先生所強調的「做人」，思想來源就是《論語》。錢先生在《再勸讀論語並論讀法》中說過：

> 諸位莫問自己所研究者為何？皆應一讀《論語》，懂得「吃緊為人」。即是要在做人一事上扣緊。[4]

錢先生當時講話的對象，是新亞研究所的研究生，所以說「莫問自己所研究者為何」，要是擴而大之，其實他的建議是：人人須讀《論

---

[3] 見錢穆《告本屆畢業同學》（1957），《新亞遺鐸》，頁80-81。本篇原載1957年7月《新亞校刊》第九期。

[4] 見錢穆《勸讀論語和論語讀法》，2014年12月商務印書館（北京），頁1。

語》。所謂讀《論語》懂得「吃緊為人」,意思是《論語》教我們「學做人」,而《論語》的中心思想,就是「學做人」!

談到「做人」,大家或許都有這樣的認識:「做人」應包括兩方面,一是「修身」,二是「待人」。「修身」是內在品德修養,「待人」是外在與人相處。一個有品德修養的人,決不會忽略「待人」之道;一個留意與人怎樣相處的人,也不會不講求「修身」之道。我以為,真能兩者兼顧,才是懂得如何「做人」[5]。我們為甚麼說,《論語》的中心思想是「學做人」?要回答這個問題,得先從《論語》的「仁」字說起。

我們試通讀《論語》全書,常會接觸到「仁」這個字。《論語》二十篇中,除了《為政》、《鄉黨》、《先進》、《季氏》四篇,其他十六篇都有論「仁」的記述;《里仁》一篇,更出現十八次之多。因此,大多數學者都認為,「仁」是《論語》一書的中心思想,也是孔子(前551-前479)學說的中心概念。

一般來說,孔子學說的中心概念有五個,就是:道、德、仁、義、禮,而仁不但可統攝道、德、義、禮,而且可以統攝眾德,是眾德的綜合體。在《論語》裏,孔子對「仁」的解說,往往沒有固定答案,正可證明「仁」所統攝的範圍,是非常寬廣的。不過,我們如果掌握這個統攝眾德的概念去讀《論語》,就知道「仁」的核心意義,實兼涵「自愛」和「愛人」;概括地說,就是「愛」。自愛是內在的「修身」功夫,愛人是外在的「待人」功夫,兩者應該融通結合為用。我們如果同意上述說明,就會明白《論語》裏頭所講的種種,可說無一不與「做人」有關,而「做人」也無一不與「修身」、「待人」

---

5 參閱拙文《論語與修身——由修身說到做人》,第八屆中國傳統文化研修班發言稿,2018年7月13日。

有關。下面試取《論語》所記的「言」和「事」，說明讀《論語》可得到「學做人」的道理。既云「選取」，當然只屬舉例，並不全面。

三　《論語》的記言

根據《論語》，我們不難由「仁」的義理說到「做人」的道理。但要是具體地說到怎樣「做人」，就得要看《論語》中的「記言」提示。

（一）「忠恕」

《里仁第四》記孔子曾向曾參（前505-前435）自我表白：

> 參乎！吾道一以貫之。[6]

曾參的解說是：

> 夫子之道，忠恕而已矣。[7]

可見「忠恕」是孔子「一以貫之」之道。「忠恕」的意思是甚麼？朱注：

> 盡己之謂忠，推己之謂恕。[8]

意云懂得「盡己」、「推己」，就懂得做人。

6　見朱熹《論語集注》卷二，《四書章句集注》，2005年9月中華書局（北京），頁72。
7　見同上。
8　見同上。

談到「忠」,《子路第十三》云:

> 子曰:「居處恭,執事敬,與人忠。雖之夷狄,不可棄也。」[9]

朱注:

> 恭主容,敬主事。恭見於外,敬主乎中。[10]

朱注有解說「居處恭,執事敬」,但沒有解說「與人忠」。其實所謂「與人忠」,就是與人相處時,要「盡己」,即要盡心盡意,無論對方是不是「夷狄」,這就是做人之道。

談到「恕」,《顏淵第十二》云:

> 子曰:「……己所不欲,勿施於人。在邦無怨,在家無怨。」[11]

朱注:

> 敬以持己,恕以及物,則私意無所容而心德全矣。[12]

己之不欲,不施於人,正是推己及人的「恕」道。

《雍也第六》又云:

---

9 見朱熹《論語集注》卷七,《四書章句集注》,頁146。
10 見同上。
11 見朱熹《論語集注》卷六,《四書章句集注》,頁132-133。
12 見同上,頁133。

子曰：「……己欲立而立人，己欲達而達人，能近取譬，可謂仁之方也已。」[13]

朱注：

近取諸身，以己所欲譬之他人，知其所欲亦猶是也。然後推其所欲及於人，則恕之事而仁之術也。[14]

「立人」、「達人」，是進取有為的「恕」。「恕」之事是「仁」之術，也正是做人之道。

（二）「忠信」

「忠恕」以外，《論語》常「忠信」並提。如《學而第一》云：

子曰：「君子不重則不威，學則不固。主忠信。……」[15]

朱注：

人不忠信，則事皆無實，為惡則易，為善則難，故學者必以是為主焉。[16]

人不忠信，則易為惡，難為善。《述而第七》記孔子以「文、行、

---

[13] 見朱熹《論語集注》卷三，《四書章句集注》，頁91-92。
[14] 見同上，頁92。
[15] 見朱熹《論語集注》卷一，《四書章句集注》，頁50。
[16] 見同上。

忠、信」教人[17]。又朱注：

> 程子曰：「教人以學文脩行而存忠信也。忠信，本也。」[18]

可見做人應以「忠信」為本，即「以是為主」。

《衛靈公第十五》又云：

> 子張問行。子曰：「言忠信，行篤敬，雖蠻貊之邦行矣；言不忠信，行不篤敬，雖州里行乎哉？……」[19]

可知「忠」之外，做人也須重「信」。而「信」與「行」的關係，是密切不可分的。

關於「信」，《為政第二》云：

> 子曰：「人而無信，不知其可也。大車無輗，小車無軏，其何以行之哉？」[20]

朱注：

> 車無此二者，則不可以行，人而無信，亦猶是也。[21]

輗和軏，都是用來駕馭牛車、馬車的裝置。孔子用輗和軏為喻，說明

---

17 見朱熹《論語集注》卷四，《四書章句集注》，頁99。
18 見同上。
19 見朱熹《論語集注》卷八，《四書章句集注》，頁162。
20 見朱熹《論語集注》卷一，《四書章句集注》，頁59。
21 見同上。

「信」對人的重要。如果「人而無信」，也就是違背了做人之道，則事事難行。

　　《論語》裏還有不少關於「信」的提示，而且措詞清晰。如《為政第二》云：

　　　　子曰：「先行其言而後從之。」[22]

又如《里仁第四》云：

　　　　子曰：「古者言之不出，恥躬之不逮也。」[23]

又如：

　　　　子曰：「君子欲訥於言而敏於行。」[24]

又如：《憲問第十四》云：

　　　　子曰：「君子恥其言而過其行。」[25]

可以說，「信」之所以為「信」，是因為「行」。出言之後無法實行，就是失信。為了免得「言」過其「行」，倒不如「先行其言」、「言之不出」、「欲訥於言」。這樣，也是做人應有的表現。

22　見同上，頁57。
23　見朱熹《論語集注》卷二，《四書章句集注》，頁74。
24　見同上。
25　見朱熹《論語集注》卷七，《四書章句集注》，頁156。

（三）「知禮」

做人除了要「忠」、「恕」、「信」，還要「知禮」。關於「禮」，《論語》裏也有不少提示，如《堯曰第十二》云：

不知禮，無以立也。[26]

朱注：

不知禮，則耳目無所加，手足無所措。[27]

朱注用視、聽、動來解說「不知禮」之害，其實不知禮，亦會令人「言有所失」。《顏淵第十二》記顏淵（前521-前481）問仁，孔子答以「克己復禮」[28]，並進一步說明：

非禮勿視，非禮勿聽，非禮勿言，非禮勿動。[29]

視、聽、言、動有合禮的表現，才不會冒犯人或得罪人，才算懂得與人相處，也就是懂得做人。

關於「禮」的提示，《論語》有不少，姑舉三兩例子。如《學而第一》云：

禮之用，和為貴。[30]

---

26 見朱熹《論語集注》卷十，《四書章句集注》，頁195。
27 見同上。
28 參閱朱熹《論語集注》卷六，《四書章句集注》，頁131。
29 見同上，頁132。

「和」有自然、從容不迫之意。這是說，禮之為用，「和」最重要。而「和」，正是人與人相處所需要的。

又《為政第二》云：

> 道之以德，齊之以禮，有恥且格。[31]

這是說，有禮作為遵循的標準，人就會恥於不善而至於善。

又《顏淵第十二》云：

> 君子敬而無失，與人恭而有禮。[32]

待人恭敬而有禮，就會受到他人的愛戴和歡迎。這不是成功的做人之道嗎？

總而言之，讀《論語》所記言，可得到很多關於「做人」的提示，在種種提示中，我們固然不應固執於某一字、某一詞、某一語或某一概念，但似乎不可忽略「忠」、「恕」、「信」、「禮」，而「仁」則可貫通諸義。

四 《論語》的記事

《論語》一書的內容，大多為記言，但也有記事。所記的事，大多為孔子的行誼，也有記弟子和時人的事情。從這些記事，我們可以得到一些「學做人」的道理。下面試舉例說明，以便大家思考、討論。

---

30 見朱熹《論語集注》卷一，《四書章句集注》，頁51。
31 見同上，頁54。
32 見朱熹《論語集注》卷六，《四書章句集注》，頁134。

（一）入太廟，每事問

《八佾第三》云：

> 又入大廟，每事問。或曰：「孰謂鄹人之子知禮乎？入太廟，每事問。」子聞之曰：「是禮也。」[33]

朱注：

> 尹氏曰：「禮者，敬而已矣。雖知亦問，謹之至也，其為敬莫大於此。……」[34]

「大廟」，即「太廟」。孔子本熟知祭祀的各種禮儀，但入太廟仍每事問，有人質疑他是否知禮。其實孔子「雖知亦問」，正是一種誠敬、恭謹的態度，這種態度，就是「知禮」的表現，也是與人相處的「謙遜」態度。無論「知禮」或「謙遜」，都容易取得對方的好感，這正是做人的應有態度。

（二）非敢後也

《雍也第六》云：

> 子曰：「孟之反不伐，奔而殿，將入門，策其馬，曰：『非敢後也，馬不進也。』」[35]

---

33 見朱熹《論語集注》卷二，《四書章句集注》，頁65。
34 見同上。
35 見朱熹《論語集注》卷四，《四書章句集注》，頁88。

朱注：

> 戰敗而還，以後為功。反奔而殿，故以此言自揜其功也。[36]

這一章表面是記言，其實是孔子述孟之反的事。孟之反是春秋末魯國人，仕於魯哀公之世。他是位不居功的人，與齊作戰敗北，軍士奔逃，孟殿後掩護軍隊撤退。但將入城門時，孟卻策馬走在前頭，並揚言自己的墮後，不是敢於殿後，而是自己所乘的馬跑不上來。孔子對這個人故意「自揜其功」的言行，是欣賞的。這種不居功的表現，顯示了個人的修養，正因為有了這種修養，才會自我貶抑，不會鋒芒太露，惹人厭惡。從這個故事，我們應可領悟「學做人」的道理。

（三）君子不可陷、不可罔

《雍也第六》云：

> 宰我問曰：「仁者，雖告之曰：『井有仁焉。』其從之也？」子曰：「何為其然也？君子可逝去也，不可陷也；可欺也，不可罔也。」[37]

朱注：

> 蓋身在井上，乃可以救井中之人；若從之於井，則不復能救之矣。此理甚明，人所易曉，仁者雖切於救人而不私其身，然不

---

[36] 見同上。
[37] 見朱熹《論語集注》卷三，《四書章句集注》，頁90-91。

應如此之愚也。[38]

有人跌入井中，有愛心的仁者或君子，會不會馬上跳入井中救人？孔子的答案是：會先視察情況，考慮救援的辦法，不會衝動地馬上跳入井中救人，因為這樣做，不但救不到人，反而會令自己身陷險境傷害自己。這樣說，懂得做人的人，不會盲目、衝動去做自以為「善」的事，而是要理智地分析情況，再根據實際情況提供有效的救援辦法。有人認為，遇到善事就立刻去做，所謂「見義勇為」，應該是懂得做人罷？《論語》這一章的提示是：不計後果的「見義勇為」，只是愚者的所為，對人對己都不利，適當的做人之道，應該不是如此。

（四）不飽、不歌

《述而第七》云：

> 子食於有喪者之側，未嘗飽也。子於是日哭，則不歌。[39]

朱注：

> 哭，謂弔哭。日之內，餘哀未忘，自不能歌也。[40]

孔子進食時，遇到有喪事在身的人在旁邊，就會吃不飽；要是參加了喪禮，在同一日內，就不會唱歌或參加娛樂活動，因為「餘哀未忘」。這是人情正常應有的表現，也是同情心、同理心的反應。能夠

---

38 見同上，頁91。
39 見朱熹《論語集注》卷四，《四書章句集注》，頁95。
40 見同上。

這樣，既合乎禮數，又懂得做人。

（五）歌而善，反之又和之

《述而第七》云：

> 子與人歌而善，必使反之，而後和之。[41]

朱注：

> 必使復歌者，欲得其詳而取其善也。而後和之者，喜得其詳而與其善也。……而其謙遜審密，不掩人善又如此。[42]

讀《論語》，大家應有這樣的印象，就是孔子愛好音樂，喜歡唱歌。他與別人一起唱歌時，人家唱得好，就會請他再唱，然後跟著和唱。為甚麼這樣做？目的之一，是為了學習人家的優點；另一目的，是為了彰顯人家的優點。請看：這不是懂得做人的最佳示範嗎？

（六）與其潔，不保其往

《述而第七》云：

> 互鄉難與言，童子見，門人惑。子曰：「與其進也，不與其退也，唯何甚！人潔己以進，與其潔也，不保其往也。」[43]

---

41 見同上，頁101。
42 見同上。
43 見朱熹《論語集注》卷四，《四書章句集注》，頁100。

朱注：

> 疑此章有錯簡。「人潔」至「往也」，當在「與其進也」之前。[44]

又朱注：

> 言人潔己而來，但許其能自潔耳，固不能保其前日所為之善惡也；但許其進而來見耳，非許其既退而不為善。蓋不追其既往，不逆以將來，以是心至，斯受之耳。唯字上下，疑又有闕文，大抵亦不為已甚之意。[45]

先交代「錯簡」和「闕文」的問題。朱注認為「人潔」至「往也」，當在「與其進也」之前，這是從常理看語言的次序。不過，本章記的是孔子的發言，何語為前，何語為後，本隨意而發，不必像寫文章那樣，須有合理的先後次序。至於「唯何甚」的「唯」字上下是否有闕文，也不一定，因為這一句有「何必深求」之意，即所謂「不為已甚」，如不以「闕文」視之，文意亦算清晰。《論語》這一章，也是提示我們怎樣待人：「與」，有「許」的意思。人能「潔己以進」，顯示當下有改過、求進的誠意，就應該肯定他、接受他，不必計較他過往所做的事。當然，遇到做了大壞事的人，即大奸大惡之輩，尤其是涉及國族存亡、民族大義的問題，則不應在此例。其實，互鄉的人，只是「習於不善，難與言善」[46]，何況這只是個互鄉的童子。從這件事，可知「唯何甚」（不為已甚），是孔子所重視的「恕」道，而

---

44 見同上。
45 見同上。
46 參閱同上。

「恕」不正是做人的要事之一嗎？

（七）恂恂、便便

《鄉黨第十》云：

> 孔子於鄉黨，恂恂如也，似不能言者。其在宗廟朝廷，便便言，唯謹爾。[47]

朱注：

> 恂恂，信實之貌，似不能言者，謙卑遜順，不以賢知先人也。鄉黨，父兄鄉黨之所在，故孔子居之，甚容貌辭氣如此。[48]

又朱注：

> 便便，辯也。宗廟，禮法之所在；朝廷，政事之所出；言不可以不明辨。故必詳問而極言之，但謹而不放爾。[49]

這一章，是記孔子在鄉黨、宗廟、朝廷言貌的不同。鄉黨是長輩、前輩的所在，因此態度的表現是「恂恂」，即信實、謙順，說話時，不宜侃侃而談，旁若無人，反而要像個拘謹而拙於辭令的人，這不是造作、虛偽，而是身為晚輩對長輩、前輩時應有的態度。至於宗廟是講究禮法的所在，朝廷是政事所出的地方，所以發言時，要「便便」，

---

47 見朱熹《論語集注》卷五，《四書章句集注》，頁117。
48 見同上。
49 見同上。

即要「明辨」,也就是要把意見詳細、具體說清楚,只是態度要「謹而不放」,否則就會惹人反感,給人以不懂做人的印象。本章的提示是:與人相處,要因應場合、對象、時機的不同,而有不同表現。

(八)侃侃、誾誾、踧踖、與與

《鄉黨第十》云:

> 朝,與下大夫言,侃侃如也;與上大夫言,誾誾如也。君在,踧踖如也,與與如也。[50]

朱注:

> (與上、下大夫言)此君未視朝時也。……《許氏說文》:「侃侃,剛直也。誾誾也,和悅而諍也。」[51]

又朱注:

> 君在,視朝也。踧踖,恭敬不寧之貌。與與,盛儀中適之貌。[52]

這是記述孔子在朝廷事上、接下的不同。君主未在朝廷上時,孔子會與大夫酬應、交談。所謂「侃侃」,是剛直而言的樣子;所謂「誾誾」,是和悅地表達直爽的意見。到了君主在朝廷上時,也要有不同表現。「踧踖」,是恭敬而矜慎的樣子;「與與」,是適當地顯示自尊、

---

50 見同上。
51 見同上。
52 見同上。

自重,不失身份,即所謂舉止安祥。場合、對象不同,當然應有不同的言行表現,這才是懂得做人之道。這既是「盡其在我、推己及人」的表現,也關乎「禮」的考慮。

(九)相師之道

在日常生活中,我們如何及時幫助有需要的人,也是做人之道。《論語》記事,也有這方面的例子,如《衛靈公第十五》云:

> 師冕見,及階,子曰:「階也。」及席,子曰:「席也。」皆坐,子告之曰:「某在斯,某在斯。」師冕出。子張問曰:「與師言之道與?」子曰:「然。固相師之道也。」[53]

朱注:

> 相,助也。……蓋聖人於此,非作意而為之,但盡其道而已。[54]

又朱注:

> 范氏曰:「聖人不侮鰥寡,不虐無告,可見於此。推之天下,無一物不得其所矣。」[55]

古代樂師多是失明人。師冕,是一位失明的樂師。他來訪,孔子伴隨在側,並隨時作適當的提示,如:這裏是階級,這裏是坐席。師冕坐

---

53 見朱熹《論語集注》卷九,《四書章句集注》,頁169。
54 見同上。
55 見同上。

下後，還要逐一告訴他哪些人在場，在哪個方位，等等。這是個如何幫助殘障人士的具體事例。孔子這樣做，不是「作意而為之」，而是盡心、盡意為他人設想。我以為，凡有愛心的人，都會這樣做，反而說「聖人不侮鰥寡，不虐無告」，就不免著跡了。

（十）陽貨欲見孔子

《陽貨第十七》云：

> 陽貨欲見孔子，孔子不見，歸孔子豚。孔子時其亡也，而往拜之，遇諸塗。謂孔子曰：「來！予與爾言。」曰：「懷其寶而迷其邦，可謂仁乎？」曰：「不可。」「日月逝矣，歲不我與。」孔子曰：「諾。吾將仕矣。」[56]

朱注：

> 陽貨之欲見孔子，雖其善意，然不過欲使助己為亂耳。故孔子不見者，義也。其往拜者，禮也。必時其亡而往矣，欲其稱也。遇諸塗而不避者，不可終絕也。隨問而對者，理之直也。對而不辯者，言之孫而意無所詘也。[57]

我們與人相處或交往，有時會遇到讓人為難的人或事，但又不得不面對。能適當地處理又不失「義」，是堅守原則又不與人正面衝突的做法，這需要一些酬應技巧，本章是一個具體例子。陽貨又名陽虎，是春秋末魯國擅權作亂的大臣。孔子不是不想出仕，而是不想為陽貨所

---

56 見朱熹《論語集注》卷九，《四書章句集注》，頁175。
57 見同上。

用，助其為亂，所以不去見他。陽貨給孔子送禮物，目的是要孔子依禮回拜。孔子特意在陽貨外出時回拜，想不到在途中相遇，於是有了兩人的對話。從孔子的行事和對話，我們或可領悟做人之道。朱注的說明是：孔子不見陽貨，是「義」；收受人家的禮物要回拜，是「禮」；特意待主人不在家才去回拜，是一種合乎禮數又不失「義」的做法；途中相遇而不迴避，是不想過分決絕；對答簡單而不爭辯，讓對方領悟不肯妥協的心意，雖說答話中說了「吾將仕矣」，其實潛臺詞是：我會出仕，但不會現時為你出仕。孔子是一位有抱負的政治家，怎會不肯出仕？孔子對待陽貨，可說是委婉中有堅持，模糊中顯清晰，拒絕人而不得罪人，既講究現代人所謂「公關技巧」又不失其「誠」，不正正是懂得做人的一個好例子嗎？

　　本章所記的兩個「不可」，或說是陽貨自問自答，據朱注所云「隨問而對」，可知朱熹認為兩「不可」是孔子答陽貨語。我在《論語的言語藝術與文學情味》一文有較詳細的說明，這裏就從略了[58]。

五　結語

　　讀過《論語》的人，大多有這樣的共識，就是這部書的中心思想，是「學做人」。不同時代的學者和作家，學識深淺各有不同，但都會有同樣的認識。例如錢穆先生說，「讀《論語》，懂得『吃緊為人』」；章詒和說，「一本《論語》，無非是教導我們如何做人罷了」[59]。為了

---

[58] 參閱李學銘《撥雲倚樹雜稿——古今文學辨析叢說》，2017年5月萬卷樓圖書股份有限公司（臺北），頁269-271。

[59] 參閱錢穆《再勸讀論語並論讀法》，《勸讀論語並論讀法》，頁21；章詒和《學論語，說孔子》，章詒和、賀衛方《四手聯彈》，2010年4月廣西師範大學出版社（桂林），頁186。

證明他們的說法,我們很容易從《論語》所記的「言」和「事」,找到許多相關的論據。較簡捷的做法,我們也可以從《論語》中,拈出幾個關鍵字或詞來說明。不過,我們如果只關注書中的幾個字或詞,就正如錢先生所指出:「勢必把一部《論語》零散分割。」[60]為了避免犯上這種毛病,我們得要掌握「一以貫之」的中心概念,就是可以統攝眾德的「仁」。所謂「仁」,即「自愛」和「愛人」。無論「自愛」或「愛人」,都是「愛」,有了「愛」,我們就會懂得以「忠恕」待人,對人對事都會以「忠信」為本,同時又能「知禮」。能「知禮」,於是視、聽、言、動都合乎禮,這樣,我們就不會容易冒犯人、得罪人了。

本文內容,主要是以《論語》的「記言」和「記事」為重點,先選取資料,略作排比分類,然後再進而說明讀《論語》可「學做人」的道理。至於文中對《論語》的引述,只屬舉隅性質,並不周詳,期望讀者可從中得到一些有用的提示和啟發。要是有人藉此而發展、建構自己的看法,那當然是更好的事了。

為方便讀者掌握本文內容大要,現附簡表如下,藉供參考。

---

60 語見錢穆《再勸讀論語並論讀法》,同上,頁20。

內容大要表

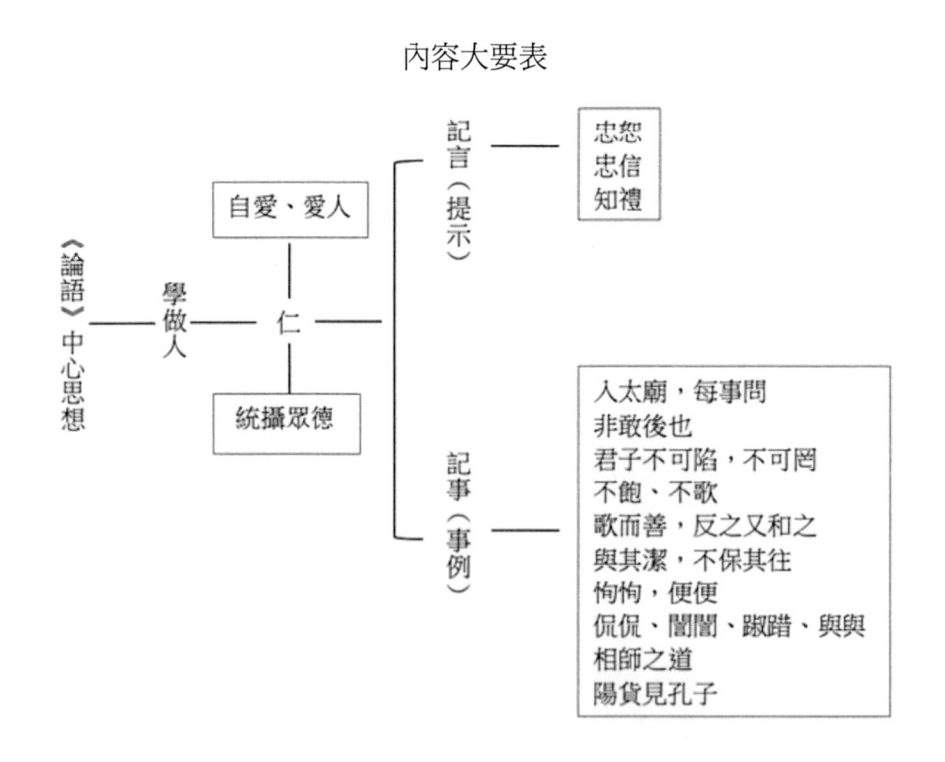

```
《論語》中心思想 ── 學做人 ── 仁
                        ├─ 自愛、愛人
                        └─ 統攝眾德

        ├─ 記言（提示）── 忠恕、忠信、知禮

        └─ 記事（事例）──
            入太廟，每事問
            非敢後也
            君子不可陷，不可罔
            不飽、不歌
            歌而善，反之又和之
            與其潔，不保其往
            恂恂、便便
            侃侃、誾誾、踧踖、與與
            相師之道
            陽貨見孔子
```

二〇二三年六月完稿

（第二十屆中華傳統文化研修班發言稿，2023年7月18日）
——原載《華人文化研究》第十二卷第一期（2024年6月）

錢賓四先生論經之說蠡談

一　前言

　　先師錢賓四先生（1895-1990）著作等身，治學範圍涉及面廣。有人稱他為史學大家，因為他有很多極有分量的史學著作。有人視他為國學家，尊他為「國學界的通儒」，因為他在中國傳統觀念中的學術文化研究各方面，都有非常卓越的表現。不過，賓四先生論經的著作雖然不少，但似乎沒有人稱他為經學家，而且對他的一些看法，自民初以來，總有人提出不同意見，甚至出言攻訐。意見儘管不同，賓四先生論經之說，到了今天，不少仍有很大的參考價值，不可輕予忽視。

　　本文嘗試從賓四先生許多論經之說中，選取幾項介紹。在介紹過程中，間或表達己見，並說明賓四先生的治經特色。所見不敢自是，因此名為「蠡談」。期望本文內容，或可引發大家思考或討論的興趣。至於本文的參考資料，主要是賓四先生有關經學方面的著作，如《國學概論》、《先秦諸子繫年》、《兩漢經學今古文平議》、《經學大要》等等，要是有需要，才會旁及其他資料，作為佐證。

二　錢賓四先生論經之說舉隅

　　本文介紹賓四先生的論經之說，當然會以他的經學專著為據。但他在談及國學、歷史、思想、文化以至為學、做人等等問題時，也常有涉及經學方面的討論。因此他的論經之說，如根據資料，可歸納為

許多專題。下面所列幾項，只是舉隅性質，並不全面，期望讀者可以理解。

（一）孔子與《周易》

《國學概論》正式出版在一九三一年（民二十），其中頗多屬於經學的述論，前七章編寫於一九二六年（民十五），後三章編寫於一九二八年（民十七），是賓四先生較早的著作。這書體例採用綱目體，全書內容以綱目文字為主，綱目之下，則附論據及有關說明。

關於《周易》，賓四先生在《國學概論》中這樣說：

> 《易》之為書，本於八卦，蓋為古代之文字。因而重之，猶如文字之有會意。引而伸之，猶如文字有假借。[1]

上文指出，《周易》的八卦是古代文字，文字有會意、假借，古代遊牧先民就利用這種「文字」的會意、假借成分，來占卜吉凶。因此，賓四先生說：

> 卜筮如拆字，繫辭如籤詩。《周易》起於殷周之際，明周之有天下，蓋由天命。《易》之內容，其實如斯。[2]

上述言論，在初發表時已引起尊孔衛道之士的反感，而在五十年代末、六十年代初，本港也有人因私怨，撰文猛烈攻訐。攻訐的言論，除了扣賓四先生反孔欺聖的罪名，甚至挑剔他說《周易》是「卜筮」

---

[1] 見錢穆《國學概論》第一章，1956年6月臺灣商務印書館（臺北），頁2-3。按：本書初版於1931年5月。

[2] 見同上，頁3-5。

之書不當，因為「卜」和「筮」是兩回事。其實「卜筮」都是指「斷吉凶」，用詞的人，兩字連用，意義有時偏前，有時偏後，這本是語文應用慣常的做法。而且，提到《周易・繫辭》「卜筮」連用，是朱熹（1130-1200）在先，《國學概論》已在綱目文字下列明資料來源：

> 朱子《答呂伯恭書》：「竊疑卦爻之詞，本為卜筮者斷吉凶，而因以訓戒，有本甚平易淺近，而今傳註誤為高深微妙之說者。……」
> 《朱子語類》：「《易》為卜筮作，非為義理作。伏羲之《周易》，有占而無文……文王周公之《易爻辭》如籤辭。孔子之《易》，純以理言，已非羲文本意。」[3]

賓四先生引述朱熹之說為據，主要從中國學術思想發展的角度，指出《周易》的內容，原初只是為了占卜吉凶，至於後來複雜精微之說，如《爻辭》所云，是後來思想的發展，並不是《周易》的本意，也與孔子（前551-前479）無關。他更引述顧炎武（1613-1682）《日知錄》之說為據，云：

> 《日知錄》：「孔子論《易》，見於《論語》者，二章而已。……聖人之所以學《易》者，不過在庸言庸行之間，而不在乎圖書象數也。今之穿鑿圖象以自為能者，畔也。」[4]

賓四先生對顧氏之說，在《經學大要》第二講有進一步說明。他指出

---

3 見同上，頁4。
4 見同上，頁5。

《論語》中提及《易》只有《述而篇》和《子路篇》。「不恆其德，或承之羞」八字，是《易‧恆卦》九三爻辭，可證孔子確曾提過《易》，但《易》只是占卜吉凶之書，所以孔子說如果翻開《周易》，見了這一句，就知道人不可無恆。從這一章，可見孔子並不特別重視《易》[5]。

為了證明孔子並不特別重視《易》，賓四先生舉了一些例證：一、《論語‧季氏篇》載孔子教兒子孔鯉（前532-前482）學《詩》、《禮》，但沒有教他學《易》。二、漢人說商瞿（前522-？）傳孔子《易》說，但《論語》不見此人。三、明白以《詩》、《書》、《禮》、《樂》、《易》、《春秋》為《六經》，始見於《莊子‧天運篇》，但此書是偽書。四、《莊子‧天下篇》說「《易》以道陰陽」，只是《易傳》之說，《周易》上、下經並不道陰陽，《論語》、《孟子》也不道陰陽。五、按照儒家思想發展的先後，應是《論語》、《孟子》、《中庸》、《易傳》，如果說《易傳》是孔子所作，則先秦儒家思想先後轉進的次序就會大亂。六、《易傳》連稱「天地」、「陰陽」、「剛柔」、「仁義」、但孔子、墨子（約前468-前376）、孟子（前372-前289）、荀子（約前313-前238）都不然。例如《論語》只言「剛」，不言「柔」；《論語》亦多言及「義」，但不與「仁」連稱對立，後來《孟子》把「義」與「仁」二字連稱對立，但已是另一番道理了[6]。

賓四先生還有不少關於《周易》的說法，也不必盡舉了。賓四先生之說，並不是貶抑《周易》及《易傳》，他只是如實說明儒家學術思想發展的情況。有經學門戶之見、不理實況的人，才會放言攻訐賓四先生。至於挾私怨討論學術的人，意見必有所偏，就更不足道了。

---

5 參閱錢穆《經學大要》，2000年12月素書樓文教基金會、蘭臺出版社（臺北）。按：本書為講課記錄稿，就錄音整理成書，大部分內容未經賓四先生過目。
6 參閱錢穆《經學大要》第二講，頁23-27。

（二）孔子「六藝」與漢人《六藝》

孔子以「六藝」教弟子，內容是禮、樂、射、御、書、數。孔子的「六藝」，是否就是漢人的《六藝》？

賓四先生在《經學大要》第二講中說：

> 孔子以禮、樂、射、御、書、數「六藝」教弟子。但到了漢代，如《漢書・藝文志》中的《六藝略》，這「《六藝》」便改指了《易》、《書》、《詩》、《禮》、《樂》、《春秋》之《六經》。其實漢代也只有《五經》，從來沒有獨立的「《樂經》」。但照漢人如此一說，孔子和《五經》便發生了密切的關係。[7]

班固（32-92）《漢書・藝文志・六藝略》指《六藝》為《易》、《書》、《詩》、《禮》、《樂》、《春秋》，於是孔子便與《六經》（當時其實只是《五經》）發生了密切的關係，這個說法，在前的司馬遷（前135-前87？）《史記》也是如此。司馬遷和班固是兩漢的大史家，他們繼承家學，學有淵源，又有各自的學問造詣，但他們對孔子與《六經》的意見，仍不免受到時代和社會的局限。賓四先生因此在《經學大要》第三十一講中說：

> 西漢、東漢沒有人講過這裏面有錯，但經過漢朝以後，我們漸漸知道，漢朝人這話根本是錯的，孔子是作了《春秋》，至謂孔子刪《詩》、《書》，這是絕對沒有的事。孔子自己沒講過，孔子學生及孟、荀等許多重要人物沒講過，連反對孔子的人也沒有人批評孔子刪《詩》、《書》。再說到孔子贊《周易》，更沒

---

7 見錢穆《經學大要》，頁21。

有這事了。[8]

賓四先生直言漢朝人講孔子與《六經》的關係，除了「作《春秋》」這一項，「都講錯了」。他的意見，自然有所據，可惜信服今文經學家之說的人，不肯接受這個事實，而別有用心的人，更用來攻訐賓四先生的認識，甚至詆毀他貶抑聖人，目無儒書。其實推崇孔子，可以有許多方式，倒不必把《六經》和後人許多解經之說，都掛在孔子身上。

關於孔子與《六經》的關係，賓四先生在《先秦諸子繫年‧孔門傳經辨》中也有清晰的說明：

> 余考孔子以前無所謂《六經》也。孔子之門，既無《六經》之學，諸弟子亦無分經相傳之事。……謂孔子時已有《六經》，皆傳自子夏，各有系統，尤非情實。……儒家《六經》之說至漢初劉安、董仲舒、司馬遷之徒始言之。然《史記》亦僅言儒傳統，無孔門傳經。孔門傳統系統見於《史》者惟《易》，而《易》之與孔門，其關係亦最疏，其偽最易辨。其他諸經傳統之說，猶遠出史遷後，略一推尋，偽跡昭然矣。[9]

孔子與《六經》（《六藝》）的關係如上所述。賓四先生的考辨，我以為是可信的。至於漢朝人說「孔子作《春秋》」，賓四先生是同意的。因為他認為孔子在刪裁魯國史書舊文而成《春秋》，在刪裁過程中加了「大義微言，宏旨密意」，可說豐富了原來文本的內容，有撰作的

---

[8] 見錢穆《經學大要》，頁567。
[9] 見錢穆《先秦諸子繫年》（又名《先秦諸子繫年考辨》）上冊，1956年6月香港大學出版社（香港）增訂本，頁83及87-88。

用心，於是「作《春秋》」的「作」字，也可說是名副其實了[10]。

（三）漢武帝「表彰《五經》」

自民國初年以來，許多國史教科書和參考書，都有漢武帝「表彰《五經》，罷黜百家，而後儒家定於一尊」的說法，並認為這是漢武帝尊孔子、崇儒學的表現。這些書又指出，因漢武帝立《五經》博士而經學盛，「好像儒家從此才成為中國文化主流。把後來中國人看重儒家思想，完全歸因於漢武帝的這項措施」[11]。

賓四先生不同意上述說法，他在《兩漢博士家法》一文中已有意見，而在《經學大要》第三講中更表示：

> 漢武帝表彰的是戰國以前的《五經》，而非表彰戰國以後的儒家。漢武帝「表彰《五經》」的另一句，是「罷黜百家」。儒家只能算是百家中的第一家，則也在漢武帝罷黜之列。[12]

他跟著舉《漢書‧藝文志》為證，指出《藝文志》把一切書籍分為七類。第一類為《六藝》，就是「經」；第二類為「諸子」，就是「百家」。「百家」中第一家，即為「儒家」。可見「罷黜百家」，儒家也在內。同時可從分類看到，《六藝》與「諸子」，是當時學術上一大分野[13]。可以說，漢武帝時所看重的，是從周公（？-約前1095）到孔子的學

---

10 參閱錢穆《孔子與〈春秋〉》，《兩漢經學今古文平議》，2003年8月商務印書館（北京），頁278。
11 參閱錢穆《經學大要》第三講，頁31。2023年9月3日，無線電視播出《中國通史‧漢武帝》，就沿襲舊說，認定漢武帝立《五經》博士，尊崇儒家，罷黜百家，於是儒學定於一尊。
12 見同上，頁32-33。《兩漢博士家法考》，收錄於錢穆《兩漢經學今古文平議》。
13 參閱同上，頁33。

術,並非只看重孔子一人,而《論語》也不能與《春秋》並尊[14]。

究竟《六藝》與「諸子」的分別在哪裏?賓四先生說:

> 《漢書‧藝文志》以《六藝》為「王官學」,諸子為「百家言」。「王官」指國之共尊,「百家」乃指民間私家。[15]

可知漢武帝要提倡「王官學」來罷黜「百家言」。《六藝》即《五藝》(《五經》),屬「王官學」,儒家的《孟子》、《荀子》等等,在當時都是「百家言」。儒家不過是「百家言」之一,在《漢書‧藝文志》中,歸入《諸子略》。不過,《論語》不歸入《諸子略》,卻與《爾雅》、《孝經》同附於《六藝》之後,因為漢朝人認為《五經》由孔子所傳。無論怎樣,漢武帝表彰的,並不是戰國以後的儒家,而是戰國以前的古文舊書。賓四先生因而強調:

> 若民初人說「漢武帝表彰《五經》,罷黜百家,而後儒家定於一尊」,這便是無根據的空論。[16]

上述意見,賓四先生在他所撰作的《秦漢史》中,有更清晰的說明:

> 儒家亦百家之一,不得上儕於六藝。然則漢武帝立五經博士,謂其尊六藝則可,謂其尊儒術,似亦未盡然也。特六藝多傳於儒者,故後人遂混而勿辨耳。故漢人尊六藝,並不以其為儒者

---

14 參閱同上,頁35。
15 見同上。
16 見同上,頁33。

而尊。而漢人之尊儒，則以其尊六藝。此不可不辨也。[17]

可見漢武帝立《五經》博士，是尊「古之王官書」──《六藝》，不是「晚出之儒家言」。

皮錫瑞（1850-1908）的意見，有別於賓四先生。他主今文經說，認定孔子「刪定《六經》」，又換一個說法，說「《六經》為孔子所作」。他舉的例證，不過是「孟子稱孔子作《春秋》」[18]。賓四先生同意孔子有根據魯史舊文刪裁而成《春秋》，但直言所謂刪《詩》、《書》，訂《禮》、《樂》，贊《周易》，無論孔子或孔子弟子、孟荀等都沒有講過，而批評孔子的先秦人，也沒有講過[19]。劉師培（1884-1920）的意見，也與賓四先生不同。他主古文經說，認為「《六經》本先王之舊典，特孔子另有編訂之本」。他說，「《六經》為古籍，非儒家所得而私」。他又說，漢人「因尊孔子而並崇《六經》」，「非因尊《六經》而始崇孔子」[20]。賓四先生則認為，漢武帝所表彰的，並不是戰國以後的儒家，而是戰國以前的古文舊書，因此我們只可以說，漢人當時尊的是《六藝》，即古之「王官書」，只因為《六藝》多傳於儒者，因而後人才會混淆誤會[21]。

賓四先生論漢武帝「表彰《五經》」的意見，可說是同時廓清今、古文之說。皮氏、劉氏有今、古文門戶之見，賓四先生則無門戶之見，這是現代學術應有的精神。

---

17 見錢穆《秦漢史》第三章第二節，1966年4月自印本（香港），頁82-83。
18 參閱皮錫瑞《經學通論・序》，《經學通論》，1957年3月中華書局（北京），頁1。
19 參閱錢穆《經學大要》第三十一講，頁569。
20 參閱劉師培《經學教科書》（陳居淵注）第一冊，2006年7月上海古籍出版社（上海），頁28。
21 參閱錢穆《經學大要》第三講，頁32-33。

（四）漢人經學「今古文之爭」

漢人經學「今古文之爭」的話題，在中國經學史中常有人討論，但其中頗有些誤解，賓四先生曾加以辨明。現試引述他的意見談談。

賓四先生在《經學大要》第九講中指出：經書有「今文」與「古文」的分別，其實由一部《尚書》開始。《尚書》有所謂「伏生《尚書》」和「孔安國《尚書》」，前者在漢文帝時由晁錯（？-前154）受讀於伏生（生卒年不詳），後者是魯恭王壞孔子故宅，從牆壁中發現很多古書，其中有一部《尚書》，由孔安國（生卒年不詳）所藏。「伏生《尚書》」有二十八篇，而「孔安國《尚書》」則多出了十六篇，為了傳授的方便，晁錯把原是古體字的「伏生《尚書》」改寫成通行字體；「孔安國《尚書》」原也是古體字，但為了方便講讀，也該把原來的古體字，改寫成當時通行的字體。因此後來雖仍然維持「今文《尚書》」和「古文《尚書》」的名稱，只是辨別兩者出現的先後，而不是因為字體有古今的不同[22]。

賓四先生在同一講中又說：

> 漢武帝「表彰《五經》」所立的《尚書》是伏生《尚書》。孔安國家裏藏著這部書，送往朝廷，可是沒有立博士。太史公曾做過孔安國的學生……太史公心中並無古文經學、今文經學相異對立觀念……連孔安國心中也沒有這樣的分別。孔安國這部「古文《尚書》」……直到東漢……始終沒有立博士。最後到了三國，天下大亂，這部書丟了。[23]

---

22 參閱錢穆《經學大要》，頁173。
23 見同上，頁174。

由漢武帝到三國，「古文《尚書》」始終沒有立博士。賓四先生指出，在孔安國和司馬遷心中，並沒有古、今文經學相異對立的觀念。因此，他進一步說明：西漢時討論的經學「今古文」，只限伏生和孔安國兩本不同的《尚書》，而當時講《尚書》的人，其實只講當時朝廷認可的「今文《尚書》」[24]。不過在戰亂中丟失的「古文《尚書》」，後來再出現於東晉。到了清代閻若璩（1636-1704）《古文尚書疏證》一書出來，廣引經傳古籍，考證「古文《尚書》」之偽。「古文《尚書》」是偽書，就成為定論了。

至於後人所謂漢人經學「今古文之爭」，到底是甚麼一回事？賓四先生記述：

> （漢朝）當時三傳中只有《公羊》一家立博士。……漢宣帝在石渠閣召開博士會議，主要由講《公羊》、《穀梁》的雙方辯論，《穀梁春秋》終於也獲立為博士。石渠之爭，乃一家與一家之爭，非如後人所謂「今古文經學」之爭。[25]

如上所述，由漢武帝至宣帝，講《春秋》有《公羊》、《穀梁》之分，但立博士只有《公羊》。宣帝即位後，知道祖父喜歡《穀梁》，於是召開石渠閣會議，為《穀梁》爭取立博士，結果成功。賓四先生強調：這場辯論及結果，只是「一家與一家之爭」，而不是「今文」與「古文」之爭。

石渠閣會議後，發展情況怎樣？賓四先生在《國學概論》第四章和《經學大要》第九講都有說明：哀帝時劉歆（約前53-23）求立

---

24 參閱同上，頁175。
25 見同上。

《左氏春秋》、《毛詩》、《逸禮》、《古文尚書》之爭，是後儒所謂「今古文」相爭的第一案，但當時未嘗有「今古文」相爭之名。光武帝時，有范升（生卒年不詳）爭立《費氏易》及《左氏春秋》；章帝時，有賈逵（30-101）、李育（生卒年不詳）爭《公羊》及《左氏》優劣；桓帝、靈帝時，有何休（129-182）與鄭玄（127-200）爭《公羊》及《穀梁》、《左氏》優劣。這都是當時所謂「今古文之爭」，而所爭以《左氏》為主，用意在請立官置博士及禁抑官置博士之立[26]。經學上既有所爭，為甚麼賓四先生還是說：「凡屬經學在當時則因為『古文』，別無所謂今文、古文之別。」[27]他在《國學概論》的解釋是：

> 當時所謂「今古文」者……前漢有「今文」之實，而未嘗有「今文」之名，後漢則有「古文」之名，而無「古文」之實者也。則當時所謂爭者，豈不在文字之異本、篇章之多寡而已哉？豈不在於立官置博士而已哉？……所謂漢「今古文」之爭者，如斯而止。[28]

因為所有經書的原本，都是由古體字改寫成通行的字體，可以說「同為『古文』」。而且，前漢經學從未自我標榜為「今文」，所以有「今文」之實而無「今文」之名；後漢爭立博士的經書都稱為「古文」，但實際上是用通行文字寫出來，說經者也盡本於戰國晚起「今文」之說，所以有「古文」之名而無古文之實。因此，賓四先生認為，當時所「爭」，不外文字異本、篇章多寡、立官博士置弟子等方面，主要是爭利祿，而不是字體有分別，更不是為了爭學術的真是非。這就是

---

26 參閱錢穆《國學概論》，頁107-110；《經學大要》，頁175-176。
27 語見錢穆《經學大要》第九講，頁176。
28 見錢穆《國學概論》第四章，頁112，114及122。

經學「今古文之爭」的事實[29]。

賓四先生在《兩漢博士家法考》一文又指出，康有為（1858-1927）、廖平（1852-1932）等人主張兩漢經學早分今文、古文，又說博士官學源流可一一追溯至戰國，以致坐實兩漢經學有今古文之爭，其實都是穿鑿附會、張皇過甚之談。賓四先生之說，論據充分，辨析詳明，可參閱[30]。

（五）《周官》著作時代與作者

《周官》的著作時代與古文經的關係，歷來談論經學的人有不少辨析及評論。賓四先生提供論據，證明《周官》是戰國晚年書，與今家認為《周官》是晚出之書的看法相同，只是他同時指出：「謂其書乃劉歆偽造，則與謂其書出周公制作，同一無根。」[31]他在《兩漢經學今古文平議‧自序》中這樣說：

> 清儒主張今文經學者，群斥古文諸經為偽書，尤要者則為《周官》與《左傳》。《左傳》遠有淵源，其書大部分應屬春秋時代之真實史料，此無可疑者。惟《周官》之為晚出偽書，則遠自漢、宋，已多疑辨。然其書是起何代，果與所謂古文經學者具何關係，此終不可以不論。[32]

賓四先生明確表示：《左傳》遠有淵源，內容大部分屬春秋時代的真實史料，不是偽書。不過他同意《周官》是晚出之書。對這部晚出之

---

29 參閱同上，頁81。
30 參閱錢穆《兩漢經學今古文平議》，頁234-235。
31 語見錢穆《周官著作時代考》，《兩漢經學今古文平議》，頁322。
32 見錢穆《兩漢經學今古文平議》，頁5。

書，賓四先生要考辨：其書起於何時？與所謂古文經學者有何關係？

關於《周官》的著作時代，賓四先生分從祀典、刑法、田制及其他相關等方面，作了詳細深入的辨析，並提供充足的理據。最後，他的意見是：

> 《周官》記載宗教祀典，大部分採取戰國晚年陰陽家思想。關於法制刑律，則有許多是李悝、商鞅傳統。……至於《周官》書中之井田制，則多半出自戰國晚年一輩學者理想中所冥構。[33]

其他如公田的廢棄、爰田制的推行、封疆的破壞等情況，《周官》都有涉及，但都是井田制度消失後的現象。可見《周官》一書的內容，已隨著時代的發展和新興的局面，而有晚出的記述。賓四先生因而裁斷：

> 《周官》還只是像戰國三晉人作品。遠承李悝、吳起、商鞅，參以孟子，而為晚周時代的一部書。[34]

談到《周官》與「所謂古文經學者」的關係，不得不關注《周官》與劉歆之間的關係。賓四先生在「古文經學者」之前加「所謂」兩字，因為他認為哀帝時劉歆求立《左氏春秋》、《毛詩》、《逸禮》、《古文尚書》之爭，是後儒所謂「今古文」相爭的第一案，但在當時實未有「今古文」相爭之名，更沒有今文學者與古文學者的分別[35]。賓四先生在《周官著作時代考》中說：

---

[33] 見錢穆《周官著作時代考》，《兩漢經學今古文平議》，頁405及407。
[34] 見同上，頁462。
[35] 參閱錢穆《國學概論》第四章，頁122；錢穆《經學大要》第九講，頁175-176。

《周官》自劉歆、王莽時,眾儒已「共排以非是」。其後雖有少許學者信奉,終不免為一部古今公認的偽書。然謂其書出周公制作,同一無根。我前草《劉向歆父子年譜》,曾於劉歆大批偽造古書一說,加以辨白。……何休曾說:「《周官》乃六國陰謀之書。」據今考論,與其謂《周官》乃周公所著,均不如何說還近情。[36]

賓四先生在《劉向歆父子年譜》一文中,羅列論據,詳辨康有為主張劉歆偽造大批古文經之說的謬誤,凡二十八項。有人誤會他以古文經的立場,攻今文經學者之失,自然是失實的質疑。提出質疑的人,無疑是先有門戶之見,而自我錮蔽於自設門戶之內,終至於「渺不得定論之所在」,「此即門戶之見之為害也」[37]。

三　錢賓四先生治經的特色

本文在上面介紹了賓四先生幾項論經之說,都是經學或經學史上較多爭議的問題。賓四先生對這些問題,引述資料,逐一疏解。他的結論,有很大說服力,雖不一定為人人所接受,但可給有興趣研治經學和經學史的學者參考。論經之說,內容主要是解決經學或經學史上的問題,有了這方面的認識,我們無妨進一步了解賓四先生治經的主張和特色。

(一) 重視「史」的觀念

經學是一種自兩漢以來千古聚訟之學,在每階段的發展過程中,

---

36 見錢穆《兩漢經學今古文平議》,頁322。
37 語見錢穆《兩漢經學今古文平議・自序》,《兩漢經學今古文平議》,頁3-4。

都出現複雜的情況，也引發許多爭議。因此，我們研治經學，除了須通考據，也要有「史」的觀念，否則就不能了解學術思想的傳承和發展。現代研治經學的人，大多重視專書的研究，而不知道經學史的重要。因此，現時大專院校或研究機構，有研究經書的人，卻少研究經學史的人。大專院校或研究機構的課程，有經書研習的提供，卻似乎沒有經學史的開設。

　　五十年代，賓四先生在新亞書院講中國文學史和中國文化史，都有涉及經學史問題的討論。六十年代以後，賓四先生定居臺灣講經學（有《經學大要》一書），就是從「史」的角度去討論，並再三強調治經須有「史」的觀念。他認為沒有「史」的觀念去研治經學，不免偏狹，或忽略了學術的本源、流變，而造成了不盡不實的認識或裁斷。他在《兩漢經學今古文平議・自序》中強調：

> 夫治經終不能不通史……經學上之問題，同時即為史學上之問題，自春秋以下，歷戰國，經秦迄漢，全據歷史記載，就於史學立場，而為經學顯真是。[38]

「治經終不能不通史」，這是賓四先生向來所主張的。可以說，賓四先生常存有「史」的觀念來治經。我們試多讀賓四先生經學方面的論著，就可看出這種治經的特色。

　　稍可一提，五十年代至六十年代，先師牟潤孫先生（1908-1988）在新亞書院就曾多次開設經學史這門課，並常強調經學與史學及其他學科的關係。我對經學所知有限，但未敢忘記師教，自從香港理工大學退休以後，我就在新亞研究所多次講授經學史，並從學術思

38　見同上，頁6。

想發展的角度，以專題方式，討論經學的種種問題。

（二）破除門戶求博通

談論經學的人，有主張今文說，有主張古文說，兩方各持己見，互相排斥。到了晚清，情況更甚；直到現代，仍有人標榜門派之說，排斥異己。於是主張今文的學者，每以今文諸經建立門戶，排斥古文諸經於門外；而主張古文的學者，又常以今文的門戶為門戶，自囿於所見所聞，故意與今文之說立異。賓四先生在《經學大要》中表示：講經學和經學史，應該破除今古文經學的界限，才能找尋出一條研治新路[39]。他在《兩漢經學今古文平議·自序》中說：

> 蓋清儒治學，始終未脫一門戶之見。其先爭朱、王，其後爭漢、宋。……彼輩主張今文，遂為諸經建立門戶……而主張古文諸經者，亦即以今文學家之門戶為門戶，而不過入主出奴之意見之相異而已。[40]

賓四先生指出清儒治經之病。《平議》一書，雖以破今文家之說為主，但並非以古文家之說為立足點。他在《自序》刻意地交代自己的撰作宗旨，「端在撤藩籬而破壁壘，凡諸門戶，通為一家」[41]。《平議》的撰作宗旨，正是賓四先生的治經宗旨。

賓四先生的一些著作，表面似乎講的是專門之學，究其實，他是尚「通」不尚「專」；講經學，也是如此。他在《經學大要》中曾說：講經學的人往往有個大缺點，就是只根據經學來講經學。這樣講

---

39 參閱錢穆《經學大要》第八講，頁144。
40 見錢穆《兩漢經學今古文平議》，頁3及5-6。
41 語見同上，頁6。

經學,就會太偏、太專,容易出毛病。研治經學,須懂史學、理學,也要懂文學和哲學。反過來說,講史學,不通經學也不行,例如研究秦漢史,不得不讀《史記》、《漢書》,但完全不懂經學,就不能真正讀懂這兩部史書。理學,固然不同於經學,但兩者關係密切,如果不懂經學,就難以明白理學,不明白理學,又怎能研究宋代歷史?他如文學、哲學,與經學也有關係,兼通各學,是治經所需要的[42]。這是賓四先生對後學的忠告。

(三) 折衷眾說下判斷

賓四先生在一九三九年,曾寫了一封信給顧頡剛 (1893-1980),這封信收錄在《顧頡剛日記》裏。賓四先生在信中對顧氏說:

> 兄之所長在於多開途轍,發人神智。弟有千慮之一得者,則在斬盡葛藤,破人迷妄。故兄能推倒,能開拓,弟則稍有所得,多在於折衷,在於判斷。[43]

賓四先生指出自己治學之所長,多在於「折衷」和「判斷」。這是長久自省、觀察所得之言,同時,也可看到他學有所得的自信。

就治經而言,我們試讀賓四先生所發表的經學論著,就知道他在廣徵論據時,能折衷眾說,並下判斷,然後提供有說服力的結論,顯示高明的識力。試以《劉向歆父子年譜》一文為例:

本篇的體例,是仿王國維 (1877-1927)《太史公行年考》,以年譜的撰作形式,排列了劉向 (前77-前6)、劉歆的生卒任事年月及新

---

[42] 參閱錢穆《經學大要》第七講及第九講,頁113、114、119及172。
[43] 見《顧頡剛日記》第四卷「1939年7月2日日記」,2007年5月聯經出版事業公司(臺北),頁395。

莽朝政，用具體史事揭櫫康有為（1858-1927）《新學偽經考》有二十八端不可通。凡康文曲解史實、抹殺證據之處，皆一一指明，內容包括：一、劉歆無遍造群經的時間；二、與劉歆同時或前後時代的人，並未留下劉歆作偽的記載；三、劉歆爭立古文經時，並無媚莽助篡偽造《周官》；四、劉歆並未在偽造《周官》前，偽造《左傳》、《毛詩》、《古文尚書》、《逸經》等經書[44]。上述意見，是賓四先生廣搜資料、折衷眾說，然後再下判斷的結果，其中既有掌握豐富資料的要求，又要具備識力，並非憑空而言。我們只要細讀原文，探其思路，就了解他的撰作過程，可資效法。

其他如《兩漢經學今古文平議》中的《兩漢博士家法考》、《孔子與春秋》、《周官著作年代考》諸文，以至《國學概論》、《先秦諸子繫年》涉及經學方面的考辨，都可看到賓四先生治經的折衷、判斷功夫。

（四）以文化為本位認識經學流變

賓四先生一生治學，實以中國文化為本位，他認為研究歷史，實質上是研究歷史背後的文化。治學既以中國文化為本位，所以他的著作，往往涉及諸子學、經學、玄學、佛學、理學、清學等學術思想史的領域。余英時先生在《錢穆與新儒家》一文中就指出，賓四先生「一生的主要貢獻是在指示我們怎樣去認識中國的文化系統及其流變」[45]。

凡以中國文化為本位的治學，必然會以儒學為宗主，賓四先生也不例外。儒家思想，在中國歷史上延續了兩千多年，長久以來，已成為中國文化中最重要的部分，也表現在中國人生活的方方面面。《兩

---

44 參閱錢穆《劉向歆父子年譜・自序》，《兩漢經學今古文平議》，頁2-6。
45 語見余英時《錢穆與新儒家》，《余英時文集・現代學人與學術》，2006年2月廣西師範大學出版社（桂林），頁8。

漢經學今古文平議》一書，顯然是經學方面的著作，內容以經學為辨析、述論的中心，也就是以儒學思想為討論的中心，這顯示他以文化本位為治學的取向。全書四篇論文，篇目不同，討論各異，但都是經學研究，也是史學研究，更是文化研究。賓四先生在《兩漢經學今古文平議·自序》中說：

> 一時代之學術，則必其有一時代之共同潮流與其共同精神……逮於時代變，需要衰，乃有新學術繼之代興。……漢儒治經，不僅今文諸師……即古文諸師，亦莫不與此潮流相應相和，乃始共同形成其一時代之學術焉。[46]

賓四先生指出，一時代的學術，與時代潮流和時代精神的密切關係。試以各時代的經學為例：漢儒治經，有不少穿鑿附會，但他們對有些微言大義，確有所受，同時把其中一些內容，用到當時的實際政治上來。魏晉以下，因道釋思想的影響，漸漸看輕「政治」，看重「教化」。唐人治經，主「治」、「教」分；宋人治經，主「治」、「教」合；朱熹的《四書章句集注》，則主「以教統治」[47]。清儒經學，卻是另一途向：「他們既不重政治，又不重教化，把自身躲閃在人事圈子外面來講經學」，「他們縱有所發明，卻無關乎傳統經學的大旨」[48]。

賓四先生說明了每一時代的學術，會因時代潮流、時代精神而轉移的具體事實。我們如果缺乏時代的認識，不以文化為本位去看學術的流變，來述論經學的發展，就會有搔不著癢處的地方。賓四先生治經的經驗，會為後學提供有用的提示。

---

46 見錢穆《兩漢經學今古文平議》，頁5。
47 參閱錢穆《孔子與春秋》，《兩漢經學今古文平議》，頁295-297。
48 語見同上，頁299。

四　結語

　　賓四先生的學問，兼通經史，主要論著，都是以儒家學說為宗主，以文化為本位，並重視「史」的觀念，又強調須破除門戶之見求博通，在述論過程中，往往有長於折衷、判斷的表現。《先秦諸子繫年》一書，最能顯示這方面的特色。他的早期著作《國學概論》，編寫於一九二六及一九二八年，初版於一九三一年（民二十）五月，就已是一部立足經史和文化，述論中國古今學術流變大趨，內容不少已涉及儒學和經學的討論。《兩漢經學今古文平議》一書，就更是一部亦經亦史、亦儒學亦文化的代表作。到了晚年，賓四先生在臺灣講學，決定為研究生開設「經學大要」這門課，就是從「史」的角度，為學生講「經學史」[49]。

　　本文內容，大體分兩部分：其一是介紹賓四先生論經之說，所舉五項，只是他的部分意見，並非全部。但這些意見，其中頗有創新觀點，到了現在，仍有參考、討論的價值。其二是介紹賓四先生治經之說，而他的治經之說，可約略反映他的治經特色，再以他的論著來印證，所得印象就會更為具體。

　　關於賓四先生的論經之說和治經特色，過往已有人作或詳或略的述說，本文的介紹和析論，不過是聊舉數例，稍作蠡測而已。

二〇二三年九月完稿
（「舊學新傳——新亞學統及文史哲」學術研討會發言稿，2023年10月6日）

49　參閱錢穆《經學大要》目次前的出版說明。

略談經典教育與書院價值觀的傳承

一　引言

「經典教育」，在我國教育史上，是個長期受到關注的課題，也是個引發大家不斷討論、思考的課題。討論、思考的結果，無疑會讓我們得到一些共識，也會看到一些分歧。座談會的舉辦，大抵也是要找出大家的共識和分歧罷？

今次座談會的主題是：「經典教育與書院精神：傳承與創新」。分組論題有三，範圍包括：傳承、創新、實踐。我參加這一節，以「傳承」為中心，主要討論「經典教育與書院價值觀的傳承」，也就是既要討論何謂「經典教育」，也要討論何謂「書院價值觀」，同時又要討論兩者「傳承」的問題。

多年前，我曾寫過一篇《中國書院教育精神與新亞》[1]，談的就是「中國書院教育精神」。所謂「書院教育精神」，我以為就是「書院價值觀」。後來我又寫了一篇《經典閱讀與教學的實踐與思考》[2]，內容主要是經典教育的範圍和經典教學的實踐。這兩文的內容，發表時間雖早，但似乎與今次座談會的主題和分組討論的範圍並不脫節，而

1　見李學銘《讀史懷人存稿》，2014年8月萬卷樓圖書公司（臺北），頁213-229。此文原為新亞研究所學術演講會發言稿（2009年2月14日）。
2　見李學銘《經史疑義辨析叢稿》，2024年2月萬卷樓圖書公司（臺北），頁33-47。原載《國際中文教育學報》第2期，2017年12月哥倫比亞大學、中華書局、香港教育大學（香港）。

且，我在當時提出的思考問題，有一些似乎仍未有具體答案，因此，我嘗試以上述兩文的部分內容為基礎，再結合自己近期的想法，提出一些意見，供大家作為討論的嚆矢。

二　何謂「經典教育」

談「經典教育」，首先會面對「何謂經典」的問題。所謂「經典」，有廣狹兩義，朱自清（1898-1948）在《經典常談・序》中，就採取廣義的說法。他認為「經典」包括儒學群經、先秦諸子、幾種史書、一些集部；同時也得懂「小學」，所以《說文解字》等書也是經典的一部分[3]。至於狹義的解說，不少人認為「經典」指的是經學典籍，即儒學群經，最多可擴大到一些與儒學群經密切相關的書籍，如先秦諸子和一些與儒學思想元素較多的傳統蒙書，等等。

今次座談會所標示的「經典」，我相信是狹義的說法，不知道座談會的主辦者是否同意？與會者是否有同樣的共識？我這樣問，因為我曾在二〇一七年參加過本地一所大學舉辦的第七屆「讀經教育國際論壇」研討會，會中就有人以中國古典文學作品的理解和欣賞，作為論文宣讀的內容，而研討會仍然接受，而現場的與會者，也沒有人表示質疑，可見舉辦了七屆「讀經教育」的研討會，主辦者和參與者，對「經典」的解說，仍然有廣義和狹義的分歧。不過，分歧歸分歧，無論是廣義或狹義的經典教育，都有共同的目的，就是這樣的教育，可增益傳統文化知識，陶冶性情，提升思想，並能增強每位國民的民族自愛和自信。而主張狹義經典教育的人，更特別強調經典教育有利

3　參閱朱自清《經典常談》，《朱自清古典文學論文集》下冊，1981年7月上海古籍出版社（上海），頁595。

於個人品德行為的修養,即可促使我們較重視修己、待人之道。這個說法,或許會引起一些爭議,但該是大多數中國人的想法。

此外,提到「經典教育」,不能不涉及學習和教學,即在現代教育中,我們不可不留意經典教育的內容和教材,同時也要留意如何指導學生學習經典的內容、如何促使學生實踐經典的提示。這樣說來,何謂「經典教育」,就不是個簡單問題;我們如果要進一步討論「經典教育」的傳承,也就更複雜了。

三 何謂「書院價值觀」

「書院價值觀」是甚麼?我相信指的是我國古代書院的教育精神,特別是宋明書院的講學精神。

我國古代書院,可分為民間和官府兩種,在唐代已經出現。五代十國的書院,仍然繼承唐制發展,根據文獻記載,民間書院的建置,早於官府書院。當時書院初期的形態,並不盡是士子讀書、學者講學的場所,據地方志和唐詩的記述,民、官書院的情況,大抵以治學、講學、藏書、印書為主,同時也有紀念、祭祀、談詩、論文、遊宴等活動;而交流學術、討論政治,也是常有的事。兩宋時代,門閥制度解體,社會經濟發展,印刷技術發達,促使講學、藏書、印書在社會上蔚成風氣。這個時期,書院受到重視,書院數目大增。元代國祚時間不長,但書院之設,反而大為增加,這自有當時政治、社會的因素。到了明代,書院發展也極為昌盛,這時期書院的數目,遠多於唐宋元所有書院數目的總和[4]。

---

4 參閱鄧洪波《中國書院史》,2000年1月東方出版中心(上海),頁2-26、42-43、260-282。

可以說，我國書院的建置，始於唐五代而盛於宋明。後世談到「書院教育」，一般以宋明書院為代表，特別是書院的發展，由兩宋至明代，規制更日趨完善，而「學規」的制訂，更是書院主持者所重視的工作。因此，談書院教育精神，即書院價值觀，不能不提宋朱熹（1130-1200）的《白鹿洞書院揭示》。《揭示》把「學」定義為五教五倫，明確地規定「明人倫」是書院的教育目標，至於「為學之常」，則是博學、審問、慎思、明辨、篤行。《揭示》把學、問、思、辨歸入「窮理」；修身、處事、接物，歸入「篤行」。而「窮理」和「篤行」，則是構成「為學」的兩大部分，缺一不可。不過在兩大部分中，《揭示》又特別詳述「篤行」，表示蘊含經世之志的道德踐履，須特別重視[5]，這個意見，固然是朱熹在白鹿洞書院所揭示的教育理念，也可說是當時及以後許多書院的教育理念，即所謂「教育精神」。

明王守仁（1472-1529）在長達二十多年的書院講學活動中，逐漸形成自己對書院的看法，並在不同篇章中，揭示自己的書院教育精神。他在《萬松書院記》中表示，興建書院和在書院講學的本意，是為了效法古聖賢「明人倫」，並標舉朱熹的《白鹿洞書院揭示》作為書院的「學規」，顯示他所倡導的書院教育精神，是傳承有自的[6]。不過，時代不同，社會不同，對象不同，性格不同，王氏對朱氏之說，當然會有發展、調整和補充。有人認為，這是意在「顛覆」[7]。我則認為，王氏不過是補充、推擴朱氏之說，並不算是「顛覆」。王氏在《紫陽書院集序》中又強調：「君子之學，惟求其心」，「心外無事，心外無理，故心外無學」[8]。他表示為學在心內而不在心外，正是把

---

5 參閱鄧洪波編《中國書院學規》，2000年10月湖南大學出版社（長沙），頁114-115。
6 參閱王守仁《王陽明全書》卷四，1953年10月正中書局（臺北），頁210。
7 參閱鄧洪波《中國書院史》，頁296-297。
8 見王守仁《王陽明全集》卷四，頁185。

「為學」與「做人」視為同屬一事。

　　大家如果同意以上的述說，大抵會有這樣的共識：所謂「書院價值觀」就是宋明書院的「教育精神」，也就是朱熹《白鹿洞書院揭示》和王守仁《萬松書院記》、《紫陽書院集序》所表達的意見。朱熹在《孟子‧滕文公章句上》解說孟子所云三代之學「皆所以明人倫也」時，有更簡明的表述：

> 父子有親，君臣有義，夫婦有別，長幼有序，朋友有信，此人之大倫也。庠序學校，皆以明此而已。[9]

古代君與臣的關係，即現代管理者與被管理者的關係，還有其他人際關係如夫婦、長幼、朋友，都是「人之大倫」。所謂「庠序學校」，當然包括書院在內。「為學」在「明人倫」，「明人倫」是「做人」功夫，即「為學」是為了「做人」，懂得「做人」，才可彰顯「為學」的效果。因此，「為學」與「做人」，是一事而不是兩事。也就是說，宋明書院的「教育精神」，就是指導生徒「為學與做人」；我以為，這也就是書院的「價值觀」。

四　「經典教育」與「書院價值觀」傳承的考量

　　宋明以後，我國經歷過多次戰亂和政權的更易，再加上時代、政治、社會的種種因素，書院的性質不能沒有改變，但在民間和政府兩大力量影響下，書院仍不斷向前發展。在發展過程中，書院愈來愈重視對外開放的聚徒講學，於是原本以讀書、治學、著述、藏書、印書

---

[9] 見朱熹《孟子集注》卷五，《四書章句集注》，2005年9月中華書局（北京），頁255。

為主的場所，逐漸變為學校性質的教育機構。不過，為了配合科舉考試的要求，書院對生徒也有應試的指導，其中不免滲入功利的考慮，因而後來講論書院價值觀即書院教育精神的人，都會跳過清代而強調上承宋明書院教育的傳統——明人倫。只是這樣上承傳統，會不會引起時代滯後、與現實脫節的批評？因此，在現代社會中，我們如果要講求「經典教育」與「書院價值觀（教育精神）」的傳承，就得要較切實地思考一些相關問題。現試略舉數項如下，藉供大家參考、討論。

（一）中心掌握問題

「經典教育」，與「書院價值觀」即「書院教育精神」有密不可分的關係，講傳承，就得要認清目標，掌握「經典」和「書院價值觀」的中心，這個中心，有「指南針」的作用，可讓我們的經典教育和書院教育，能「一以貫之」，最後達成傳承的效果。這個「一以貫之」的中心是甚麼？正如上文說到，是「明人倫」，而「明人倫」，指的是懂得「為學與做人」的道理。這方面的道理，朱熹和王守仁已有說明，而後來的傳承者，以至近現代的學者，都有層次不同、詳略各異的闡述和發揮。例如創辦新亞書院諸先賢，他們為同學擬定的「學規二十四條」，第一條就是：「求學與做人，貴能齊頭並進，更貴能融通合一。」[10] 顯然這就是「明人倫」的教導，也就是提示我們要通過求學（為學）去明白人情、事理，把求取知識與品德修養合為一體，目的在懂得做人之道。這個經典教育與書院教育精神（價值觀）的重要內涵和中心，從事教育的人，豈可不好好掌握？

---

10 見錢胡美琦編《新亞遺鐸》，2004年8月生活、讀書、新知三聯書店（北京），頁1，新亞先賢和前輩提到「學規」的第一條，有時會說「為學與做人」，而錢穆先生在演講時，也常說「為學與做人」。

（二）範圍訂定問題

談「經典教育」，不能不問「經典」的範圍。我們即使採取狹義的解說，仍不免有爭論。例如一般的建議是：經典教育，可先讀《四書》，再讀《五經》，而《五經》也只能選讀。這個建議，有人認為不足，難以達到「經典教育」的效果。也有人建議，為了適應時代的需要，不能只讓學生去讀《五經》或《十三經》，而應該重新擬定一個「新經」的目錄，包括歷代學派之說和學生易於了解的古書，「經典」範圍，可以無限擴大[11]。不過這個建議，已不是讀經學典籍，而是讀中國書了。其實，涵蓋不周，成效固然有限，但兼顧太多，無論對中學或大學的教師和學生，都會消受不了。如何為不同程度的學生訂定經典教育的目標，畫定經典教育的範圍，選擇經典教育的教材和教法，等等，都是不可忽略的。否則，倡議「傳承」，強調「經典教育」、「書院教育精神」的重要，往往會成為空言。

（三）義蘊轉化問題

儒學群經有很多字詞、語句難以理解，其中也有不少提示，在現實社會中難以實踐。艱深的字詞、語句，可由專家學者作深入淺出的處理，方便讀者和學生，不合時代精神、現實生活的提示，就要由教師或指導者，通過自己的研讀、思考，再結合現代精神、生活，去指導、提示學生，達到「以古證今」、「明古知今」的致用目的，這裏頭的關鍵，是先消化，再轉化，而在轉化過程中，須結合現實生活，有時代、社會的考慮，不要徒逞臆說，作無根的穿鑿、附會。「經典教育」，當然須以經典為據，值得注意的是，教師或指導者要懂得從經

---

11 參閱杜呈祥《從歷史和教育的觀點談讀經問題》，黃力生編《讀經問題》，1953年3月中國政治書刊出版合作社（臺北），頁55。

典的義蘊中，採取適合的東西，轉化為合於今用的提示，供學生參考、思量，引導他們明白「為學與做人」必須融通合一的道理，使能在現實生活中實踐所知，這才是「經典教育」和「書院教育精神」的要義，也就是發揚「書院價值觀」要做的工作。

（四）學習興趣問題

教學的對象是學生，學生的學習興趣，往往是教學是否有成效的先決條件。儒學群經，無論是文字或內容，對較多青少年來說，都有理解的困難，而思想方面，更有很大的時代隔閡，因此少年抗拒閱讀，並不意外。如何引發學生學習經典的興趣，的確是個難題。我以為，經典文字的考訂訓詁、內容的深入探研，以至言外之意的抉發，可由專家學者去做。對於青少年，可配合不同程度，訂定目標，選擇不同層次的教材，作單元的組合，同時設計一些學習方式和活動，提供有趣的教具、插圖及分析表等等，讓學生逐漸產生學習的興趣。對經典教育來說，如何引發學生學習的興趣，既是個存在已久的老話題，也是個有挑戰性的新課題。在現代教育機制和學校課程中，我們如果認定「經典教育」是其中不可缺少的部分，就得要嘗試打破時代的隔閡，切實思考學生學習興趣的問題，否則，缺乏興趣，傳承從何說起？

（五）科技善用問題

近期電子科技的發展一日千里，許多電子教材、電子書紛紛出版，但較缺乏的，似乎是為經典教育而設計、製作的教材、教具、遊戲。通過電腦，出版商是否可製作一些圖文並茂與儒學經典有關的電子書或紀錄片？同時也可考慮設計、製作一些理解篇章、提供經典知識的互動軟件，讓學生可通過自學或遊戲方式，去理解篇章內容的大

略和解決字詞的疑難，同時也可不用強記而增益一些經典知識。例如與經典知識有關的成語故事，就可製作為電腦自學軟件，等等。善用電腦輔助經典的教和學，並藉此引發學生學習的興趣，我認為應由精熟電腦科技的人去設計和開發，而內容的編寫、審訂等工作，則可由專家學者和教育工作者提供建議或直接參與。近來電腦技術日益進步，善用這方的技術，去設計、製作經典教育的教材和學習材料，應可大大增加學生學習經典的興趣，而傳承經典教育、書院教育精神的效果，也可能得以增強。

五　新亞創辦與書院教育精神的傳承

談到書院教育精神（價值觀）的傳承，不能不稍提新亞書院的創辦。

新亞書院創辦於社會動盪、物質匱乏的四十年代末，以維護、傳揚中國文化為宗旨。當時的「招生簡章」，就提出要「上溯宋明書院講學精神」，「務使學者了知為學與做人同屬一事」。稍後錢穆（1895-1990）、唐君毅（1909-1978）、張丕介（1904-1970），吳俊升（1901-2000）諸先賢，更共同為新亞學生擬定「學規二十四條」，第一條就是：「求學與做人，貴能齊頭並進，更貴能融通合一。」這一條「學規」所宣示的，就是朱熹、王守仁所倡言的「明人倫」。後來相繼成立的新亞研究所和新亞中學，所傳承的辦學宗旨，也是強調「求學（為學）」與「做人」的「融通合一」，即朱、王所倡言的「明人倫」。

新亞書院成為香港中文大學的院校成員之後，不能不受制於本港政府的監督、資源的分配和大學的統籌，要講求學術自主，要提倡宋明書院教育精神，要表現個體獨立風格，不免會受到較多掣肘。而任

教者和來學者，也不一定人人認同「新亞學規」所標榜的一套[12]。新亞中學成立較後，又是本港教育體系中的一所政府津貼學校，因而也有許多不能自主的限制。不過，從中大新亞書院和新亞中學的校園布置，以至各種校內活動的舉辦，我相信兩所院校裏面，仍有不少有心人，能秉承新亞的創辦宗旨，繼續傳承宋明書院的教育精神，但不能否認有客觀條件的局限。

新亞研究所在一九五三年籌辦，正式成立於一九五五年，有長久的營辦歷史，培育了不少文史哲人材。研究所最初也有併入中大的方案，最後沒有併入，據說是為了以私立學術機構的角色，保留一個講學平臺，維持新亞向來所倡導的宋明書院講學方式和精神；也讓一些不隨俗流的資深學者，不必理會被扭曲的學術評審標準和教學要求，以自己所長，傳承理想，為培育下一代而竭盡心力。不過，研究所在客觀環境因素、資源極度匱乏的壓力下，能否繼續傳承書院的教育精神，講求教育理想，提供富有特色而又不脫離現實需要的課程，在現代多元化社會中，發揮私學教育的功能，略補其他大專院校在課程和教學方面的不足或偏差，為本地教育略盡綿力，就要靠主事者的信心和毅力，同時也要他們具有敢於面對艱困的勇氣，並擁有不斷解決困難、迎難而上的能力。

六　結語

本文是一篇座談會的發言稿，主要環繞分組論題的中心，較集中

---

[12] 錢師母胡美琦女士《新亞遺鐸·序》中就這樣說：「我曾目睹她快速轉變時期，解除了經濟困厄，而逐漸步入人事紛擾。更目睹她加入中文大學後陷於興奮迷惘，個人功利勝過了整體道義，創校理想日益模糊。」（見錢胡美琦編《新亞遺鐸》，正文前頁2。）

地討論「傳承」問題。內容包括：何謂「經典教育」；何謂「書院價值觀」；「經典教育」與「書院價值觀」傳承的考量。考量方面，文中提出幾個問題，如中心掌握、範圍訂定、義蘊轉化、學習興趣、科技善用等，供與會諸君作為討論的參考。文末提到新亞書院的創辦與書院教育精神（價值觀）的傳承，只因為新亞諸先賢在辦學之初，就在「招生簡章」和「新亞學規」中，明白宣示要上溯宋明書院講學精神，並提示來學者要傳承「為學與做人」之道，即不要忘記宋明書院「明人倫」之教。時至今日，新亞人以至本地所有有心發揚中國傳統文化的人，是否仍有「傳承」的決心，並在種種客觀條件限制下，仍肯跨越障礙，奮力前行，似乎就得看今後的發展和表現了。

為方便讀者，現試歸納本文的內容要點如下：

經典教育	修己待人	明人倫：為學與做人
書院教育： 教育精神 價值觀	窮理：博學、審問、慎思、明辨 篤行：修身、處事、接物	
傳承考量： 認識與實踐		

二〇二四年四月完稿

（「經典教育與書院精神：傳承與創新」座談會發言稿，2024年4月20日）

乙輯
說史

《三國志》與諸家注及其他

陳壽（233-297）《三國志》與《史記》、《漢書》、《後漢書》，合稱「四史」，向為治史者重視。今所欲討論者，厥為《三國志》一書及其注，而其他相關資料，亦稍稍涉及焉。

一

論及《三國志》之評價，《晉書‧陳壽傳》載：

> （壽）撰魏、吳、蜀《三國志》，凡六十五篇。時人稱其善敘事，有良史之才。夏侯湛時著《魏書》，見壽所作，便壞己書而罷。張華深善之，謂壽曰：「當以《晉書》相付耳。」其為時所重如此。[1]

據《晉書》所述，可見陳書為時人推重，惟《傳》中亦有短貶之言：

> 丁儀、丁廙有盛名於魏。壽謂其子曰：「可覓千斛米見與，當為尊公作佳傳。」丁不與之，竟不為立傳。壽父為馬謖參軍，謖為諸葛亮所誅，壽父亦坐被髡，諸葛瞻又輕壽。壽為亮立傳，謂亮將略非長，無應敵之才，言瞻惟工書，名過其實。議

---

[1] 見《晉書》卷八十二、2014年11月中華書局（北京），頁2137。

者以此少之。[2]

《晉書》所載應非實錄，評論似亦欠公。二丁當時名位未高，「有盛名」云云，恐非事實，故不為立專傳耳。至陳氏論諸葛亮之言，亦不得謂有私心。試考《蜀書‧諸葛亮傳》之評，推美之語不少，未可因其稍有不足之論，即視為詆毀也。

陳氏於《諸葛亮傳》之末評曰：

> 諸葛亮之為相國也，撫百姓，示儀軌，約官職，從權制，開誠心，布公道；盡忠益時者雖讎必賞，犯法怠慢者雖親必罰，服罪輸情者雖重必釋，游辭巧飾者雖輕必戮；善無微而不賞，惡無纖而不貶；庶事精練，物理其本，循名責實，虛偽不齒；終於邦域之內，咸畏而愛之，刑政雖峻而無怨者，以其用心平而勸戒明也。可謂識治之良才，管、蕭之亞匹矣。然連年動眾，未能成功，蓋應變將略，非其所長歟！[3]

此言亮以相國治蜀，賞罰嚴明，用心正而勸戒明，刑政雖峻，民咸畏而愛之。至其所短，乃連年動眾伐魏，未能有成，故謂「應變將略，非其所長」。而於同《傳》，陳氏自述受命為亮編定文集，並於晉武帝泰始十年（274）二月上奏云：

> 所與對敵，或值人傑，加眾寡不侔，攻守異體，故雖連年動眾，未能有克。昔蕭何薦韓信，管仲舉王子城父，皆忖己之

2　見同上，頁2137-2138。
3　見《三國志》卷三十五，《蜀書》，1959年12月中華書局（北京）校點本，頁934。

長,未能兼有故也。亮之器能政理,抑亦管、蕭之亞匹也,而時之名將無城父、韓信,故使功業陵遲,大義不及邪?[4]

陳氏譽亮有政理之器,亞匹管仲、蕭何。亮是否非長於「應變將略」,歷來論者意見不一,原無定說。即陳氏短亮之措詞,亦用「蓋」及「歟」不定之詞,而上奏又謂時無名將如城父、韓信,加眾寡不侔之實,其為亮之不足解說,意甚顯明。此殆無心坐實亮之不足,即無意對亮詆毀也。

二

後世之人,不滿於陳氏者,恐因《魏書》有「本紀」,而蜀、吳兩《書》無,因而認定陳氏以魏為正統。或曰:三國鼎立,亦曾各自稱帝,烏可以魏為正統?不獨此也,曹操未嘗即帝位,何得有《武帝紀》?於是乃引發後世諸史家之爭議。習鑿齒(?-383)《漢晉春秋》嘗因是置論,然意有所指,實為桓溫篡位而發。有為陳氏辯者,則以為陳氏雖明以曹魏為正統,而陰實奉蜀漢為正朔。蓋晉承魏統,若魏非正,則晉亦不得為正。故陳氏陽以正歸魏,而以《三國志》為書之總名,殆有意抑魏與蜀、吳同列,云云。劉咸炘(1896-1932)《三國志·總論》不以是說為然,曰:

> 當時曹氏實未嘗統二方,而鼎峙分疆,不相君臣,又前此所未有,太史《世家》之例既不可用,《晉書·載記》之例又尚未有,不得不各為一書,以三國為總稱,揆情度勢,固應若是,

---

[4] 見同上,頁930-931。

必謂是承祚有心抑魏以儕于吳、蜀,雖以意逆志,殆難使人信矣。[5]

劉氏辨陳氏無意抑魏使儕於蜀、吳,蓋三國鼎峙,不相統屬,各為一書,統稱為《三國志》,乃情勢使然。且陳氏撰史,亦非無主從之分。故劉氏云:

> 承祚雖以《三國志》名統三書,而三書之中未嘗不有主從之別……一則魏稱紀而蜀、吳僅為傳也。……二則稱漢為蜀,直以地名示其為偏方而不用本名以敵魏也。……三者以《二牧傳》列《蜀志》之首,明以地為斷,示其為偏方也。……四則蜀、吳二書書法皆不與魏為敵國之詞也。[6]

有此四端,倘仍謂陳氏有心抑魏,恐難令人信服。劉氏據此四端,更進而論曰:

> 以上四端實皆相因,既以魏為紀,故稱漢為蜀,列二牧于二主之前,而吳、蜀書法皆不與魏等,此于史體自有不得不然之勢。蓋史為全中國之書,紀乃一書之綱領,記事必有所託,而一書不容兩紀,史以紀事,大勢所歸,則假以為綱紀,初不問其行事之正否。此皆史法之常,古人皆知之。後世乃以紀與否為褒貶,以立紀為承認其得正統,而所謂正統之辨乃由是紛然,唐以前固無是見也。故承祚之以魏為紀,在當時實不為

---

[5] 見《劉咸炘學術論集》史學編下,2007年7月廣西師範大學出版社(桂林),頁305。

[6] 見同上,頁306-311。

奇，固非有心貶蜀尊魏也。[7]

劉氏意謂：陳氏為魏立「紀」，於史體不得不然，三國中既以魏為主，則為魏立「紀」以作全國之綱領，而不問行事之正否。後世以立「紀」與否為褒貶，為正統，乃經學思想，非史學思想也。陳氏無意言褒貶，而後人以《春秋》之義非之，似難稱為公允。雖然，立「紀」可不必承認其為正統，惟主從既別，焉得謂無尊魏之心歟？尊魏，或無存心貶蜀、吳，而貶意不可謂無，故後世議論紛紜，理宜然矣。

三

然則就史體言陳氏之撰作，是否可稍作變易或改進？劉氏建議云：

> 三分之局，前此未有，其事勢固與古不同，各自為書，命名三國，乃承祚之剏例，既已各自為書而並立矣，何不各自為紀傳？各自為紀傳，何傷于魏？吾惜承祚之不知變也。[8]

三分之國，各自為書，而統一命名，誠為《三國志》之創例，惜乎三書不各自立「紀」，此陳氏知史體而不知變通也。各書自立「紀」，則無主從之別矣。劉氏又云：

> 既不能各自為紀傳，漢之名亦何不可存……今承祚必書為蜀，豈晉初三禪相承之說較嚴於東晉乎？抑承祚曲徇時人之論，不

7　見同上，頁314-315。
8　見同上，頁315。

敢直定史法邪？且即使不能兩紀，二牧之傳亦不必刊《蜀書》之首，書事之中亦可存敵國之體，蓋三書既並立，而二方主傳又名傳實紀，何必定作統屬之形邪？[9]

劉氏表示，即三國不能各有「紀」，其實漢之名亦可存，亦不必於《蜀書》前立二牧《傳》。復次，三書既立，蜀、吳之主名「傳」而實為「紀」，則何必強令蜀、吳於魏有統屬之形！此情理之不順，殆可知矣。

四

若夫《三國志》之史體，章學誠（1738-1801）有為陳氏解說之詞，云：

> 昔者陳壽《三國志》，紀魏而傳吳蜀，習鑿齒為《漢晉春秋》，正其統矣，司馬《通鑑》仍陳氏之說，朱子《綱目》又起而正之。……陳氏生於西晉，司馬生於北宋，苟黜曹魏之禪讓，將置君父於何地？而習與朱子則固江東南渡之人也，惟恐中原之爭天統也。諸賢異地則皆然……是則不知古人之世，不可妄論古人文辭也；知其世矣，不知古人之身處，亦不可以遽論其文也。[10]

章氏為《三國志》紀魏而傳吳、蜀辯。蓋陳氏為晉人，故不能黜曹魏之篡漢，因晉亦篡魏也；司馬光（1019-1036）生於北宋，亦不能黜

---

9 見同上。
10 見章學誠《文德》，《文史通義》內篇二，1956年12月古籍出版社（北京），頁60。

魏之篡，因北宋開國之君趙匡胤亦篡立也。而習鑿齒、朱熹（1130-1200）均為江東南渡之人，以蜀漢為正，殆有意為漢人爭正統耳。故章氏之概括語為：「不知古人之身處，亦不可遽論其文」，此所謂知人論世也。錢穆先生（1895-1990）同意章氏之說，亦以為陳氏為晉臣，由魏而晉，不能不推尊魏，故魏帝稱「本紀」，蜀、吳諸主則稱「傳」。惟三書統名曰《三國志》，三國並列，不與《漢書》、《後漢書》、《晉書》同例，則陳氏不得已之用心，亦因是而見焉[11]。

或問：三書既各自為書而並立，以陳氏其時之處境，倘如劉咸炘所言，可否三書各自為紀傳，而不招咎責？據常璩（291-361）《華陽國志‧後賢志陳壽傳》載：陳氏所撰《魏書》有失權臣荀勖意，因而外遷不內用[12]。可見晉臣而與魏有淵源者，仍會計較三國史之撰述也。

五

《三國志》文約事簡，論者或譽或詈。裴松之（372-451）奉旨尋詳撫逸，其《上三國志注表》云：

> 壽書銓敘可觀，事多審正。誠遊覽之苑囿，近世之嘉史。然失在於略，時有所脫漏。臣奉旨尋詳，務在周悉。上搜舊聞，旁撫遺逸。[13]

裴氏評陳書之失在略，故其主要工作，即多引述資料為之補充，所補充者，務在詳悉，所截取者，均成篇段，乃添列史料之注，與《史

---

11 參閱錢穆《中國史學名著》上冊，1973年2月三民書局（臺北），頁120。
12 參閱常璩《華陽國志》卷十一，2010年1月齊魯書社（濟南），頁184。
13 見《三國志》卷六十五《吳書》後附錄，頁1471。

記》、《漢書》之注並不相同。此種史注，前無其例。約其內容，大體可分為六項：其一引諸家論，辨是非；其二參諸書說，核譌異；其三傳所有事，詳委曲；其四傳所無事，補闕佚；其五傳所有人，詳生平；其六傳所無人，附同類[14]。再細考之，裴注引書凡達兩百二十九種，數量既多，門類亦廣。若按《隋書·經籍志》經、史、子、集分類，則經部有二十八種、史部有一百五十二種、子部有二十七種、集部有二十二種。而史部中，正史類十八種、古史類十二種、職官類四種、儀注類一種、刑法類四種、雜傳類六十八種、地理類六種、譜系類十八種、簿錄類三種。此外，尚有十則引文未注出處[15]。

抑可論者，裴注所引史籍，陳氏非皆未見。然則陳氏見而不用，抑所採有失歟？此則猶待進而考察。夫史家非史料彙編者，有所取，必有所棄，絕無全抄之理，此陳氏所必知，亦人所共知也。

更可論者：陳氏《三國志》號稱良史，然苟無裴注所引，則其史才、史識無以得見，此或非泛泛讀史者所能知。後人徒以裴注所引諸書於今大多亡佚，於是乃因保存亡佚資料之功，而使裴注特重於時，有人甚或以為注勝於史。注果勝於史耶？似不能無疑。趙一清（1709-1764）《三國志補注》、杭世駿（1695/1696-1772/1773）《三國志注補》，欲補裴注所未備。論者或謂：裴注所引，部分實為陳書之棄餘；趙、杭之作，貢獻又在裴注下；恐乃陳、裴之棄餘耳。

至於盧弼（1876-1967）之《三國志集解》，徵引宏博，考訂詳贍，其參考價值，計其大者可得四端：其一，糾缺謬；其二，訂誤說；其三，正地理；其四，辨名物。若其缺失，亦得六端：其一，徵引失；其二，考證失；其三，訓詁失；其四，注說失；其五，質疑

---

14 參閱錢穆《范曄後漢書和陳壽三國志》，《中國史學名著》上冊，頁115；又參閱《四庫全書總目提要》，《三國志》卷六十五《吳書》後附錄，頁1473。
15 參閱伍野春《裴松之評傳》，2007年2月南京大學出版社（南京），頁235。

失；其六，句讀失[16]。惟因引述繁富，辨說多方，故得失不免互見。亦有論者，謂盧氏識見不高，少見裁斷別擇之功，成果殆在王先謙（1842-1917）《漢書補注》及《後漢書集解》下云。雖然，治《三國志》者，裴《注》而外，盧之《集解》亦不宜輕廢。夫資料愈多，愈便治學，或取或棄，端在讀者選取之識力而已。且就陳壽其時撰史取材言，裴、盧所錄，固為棄餘，而後之讀者，則未必人人同意陳氏一人之棄取。蓋時、地、人不同，所見焉能盡同？是則陳氏之所棄，亦非全無可資後人取用也。

六

近今研治《三國志》之撰著殊繁，論者或謂創發者少，可取無多。更有時人以公眾傳媒為平臺，捃撦小說雜言，或巧言夸飾，或放縱猜測，或操作翻案，或視黑為白，淆亂是非，以娛人、動眾為鵠的，而不顧史事之真偽，其說殆非矜慎治學者所宜關注，置而弗論，不亦懿歟？古之學者，如唐劉知幾（661-721）、清章學誠頗有評論；而顧炎武（1613-1682）、趙翼（1727-1814）、錢大昕（1728-1804）諸學術名家，亦不乏考訂辨析之說。各家之言，不無精審、入微之見，可益所知，可啟人思，然究非綜覽多方、深入探析、創發良多之長篇。現今好學之士，其亦有意於斯乎？

二〇二二年八月完稿

---

[16] 參閱錢劍夫《三國志集解・前言》，《三國志集解》整理本，2017年9月上海古籍出版社（上海），頁2-7。

論譙周說後主降魏

魏鄧艾率軍入蜀，蜀群臣惶恐，議論紛紛，或主奔吳，或主入南，譙周（201-270）則主降魏，其事載《三國志・蜀書・譙周傳》：

> 景耀六年冬，魏大將軍鄧艾克江由，長驅而前。……後主使群臣會議……或以為蜀之與吳，本為和國，宜可奔吳；或以為南中七郡，阻險斗絕，易以自守，宜可奔南。惟周以為：「……大能吞小，此數之自然也。由此言之，則魏能并吳，吳不能并魏明矣。等為小稱臣，孰與為大，再辱之恥，何與一辱？……」[1]

譙周不主奔吳，因魏大吳小，魏可吞吳，吳弗能併魏，與其再辱，何如降魏僅為一辱。

《蜀書・譙周傳》又載：

> 後主猶疑於入南，周上疏曰：「……臣愚以為不安。何者？南方遠夷之地，平常無所供為，猶數反叛，自丞相亮南征，兵勢偪之，窮乃幸從。……今以窮迫，欲往依恃，恐必復反叛，一也。北兵之來，非但取蜀而已，若奔南方，必因人勢衰，及時赴追，二也。若至南方，外當拒敵，內供服御，費用張廣，他

---

[1] 見陳壽《三國志》卷四十二，1959年12月中華書局（北京）校點本，頁1030。

> 無所取，耗損諸夷必甚，甚必速叛，三也。昔王郎以邯鄲僭號，時世祖在信都……欲棄還關中。邳彤諫曰：『明公西還，則邯鄲臣民……其亡叛可必也。』……今北兵至，陛下南行，誠恐邳彤之言復信於今，四也。願陛下早為之圖，可獲爵土；若遂適南，勢窮乃服，其禍必深。……」於是遂從周策。[2]

後主欲入南避魏軍，譙周以為不可，上疏力陳入南之非是，並舉四項理據為言，最終後主從周策。

東晉常璩（291-361）《華陽國志‧劉後主志》亦載譙周說後主降魏事，文字簡要，可供參考：

> 百姓聞（鄧）艾入（坪）【平】，驚迸山野。後主會群臣議，欲南入七郡，或欲奔吳。光祿大夫譙周勸：「降魏，魏必裂土封後主。」後主從之。……詣艾降。[3]

周勸後主降魏，以為可得裂土受封，陳壽（233-297）不以為非，反於《譙周傳》之末云：

> 劉氏無虞，一邦蒙賴，周之謀也。[4]

陳氏認為，蜀主得以無虞，一邦得以保全，應歸功於周之獻謀。惟頗有論者弗以為是。如《三國志》裴注引孫綽（314/320-371/377）之評曰：

2　見同上，頁1030-1031。
3　見常璩《華陽國志》卷七，2010年1月齊魯書社（濟南），頁97。
4　見陳壽《三國志》卷四十二《蜀書》，頁1031。

譙周說後主降魏,可乎?曰:自為天子而乞降請命,何恥之深乎!夫為社稷死則死之,為社稷亡則亡之。[5]

裴注又引孫盛(302-373)之言曰:

《春秋》之義,國君死社稷,卿大夫死位,況稱天子而可辱於人乎!周謂萬乘之君偷生苟免,亡禮希利,要冀微榮,惑矣。……禪既闇主,周實駑臣,方之申包、田單、范蠡、大夫種,不亦遠乎![6]

東晉孫盛以《春秋》之義責後主及譙周,並斥之為闇主、駑臣,又舉古之不降臣為例,則其責周之意為尤顯也。

譙周主降魏不主奔南之理據,盧弼(1876-1967)《三國志集解》引何焯(1661-1722)之言駁之:

何焯曰:「此所料皆是奔南亦歸于亡,不若以此勸之死守,君臣其殉社稷,不亦為四百年之光乎?邳彤之言,世祖從之,以破邯鄲,豈從之以降王郎!何周之昧于義而愚于術,必使其主蹈軹道之轍也。」[7]

《集解》再引何焯之言:

何焯曰:「從周之謀,則蜀人免屠戮之慘,故鄉邦譁之,非萬

---

[5] 見同上。
[6] 見同上,頁1031-1032。
[7] 見盧弼《三國志集解》卷四十二《蜀書》,2009年6月上海古籍出版社(上海)錢劍夫整理本,頁2698。

世之公議也。」⁸

何焯論周之謀為「昧于義而愚于術」，惟亦承認從周之謀，則蜀人可免屠戮之禍，故蜀人弗以為非，然究非後世公論之所許。

劉咸炘（1896-1932）《三國志知意・蜀書》評譙周說降之謀亦曰：

> 竟贊其功，承祚之陋，師承所在，悉足怪哉？何氏謂蜀人免屠戮，故鄉邦韙之，非萬世公議。蓋未知譙、陳之關係耳。⁹

劉氏謂壽師承周，故許其功，亦因而貶之曰「陋」。惟謂何焯未知周與壽之關係，則恐非事實。焉有讀陳書而不知周、壽之師生關係哉？

裴注多方採錄，保留史料，由是可覘對說降一事有不同意見，此或裴注價值之所在。陳氏撰作史書不取異己之說，有所剪裁，乃事理之常也。至盧氏《集解》引述晉後以至近人之說，亦可供讀史者參考。再如周說降之用語，亦為人所詬病。周之言曰：

> 若陛下降魏，魏不裂土以封陛下者，周請身詣京都，以古義爭也。¹⁰

《集解》引《通鑑》胡三省（1230-1302）注：

> 胡三省曰：「京都，謂洛陽魏都。晉景王諱師，晉人避之，率

8　見同上。
9　見劉咸炘《劉咸炘學術論集》史學篇下，2007年1月廣西師範大學出版社（桂林），頁352。
10　見陳壽《三國志》卷四十二《蜀書・譙周傳》，頁1030。

謂京師為京都。蜀方議降，譙周已為晉人諱矣，吁！」[11]

胡氏身處宋元之際，有此感觸，實有南宋遺民之思，而其貶抑譙周之意，則甚明晰。

今欲進而申論者，則為《三國志》推美譙周之說降，其中不無師生情誼之顧念，亦有現實情勢之考慮，而其時之社會情狀及時代思潮，亦不可不知也，茲試述論如次。

其一：三國時代，群雄並起，士人遊走四方，各覓其主，各仕不同之國。其顯例者，厥為諸葛氏。如諸葛亮，漢司隸校尉諸葛豐之後，仕蜀。其兄瑾，仕吳。亮未有子，求瑾之第二子喬為嗣。「瑾啟孫權遣喬來西，亮以喬為己適子。」又誕，與亮同為琅琊陽都人，亦為漢司隸校尉豐後，仕於魏[12]。可知其時士人出仕之選擇，並無特定之一國一主，亦不受地域限制。如《蜀書‧諸葛亮傳》裴注引《魏略》云：

> 亮在荊州，以建安初與潁川石廣元、徐元直、汝南孟公威等俱游學，三人務於精熟，而亮獨觀其大略。……三人問其所至，亮但笑而不言。後公威思北鄉里，欲北歸，亮謂之曰：「中國饒士大夫，遨遊何必故鄉邪！」[13]

諸葛亮之言，可代表當時士人之普遍心態，求仕者志在四方，猶春秋戰國時之遊說之士，偶有如孟公威思鄉里者，亦有其人，然思鄉之同

---

11 見盧弼《三國志集解》卷四十二《蜀書》，頁2696。
12 參閱陳壽《蜀書‧諸葛亮傳》，《三國志》卷三十五，頁931；《吳書‧諸葛瑾傳》，《三國志》卷五十二，頁1231；《魏書‧諸葛誕傳》，《三國志》卷二十八，頁769。
13 見陳壽《三國志》，卷三十五，頁911-912。

時，所重仍在外遊求為世用。東漢末年《古詩十九首》之內容，即不乏其例。

其二：三國時代，士人似多無專忠於一國一主之心。如魏代漢，晉代魏，蜀降魏，吳降晉，本仕於魏、蜀、吳之朝臣，轉仕他國，乃屬常事，論者似多弗嚴責。如譙周，蜀中大儒，為蜀臣。蜀降魏後，轉仕於魏，而陳壽譽之；蜀人常璩所著《華陽國志》，亦無貶辭。陳壽，蜀人，《華陽國志》列名《後賢志》，是鄉邦人士心中之賢者也，先仕於蜀，蜀亡後仕於魏，晉代魏後仕於晉，而《三國志》即成於晉。蜀、魏為敵國，晉於魏為篡奪，時人並不以其歷仕蜀、魏、晉為非，後人即有評騭，亦多論其史著之不足而已，而未以其歷仕不同姓之主為非是。劉咸炘《三國志知意‧總論》曰：

> 承祚誠有不忘故國之心，而實無季漢正統之見。諸公申雪承祚，而多生曲鑿，皆由不考承祚之本末與當時之風氣耳。蓋承祚本譙周之徒，服膺其師，稱為碩儒……《周傳》詳周勸降始末而稱之曰：「劉氏無虞，一邦蒙賴，周之謀也。」……承祚之繼者為常璩，其作《華陽國志》，即陰師承祚，亦尊譙周……譙周勸劉氏降魏……固以為尊上國，舒民患，義當如是……譙、周、常三人一脈相傳，其見解本止如是。[14]

「諸公」，指朱彝尊（1629-1709）、何焯（1661-1722）、李清植（1690-1745）、錢大昕（1728-1824）、惲敬（1757-1817）、尚鎔（1785-1835）諸君。論者以《三國志》帝魏為不知大義，清代「諸公」則反覆辨析，為其申雪。其實三國時代，各自稱帝，當時風氣，實無季漢正統之

---

14 見劉咸炘《劉咸炘學術論集》史學編下，頁319-320。

見，譙周勸降，乃因「尊上國，舒民患，義當如是」。以勸降強魏保民為「義」，乃其時流行之見也。故劉氏進而論曰：

> 唐人之以元魏為正，猶之以曹魏為正，以此為有心獎篡賊固是苛論……至於貳臣，亦唐以前人所寬，其于殉一主者雖致其尊崇，而于事兩朝者則不加深責……稍能不忘舊國，時人已稱譽之矣。[15]

宋人因異族侵凌，嚴夏夷之防，斥貳臣，故力詆譙周，而唐以前實寬於責貳臣也。陳壽善周，亦為時代思潮及風氣及所影響，不徒為師生情誼而已。劉氏之言，意謂讀史、論人，不可不知世，亦不可不知古人身處之時歟？章學誠（1738-1801）《文史通義・文德》云：

> 不知古人之世，不可妄論古人文辭也；知其世矣，不知古人之身處，亦不可遽論其文也。[16]

章氏之言，可與劉氏之言相發。讀《三國志・譙周傳》，亦可借章、劉之說以為參考，並從而略窺後世持論不同者之用意所在焉。

二〇二二年二月完稿

---

15 見同上，頁320。
16 見章學誠《文史通義》內篇二，1956年12月古籍出版社（北京），頁60。

略談「九品中正制」之異說

九品中正制,又稱「九品官人法」。曹魏時創立,乃魏晉南北朝重要之選士制度,至隋開皇年間罷除,施行凡三百七十餘年。

《三國志・魏書・陳群傳》載:

> (曹丕)及即王位,封群昌武亭侯,徙為尚書,制九品官人之法,群所建也。[1]

揣文意,殆謂九品之法,為陳群(?-236)所創建。究其實,曹操(155-220)於東漢末治軍,已權立九品,以論人才優劣。是則陳群所建,乃將曹操治軍之政,改化為九品評人之制而已。為配合此制,魏初立中正主其事,末年曹芳(232-274)、司馬懿(179-251),又增置大中正。充任中正者,須為本籍人及現任官吏,兼須德充才茂者。

中正區別人物為九等,即一至九品,薦於職司銓選者任用。任用後,中正可依其言行表現,作升進或降退之決定。

何以九品為一至九,而非上、中、下各分三等?唐杜佑(735-812)《通典・選舉二》記:當時人品之升降,「或以五升四,以六升五」,「或自五退六,自六退七」[2]。元馬端臨(1254-1323)《文獻通考・選舉考一》所記亦同[3]。倘杜、馬之說可信,則知品等之區分,

---

[1] 見陳壽《三國志》卷二十二,1959年12月中華書局(北京)校點本,頁635。
[2] 參閱杜佑《通典》卷十四,1992年6月中華書局(北京),頁328。
[3] 參閱馬端臨《文獻通考》卷二十八,2011年9月中華書局(北京),頁812。

乃由一至九。或曰：杜、馬為唐、元人，說均後起，不足據，且後說有沿用前說之嫌。為增強資料之可信，茲以《晉書》所載為證。

《晉書‧李重傳》記李重為霍原辯護：

> 如詔書所求之者，原為二品。[4]

又《晉書‧李含傳》：

> 含遂被貶，退割為五品。[5]

又《晉書‧劉弘傳》：

> （仇）勃孝篤著於臨危，（郭）貞忠屬於強暴，雖各四品，皆可以訓獎臣子，長益風教。[6]

又《晉書‧忠義劉沈傳》：

> （劉沈）領本邧大中正。敦儒道，愛賢能，進霍原為二品。[7]

又《晉書‧隱逸霍原傳》：

> 及劉沈為國大中正，元康中，進原為二品，司徒不過，沈乃上

4　見房喬等《晉書》卷四十六，1974年11月中華書局（北京）校點本，頁1312。
5　見房喬等《晉書》卷六十，頁1643。
6　見房喬等《晉書》卷六十六，頁1765。
7　見房喬等《晉書》卷八十九，頁2306。

表理之。[8]

又《晉書・桓玄傳》：

置學官，（玄）教授二品子弟數百人。[9]

又《晉書・陳敏傳》：

今以陳敏倉部令史，七第頑冗，六品下才。[10]

此外，《北堂書鈔》引鎮東將軍司馬紬（227-283）《表》：

從事中郎缺用第三品，中散大夫河內山簡清精履正，才識通濟，品儀第三也。[11]

上舉資料，均可見「二品」、「三品」、「四品」、「五品」、「六品」、「七第（品）」諸名目，雖缺一品、八品、九品，仍可斷定九品次第，應為一至九品，而非分為上上、上中、上下、中上、中中、中下、下上、下中、下下。其實誤會九品制為上、中、下再分三等，乃受《漢書・古今人表》之影響[12]。

---

8 見房喬等《晉書》卷九十四，頁2435。
9 見房喬等《晉書》卷九十九，頁2590。
10 見房喬等《晉書》卷一百，頁2617。周一良於論文中引述此條資料，並謂「六品下才為官職，七第頑冗為中正品評之行跡」。可見彼亦同意九品中正制有六品、七第（七品）。參閱《魏晉南北朝史札記》，1985年9月中華書局（北京），頁107。
11 見虞世南《北堂書鈔》卷六十八，1962年11月文海出版社（臺北）影印本頁299。
12 參閱班固《漢書》卷二十，1964年11月中華書局（北京）校點本，頁863。

如《太平御覽・職官部》引述《孫楚集》：

> 九品漢代本無，班固著《漢書》，序先往代賢智，以為九條，此蓋記鬼錄次第耳。而陳群依之以品生人。[13]

孫楚（220-293）指《漢書》以上中下九品序先往代賢智，蓋評死者次第。此說符合史實，惟謂陳群襲用《漢書・古今人表》之品人法以品生人，則非是。《史記・李廣傳》稱「（李）蔡為人在下中」[14]，已採品第分別人物之高下，此在兩漢大抵為流行之法。逮及東漢之末，董卓（？-192）叛變，天下喪亂，曹操（155-220）於軍中亦權立九品，以評人才優劣。如《晉書・李重傳》云：

> 九品始於喪亂軍中之政，誠非經國不刊之法也。[15]

沈約（441-513）《宋書・恩倖傳序》亦云：

> 漢末喪亂，魏武始基，軍中倉卒，權立九品，蓋以論人才優劣，非謂世俗高卑，因此相沿，遂成定法。自魏至晉，莫之能改。[16]

曹操於軍中權立品人之法，對象為軍中人物，與陳群建議者不盡相同，然亦可證東漢末年亦流行品評人物以用人，此於陳群後來創立九品官人法不無影響。

---

13 見李昉等《太平御覽》卷二六五，1963年12月中華書局（北京），頁1243。
14 參閱司馬遷《史記》卷一〇九，1959年9月中華書局（北京）校點本，頁2873。
15 見房喬等《晉書》卷四十六，頁1309。
16 見沈約《宋書》卷九十四，1974年10月中華書局（北京）校點本，頁2301。

又《晉書‧劉毅傳》有語云：

    上品無寒門，下品無勢族。[17]

有人根據「上品」、「下品」之名目，以為魏晉時代品第之區分，非一至九品，而為上、中、下再分三等。然此一證據，正可說明當時品第雖有九品（等），類別則僅有上品、下品兩種而已。沈約於《宋書‧恩倖傳序》中云：

    凡厥衣冠莫非二品，自此以還，遂成阜庶。[18]

此說明上品僅有一、二品，其他均屬下品。即使「清精履正，才識通濟」之士，如品儀為第三，亦不得算為上品。復次，當時二品已屬最高品級，一品徒具其名而已。

將九品次第誤為上、中、下再分三等，亦有古代史學名家。如《資治通鑑‧魏紀一》文帝黃初元年（220）載：

    尚書陳群，以天朝選用不盡人才，乃立九品官人之法；州郡皆置中正以定其選，擇州郡之賢有識鑒者為之，區別人物，第其高下。[19]

胡注：

---

17 參閱房喬等《晉書》卷四十五，頁1274。
18 見沈約《宋書》卷九十四，頁2302。
19 見司馬光《資治通鑑》卷六十九，1963年4月中華書局（北京）校點本，頁2178。

> 九品中正自此始。九品，上上、上中、上下、中上、中中、中下、下上、下中、下下也。[20]

博學多識如胡三省（1230-1302），亦生誤解，無怪後來者亦積非成是，反指九品一至九之說為謬，並舉胡注為證，真乃黑白混淆、是非顛倒矣。

先師牟潤孫先生（1908-1988）《注史齋晚年論學日記》（一九八八年八月十日）曾記此事，云：

> 李學銘午後送還「援老紀念史學論文集」來坐，為言治經史之學之門徑。……又談九品中正。教科書中仍沿胡注上中下再分上中下仿《漢書人表》九等品第之誤。予雖大聲疾呼糾正，教育司署歷史教學組謂若干教本如此，不可改也。予為之慨然。[21]

九品中正制之謬說，乃沿《資治通鑑》胡注之誤。胡氏之誤，實因《漢書·古今人表》所云而誤。後人因有《古今人表》在前，又有胡注之說在後，乃將漢人《人表》之說，栽入魏晉九品制。潤孫先生講授「魏晉南北朝史」時，已屢抉出胡注之誤，惜乎大學國史用書、中學國史教科書，以至應考中學會考、大學入學試之「天書」，仍沿襲誤說者頗不少，而中學、大學之講國史者，仍有人視誤說為是。

《論學日記》筆下所提及之「教育司署歷史教學組」，似為香港教育署轄下之「考試組」（當時未有「考評局」），此組所擬大學入學試試題之參考答案，即以誤說為答案，主事者並出示數種教科書及

---

20 見同上。
21 見牟潤孫《注史齋晚年論學日記》（1988年5月至10月）手寫本，未刊。

「天書」為證。其時余適為審題小組成員之一，即曾於「審題會議」中提出異議。經多番討論後，結果「參考答案」仍並存兩是。潤孫先生自言「為之慨然」，示無奈也。世言「無是無非」，「謬種流傳」，斯之謂歟？

有一事尚可一說。論者或云：「九品中正制」應名為「九品官人法」。此名既明此制之核心內容為「九品」，並確定其性質為「官人」，前者為名，後者為實，名實相應，乃魏陳群創立選士制度之原名；而「九品中正制」則名實不應，偏頗不正，可廢棄之，云云。持相異之說者，則謂中正負選舉之責，與選拔人才制度之「九品」相提並論，顯示中正於實行選拔過程中起關鍵作用，故「九品」與「中正」連稱。且自宋、元、明、清以來，諸學術名家，多採是名，如蘇軾（1037-1101）、馬端臨、胡三省、顧炎武（1613-1682）、趙翼（1727-1814）、王鳴盛（1722-1797），均是[22]。

夫以少數文字為制度或史事取名，類概括語，史籍常見。概括語誠有精粹其言之優點，第皆有偏頗或欠周全之病。論者貶人揚己，不免有自以為是之偏執。存異說，選其一，意或未周，似亦可行，除非其一論據堅實，無可爭議，則可不存異說。雖然，此非本文討論中心之所在，為免嘵嘵爭辯，置而弗論可也。

二〇二二年九月完稿

---

22 參閱胡舒雲《九品官人法考論》，2003年9月社會科學出版社（北京），頁51-55。

鴻門宴座次的尊卑及其他

一　小引

我們常說「南面稱王」、「北面臣服」，這涉及座次面向的問題。所謂「南面」，意思是背北面南而坐；所謂「北向」，意思是背南面北而坐。究竟在楚漢時期及漢代，座次的尊卑和堂室制度是怎樣的？現試引述經史及相關資料，辨析鴻門宴座次的尊卑，並進而說明我國古代堂室的結構和活動，藉以顯示鴻門宴中各人座次安排的意義。

下圖是東漢畫像石《鴻門宴》，可見鴻門宴的故事，在東漢時已廣為人所知，但圖像因受石刻畫面限制，只約略顯示會面的情狀，實無補於當時座次尊卑的了解[1]。畫像石在河南南陽縣東漢墓出土，原石高三十五釐米，寬一百四十五釐米。據畫面所見，右端持劍者是項羽，對面跽坐者是劉邦，中間舞劍者是項莊，其他人應是張良、陪臣和侍者。

1　圖見張道一《漢畫故事》，2007年6月重慶大學出版社（重慶），頁113。

二　鴻門宴的座次

《史記‧項羽本紀》有關鴻門宴的記事，涉及座次面向的情狀：

> 沛公旦日從百餘騎來見項王，至鴻門……項王即日因留沛公與飲。項王、項王東嚮坐，亞父南嚮坐。亞父者，范增也。沛公北嚮坐，張良西嚮侍。范增數目項王，舉所佩玉玦示之者三。項王默然不應。[2]

「嚮」即「向」。根據《史記》，鴻門宴中各人的座次面向，應如下圖：

```
                        北
        ┌─────────────────────────────────┐
        │        范增（南向坐）            │
        │                                  │
        │  項伯                            │
        │ （東向坐）                       │
        │                        張良      │
   西   │                      （西向侍）  │  東
        │                                  │
        │  項王                            │
        │ （東向坐）                       │
        │                                  │
        │        劉邦（坐向北）            │
        └─────────────────────────────────┘
                        南
```

不過，《漢書‧項羽傳》不載其事；《漢書‧高祖本紀》有記鴻門宴事，但卻略去座次的描述[3]。大抵班固（32-92）認為座次、面向在鴻

2　見司馬遷《史記》卷七，1962年5月中華書局（北京）校點本，頁312。
3　參閱班固《漢書》卷一上，1964年11月中華書局（北京）校點本，頁26。

門宴中無關重要，為了精簡史文，所以略而不提。其實《史記》的具體描述，是有用意的。而我們通過這段資料，可約略了解楚漢時期以至漢代的禮俗。

日人瀧川資言《史記會注考證》在《史記・項羽本紀》中「亞父者，范增也」下注云：

> 黃淳耀曰：古人尚右，故宗廟之制皆南向，而廟主則東向，主賓之禮亦然。《儀禮・鄉飲酒禮》篇：賓復位，當西序東面，是也。《韓信傳》：廣武君東面坐，西嚮對而師事之。項羽得王陵母，置軍中，陵使至，則東向坐陵母，欲以招陵。周勃不好文學，每召諸生說事，東向坐責之，皆以東為尊。然則鴻門宴坐次，首項王、項伯，次亞父，次沛公也。中井積德曰：堂上之位，對堂下者南嚮為貴；不對堂下者，唯東嚮為尊，不復以南面為尊。[4]

黃淳耀、中井積德說有出入，但都主張座次以東向為尊。中井積德認為鴻門宴在堂上，顯然堂室不分，值得商榷，下文會有析論。

顧炎武（1613-1682）《日知錄》「東向坐」條云：

> 古人之坐以東向為尊。故宗廟之祭，太祖之位東向。即交際之禮，亦賓東向而主人西向。[5]

---

4 見《史記會注考證》卷七，藝文印書館（臺北）影印本，頁30。本書無出版資料頁，故缺出版年月。
5 見黃汝成《日知錄集釋》（全校本）卷二十八，2006年12月上海古籍出版社（上海），頁1581-1582。

關於兩漢的情況，顧氏在《日知錄》同一條札記中，詳細引述《史記》、《漢書》及《後漢書》的史文，凡十一條，證明當時座次的尊卑，亦以東向為尊的事實[6]。如《史記·武安侯列傳》云：

> （田蚡）召客飲，坐其兄蓋侯南鄉，自坐東鄉，以為漢相尊，不可以兄故私橈。[7]

「鄉」即「嚮」或「向」。顧氏就蓋侯南向的座次表示意見：

> 《曲禮》：「主人就東階，客就西階。」自西階而升，故東鄉。自東階而升，故西鄉。而南鄉特其旁位，如廟中之昭，故田蚡以處蓋侯也。[8]

「昭」，指昭穆制度。何謂昭穆制度？稍後會說明。根據賓主相晤以東向尊位款客的原則，蓋侯是客，又是兄長，座位應該是東向，田蚡卻自居東向尊位，理由是「漢相尊，不可以兄故私橈」，這是以政治尊卑地位為標準，而不是待以賓主之禮。項羽在鴻門宴中自居東向尊位，應該是類似田蚡的情況。

漢代長官如屬太守或以上，宴請部屬往往自居尊位，因府主與部屬有君臣之分。但太守以下，不得臣吏人，則宴會時會自居西向主位而以東向尊位置賓客。勞榦在《論魯西畫像三石——朱鮪石室、孝堂山、武氏祠》一文中，討論梁祠和孝堂山石刻的《宴飲圖》，有這樣的說明：

---

6 參閱同上，頁1582。
7 見司馬遷《史記》卷一〇七，頁2844。
8 見黃汝成《日知錄集釋》（全校本）卷二十八，頁1582。

按漢代守長於部屬有君臣之分，故太守府亦可稱朝。今按武氏三君仕不過執金吾丞、西域長史、州從事，原皆為人部屬，不得臣吏人，則其宴會時自居主位，當無疑義。孝堂山……或當為朱浮祠堂，或當為仲家祠堂；若為朱浮祠，則朱浮固久為府主，若為仲家祠，今雖不知其歷官如何，然能自居上位而賓客多人來朝，則必曾歷牧守，始可如此也。[9]

勞氏指出武氏不是牧守，所以宴會時居主位（西向）；至於朱浮、仲家，要是能自居上位（東向），也該曾任牧守。余英時先生據河南密縣打虎亭漢墓第一號墓北耳室的《宴飲圖》（長：一點五三米，高：一點一四米），作這樣的補充：

此畫主人（亦即墓主）之席位也在右，孝堂山同。客人已入席坐定者有三人，分在主人兩側（上方一人，下方兩人），另有兩客正來赴宴。畫中共有僕役四人，各有所事，其一做迎賓狀，且似以手示來客以席次。座次的方向當然看不出來，但主人自處於尊位則一目了然。據考證，墓主似即是《水經注·洧水注》中之弘農太守張德，字伯雅。張德的確切年代尚待考，但考古學家根據墓的結構、壁畫題材和畫像石內容，斷定其建造年代當屬東漢晚期。張伯雅既為府主，則賓客必是他的部屬，故圖中主人自居上位也。此畫可為勞氏之說添一有力的新證。[10]

---

9 見余英時《說鴻門宴的座次》一文引述，《史學、史家與時代》，2004年4月廣西師範大學出版社（桂林），頁73。勞文載《中央研究院歷史語言研究所集刊》第8本第一分（1939年10月），頁93-127。此段文字，見頁100。

10 見余英時《說鴻門宴的座次》，《史學、史家與時代》，頁73-75。

余先生的補充說明頗詳細。他指出《宴飲圖》中的主人（即墓主）是弘農太守張德，張德是府主，來客是部屬，所以圖中主人自居上位（東向）。

　　上述文獻和考古資料，都可說明項羽東向而坐，是一種自尊心態的表現，也就是說，他把劉邦視為部屬之一，而不是賓客。劉邦起事之初，曾從屬於項梁，項梁是項羽的叔父。項梁戰死，項羽繼承項梁取得領導權，任「諸侯上將軍，諸侯皆屬」，因此劉邦當時的名義，是項羽的部屬。但劉邦在鴻門宴上，為甚麼被安排背南向北而坐？《史記‧南越列傳》有一條材料，說明漢使者、越南王、越太后、越大臣等人的座次，剛好是鴻門宴的座次情況：

　　　　（漢）使者皆東鄉，太后南鄉，王北鄉，相嘉、大臣皆西鄉，侍坐飲。[11]

當時是漢武帝朝。越太后主張內屬於漢，呂嘉等大臣是反對派。她請漢使者坐東向的尊席，越王北向，她自己南向，是次尊之位，丞相呂嘉及大臣「西鄉，侍坐飲」，則與張良的座次相同。余先生強調：以彼例此，鴻門宴中劉邦的座次北向，是有人刻意安排在最卑的臣位[12]。越王座次背南向北，與鴻門宴中劉邦的座次相同，是不是最卑的座次呢？是不是臣服之位呢？如果張良、呂嘉及大臣等不是「侍」或「侍坐飲」，是不是西向之位高於北向之位呢？余先生在《說鴻門宴的座次》一文中，對上述問題的答案是肯定的。他說：

　　　　劉邦居北向席而不居西向席，乃因北向坐是最卑的臣位，而西

---

11 見司馬遷《史記》卷一一三，頁2972-2973。
12 參閱余英時《說鴻門宴的座次》，《史學、史家與時代》，頁73-75。

向坐尚是「等禮相亢」的朋友地位也。張良雖據西向之位,但史文明說他是「侍」,身份次第一絲不紊如此,斯太史公之筆所以卓絕千古歟?[13]

究竟鴻門宴的座次,由誰人所安排?由於《史記》沒有說明,我們只能作合理的推想。余先生的推想是:

> 鴻門宴在座五個人之中……項羽以主人的身份是最可能決定座次的人……但項羽雖甚粗豪,畢竟出身貴族階級,絕不像劉邦那樣的傲慢無禮……他斷無自據最尊的東向坐而同時又把劉邦安排在最卑的面北的席位之理。因此從鴻門宴的背景和全部發展過程來看,我們必須承認的最後排定當此項伯在入席前的斡旋調停之力為多,而暗地裏則劉邦的陰忍和張良的智謀也都起了重要的作用。……針對著項羽的坦率和自負而言,這是祛其疑而息其怒的最巧妙的一著棋。[14]

余先生的意見是:鴻門宴座次的安排,是劉邦、張良一方的預為籌畫和項羽伯在入席前的斡旋調停。類似的說法,有許進雄《對方向的認識》一文:

> 當時項羽和劉邦雖具同等的地位……劉邦如坐西向就有抗禮之嫌……但他也不願北向項羽以示臣屬的劣勢。如折衷請年紀最大、項羽的亞父范增上座,讓自己南坐以示尊老,不卑不亢,

---

13 見同上,頁74。
14 見同上,頁75-76。

就會被大家所接受。[15]

許氏顯然認為劉邦、張良可全權操控鴻門宴座次的安排，並覺得項、劉具同等地位。事實上兩人地位並非相等，而來客竟可左右或決定主人座次的安排，恐怕有違常理，也不會為主方所容許，這似乎是余、許兩位所沒有考慮的。為了解決爭議，座次尊卑的問題，大抵還需要進一步討論。不過，在討論之前，我們或許先約略了解我國古代的堂室結構和活動。

三　古代堂室的結構

我國古代的貴族，如天子、諸侯、公卿、大夫、士，他們居住的「寢」或祭祀的「廟」，一般都是堂室結構。即古代貴族居處的建築物，是有堂有室的。

堂和室，同建在一個地基上，地基的高低，視乎主人的地位，而臺階就有差異。《古詩十九首・西北有高樓》有「阿閣三重階」之句，詩句中所說的建築形制，就是貴族宮室的規模。堂和室也是在同一屋簷下，堂在前，室在後，堂大於室。堂室之間，隔著一堵牆，牆外屬堂的範圍，牆內屬室的範圍。介乎堂與室之間的牆，靠西邊有牖（窗），靠東邊有戶（室門）。所謂「升堂入室」，表示人要入「室」，是要登上「堂」然後從「戶」進去的。

堂的東、北、西三面有牆，東牆名為「東序」，西牆名為「西序」，南面臨庭（院落）大開。堂的中間，一般有兩條大明柱（西楹）。堂不住人，是貴族議事、行禮、交際的場所。室為長方形，東

---

15 見許進雄《古事雜談》，2016年11月臺灣商務印書館（新北市），頁429-430。

西長而南北窄。室有所謂「寢」和「廟」，寢室住人，廟室祭祖。

堂室結構，是貴族專有的居所，一般平民的居所沒有「廟」，連居所也不是堂室結構。他們接待賓客和舉行祭祀，都在寢室裏，所謂「庶人祭於寢」，就是這種情況。因此，我們談古代堂室中的活動，應分為室中活動和堂上活動兩種[16]。

下面所見「古代堂室結構圖」，是根據李允鉌《華夏意匠》的附圖繪製[17]，藉供參考。

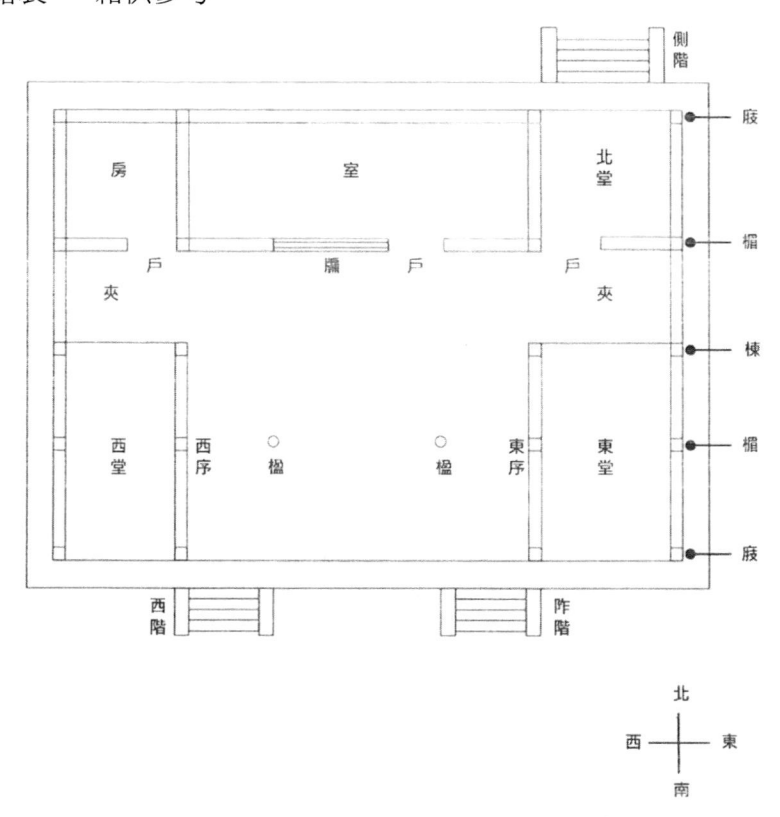

---

16 參閱王文錦《古人座次的尊卑和堂室制度——從鴻門宴的座次談起》，《古代禮制風俗漫談》，1983年6月中華書局（北京），頁105-107。
17 參閱李允鉌《華夏意匠》，1984年1月廣角鏡出版社（香港），頁84。又，此書1985年4月中國建築工業出版社重印。

四　室中活動：東向為尊（昭穆制度）

據《禮記・王制》孔穎達（574-648）疏的記述，天子的祭祖活動，是在太祖廟的太室中舉行。神主的位置安排是：

> 始祖之主於西方東面，始祖之子為昭，北方南面，始祖之孫為穆，南方北面。自此以下皆然。[18]

上文所云「始祖」，應為「太祖」，兩者有別。「主」，指「神主」。孔疏之說，或本於鄭玄（127-200）《禘祫志》。禘祫之祭，聚訟已久，大多仍以鄭說為本。根據孔疏，可知天子太祖廟太室中的神主安排是：太祖神主居中，東向、最尊。太祖之子的神主位於太祖東北，即左前方，南向，稱為「昭」。太祖之孫的神主位於太祖東南，即右前方，北向，與太祖之子的神主相對，稱為「穆」。如太祖之子為第一代，則由第一、第三、第五、第七代至下推於任何奇數代，都是「昭」；太祖之孫為第二代，則由第二、第四、第六、第八以至下推於任何偶數代，都是「穆」；而主人跪拜的方向，則是背東向西，面向太祖神主。這就是昭穆制度。關於昭穆制度的內容，歷來頗多爭議。前人有主張尊卑說，有主張班次說。有論者認同班次說，認為按照昭穆的排列，主要是「長幼有序」，「不失其倫」，與尊卑觀念無關[19]。我則認為，要求「長幼有序」，「不失其倫」，其中就有尊卑的分別。而且，我國傳統思想，長久以來就有位置方向尊卑的觀念。昭穆制度神主的安排，「昭」顯然較「穆」為尊。難道父不較子為尊嗎？至於諸侯五

---

18 見《禮記・王制》，《禮記正義》卷十二，《十三經注疏》（整理本），2000年12月北京大學出版社（北京），頁457。
19 參閱李衡眉《昭穆制度研究》，1996年1月齊魯書社（濟南），頁59-60。

廟，祭祖時神主的排列位置，也如天子太祖廟太室。這個制度，長期影響了後世士大夫的思想。因而無論祭於廟、祭於寢以至宴會的座次，都會按照室中昭穆的安排，以示尊卑有則。

下面是室中昭穆位置示意圖：

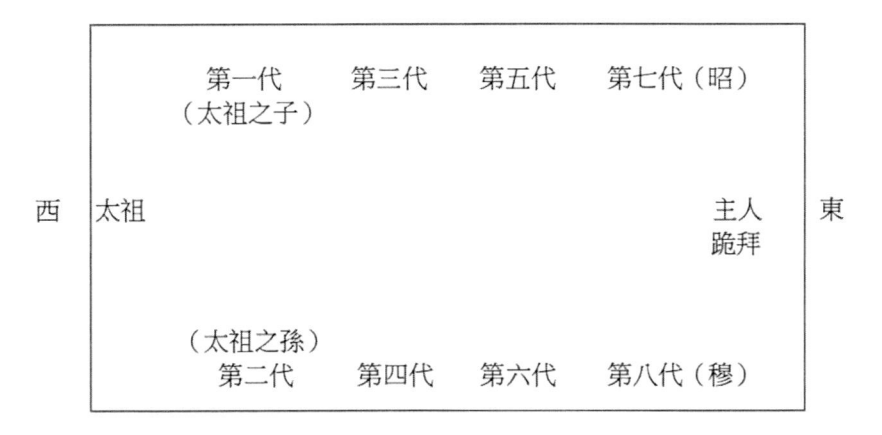

北

```
          第一代      第三代     第五代     第七代（昭）
         （太祖之子）

西  太祖                                              主人      東
                                                     跪拜


         （太祖之孫）
          第二代      第四代     第六代     第八代（穆）
```

南

我們細讀《史記・項羽本紀》的描述，可見鴻門宴屬室中活動，座次的安排，實以「昭穆制度」為標準：

一、最尊之位：在西面鋪席，坐在席上的人背西面東，即所謂東向坐。（項羽、項伯）

二、次尊之位：在北面鋪席，坐在席上的人背北面南。（范增）

三、再次之位：在南面鋪席，坐在席上的人背南面北。（劉邦）

四、最卑之位：在東面侍的人，無論立或坐，背東面西。（張良）

從座次的安排，可推知鴻門宴是屬於室內禮節的活動形式，而不是堂上禮節的活動形式，因為項羽、項伯東向坐，最尊。項羽以部屬待劉邦，所以接待他時自坐於最尊的東向位；項伯是項羽的叔父，所以與項羽並列於東向位。范增是項羽的亞父，所以南向而坐，僅次於項氏

叔姪的位置。劉邦北向而坐，又卑於范增。張良是劉邦的謀臣，因此背東向西而「侍」（立或坐），是最卑的座次。上文提到南越太后接待漢使者的座次，也作同樣安排：漢使者東向坐，最尊，如項羽叔姪；越太后南向北，次尊，如范增；越南王北向坐，低於太后的位置，如劉邦；呂嘉等大臣西向「侍坐飲」，是最卑的座次，如張良。這或可說明，室中的北向坐，並不是最卑的臣位，而面南的范增、太后，也不是以臣位待北向者。

余英時先生說「劉邦居北向席而不居西向席，乃因北向坐是最卑的臣位」，顯然與「昭穆制度」有出入。至於西向坐是否是「等禮相亢」的朋友地位呢？如果項羽不以部屬視劉邦而以賓客待劉邦，則劉邦應居東向之位而項羽則自處於西向主人之位，正如上文引述，顧炎武在《日知錄》說，這是「交際之禮」。交際之禮，則是「賓東向，而主人西向」。室中的交際活動，以東向為尊，史書已有許多資料充分反映這方面的情況，顧炎武《日知錄》引述頗多，但並沒有窮舉，《史記會注考證》也有轉述。而經書方面，也有相類資料。

根據《儀禮》的《特牲饋食禮》和《少牢饋食禮》，可以看到古代大夫和士在家廟中祭祀祖禰的具體禮節。祭祀也在室中進行。大夫和士不能像天子、諸侯那樣供奉神主，因此他們行祭的對象只能是「尸」。孝子祭祀時，為了寄託思慕亡親的心情，於是就以兄弟一人為尸主，也就是用他來代替死者的形象，作為行祭致敬的目標。尸的位置，在室內西牆前，東向。可見無論是對生人、對死者（神主）還是對暫充死者的生人（尸），都是「室內以東向為尊」[20]。這就是昭穆

---

[20] 參閱《特牲饋食禮》及《少牢饋食禮》，《儀禮注疏》卷四十四及四十七，《十三經注疏》（整理本），頁974、975及頁1060。《特牲饋食禮》云：「尸如主人服，出門左，西南。主人辟，皆東面北上。」（頁974）又云：「賓如主人服，出門左，西南再拜。主人東面答再拜。」（頁975）《少牢饋食禮》云：「祝先入，主人從。尸升

制度下室中禮節活動的方位規定。

五　堂上活動：南向為尊

關於堂上進行禮節的活動，《史記・孝文本紀》有這樣的記事：

> 代王馳至渭橋，群臣拜謁稱臣。……代王謝曰：「至代邸而議之。」遂馳入代邸。群臣從至。……皆再拜言曰：「……願大王即天子位。」……代王西鄉讓者三，南鄉讓者再。……（代王）遂即天子位。[21]

代王在代邸接待群臣，有先「西鄉」後「南鄉」的不同。《史記集解》引如淳注：

> 賓主位東西面，君臣位南北面，故西向坐，三讓不受，群臣猶稱宜，乃更迴坐示變，即君位之漸也。[22]

顧炎武《日知錄》「東向坐」條云：

> 是時群臣至代邸上議，則代王為主人，故西鄉。[23]

筵，祝、主人西面立于戶內，祝在左。祝、主人皆拜妥尸，尸不言。尸答拜，遂坐。」（頁1060）又參閱王文錦《古人座次的尊卑和堂室──從鴻門宴的座次談起》，《古代禮制風俗漫談》，頁108。

21　見司馬遷《史記》卷十《孝文本紀》，頁415-416。
22　見同上，頁417。
23　見黃汝成《日知錄集釋》（全校本），頁1583。

代王見群臣議事，應在代邸堂上，而不是在室中。顧氏指出代王最初見群臣西向的理由，但沒有說明堂室的分別。

根據上述資料，我們可以這樣理解：代王在代邸堂上最初以主人西向之禮見賓客（群臣），經過了三讓，由於群臣仍稱宜登帝位，於是改為南向，表示願意接受勸進。可見群臣初以賓客身份見代王，故東向，代王則西向；後來代王願意接受帝位，故改為南向，則賓客則以臣禮見代王，故北向。這顯示堂上的東向、南向是尊位。但代王接受帝位，座次改為南向時，就是最尊之位了。

胡三省（1230-1302）在《資治通鑑・漢紀五》「高后八年（前180）中，對如淳注有辨析：

> 余謂如說以代王南鄉坐為即君位之漸，恐非代王所以再讓之意。蓋王入代邸而漢廷群臣繼至，王以賓主禮接之，故西鄉；群臣勸進，王凡三讓，群臣遂扶王正南面之位，王又讓者再；則南鄉非王之得已也，群臣扶之使南鄉耳。遽以為南鄉坐，可乎！[24]

胡氏的說明，並無證據，但可算是合理的推想。不過，我倒認為，當時代王的「三讓」、「再讓」，也該是禮節、程序的需要罷！

堂上的禮節活動，《儀禮》中有較詳細的記述。堂上的座次，顯然不是「以東向為尊」。例如《鄉飲酒禮》的堂上席位，主人在東序前西向而坐，賓席在戶牖之間，賓南向而坐，介席則在西序前，介東向而坐。賓是正，介是副。主人和賓的座次，都比介的座次為尊[25]。

---

[24] 見司馬光《資治通鑑》卷十三，1963年4月中華書局（北京），頁438。
[25] 參閱《鄉飲酒禮》，《儀禮注疏》卷八，《十三經注疏》（整理本），頁150。《鄉飲酒禮》：「乃席賓、主人、介。」注：「賓席牖前，南面。主人席阼階上，西面。介席

又例如《大射》中堂上的席位，公西向坐，賓南向坐。公的席位是主位，是個尊位，堂上其他面向的都是客位，但客位中最尊的是戶牖之間南向的賓席[26]。所以堂上南面為尊的說法，還是較準確的。又據《有司徹》記述，大夫在廟堂的室內行祭後，就要在堂上對剛當過「尸」的人行三獻之禮，「尸」的座席在戶牖之間的牆下，「尸」南向而坐，侑則在西序前東向而坐。所謂「侑」，是主人從異姓來賓中選出來陪「尸」受禮的人。東向而坐，雖也受禮敬，到底是「陪」。他的座次，既不能說尊於「尸」的南向座，也不能說尊於主人的西向座[27]。

從《儀禮》記述可知，堂上禮節活動的座次，與室中禮節活動的座次，不能一概而論。「以東向為尊」，指的是室中；「以南向為尊」，指的是堂上。不過，我們如果只說「堂上以南向為尊」，還不夠清晰，要更清晰、更準確地說明，應該是：堂上的賓位座次，以南向為尊。但當一國之君或一家之主背北面南坐在堂上時，他的座次，就比在場的其他座次都尊。我們一般說「南面稱王」、「北向臣服」，指的就是這種情況下的南向座次。再要補充的是，所有「以東向為尊」的禮節活動場合，即使不在堂室結構的室中進行，而在其他場合，例如

西階上，東面。」孔疏：「案《鄉飲酒義》……又云：『乃席賓，南面，席主人于阼階上，西面。』」

26 參閱《大射》，《儀禮注疏》卷十六，《十三經注疏》（整理本），頁353-354。《大射》：「公升，即位於席，西鄉。……諸公卿大夫皆入門右，北面，東上。士西方，東面，北上。大史在干侯之東北，東上。士旅食者在士南，北面，東上。小臣師、從者在東堂下，南面，西上。」

27 參閱《有司徹》，《儀禮注疏》卷四十九，《十三經注疏》（整理本），頁1077及1081。《有司徹》：「司宮筵于戶西，南面。又筵于西序，東面。尸與侑北面于廟門之外，西上。」（頁1018）按：南面之席，為尸席；東面之席，為侑席。孔疏引鄭《目錄》，指本篇為《少牢饋食禮》之下篇，內容是「大夫既祭儐尸於堂之禮」。孔疏：「言『大夫既祭儐尸於堂之禮』者，謂上大夫室內事尸，行三獻禮畢，別行儐尸於堂之禮。」（頁1077）

軍帳或非堂室結構的房子，只要不是在堂上，一般都會按照昭穆制度，採取「以東向為尊」的形式進行。這種形式不但來源甚久，而且已普及於社會各個階層[28]。

六　堂室座次尊卑異說

堂室尊次尊卑的問題，有人不以為然，我們不妨看看楊樹達（1885-1956）在《積微居讀書記》的說法：

> 鴻門之宴，項王、項伯東向坐，亞父南向坐，沛公北向坐。項王自尊，亞父次之，而置沛公於卑坐也。項羽置王陵母軍中，陵使至，東向坐陵母，尊陵母也。周勃東向坐責諸生，田蚡自坐東向，皆自居尊位也。……王鳴盛謂「堂上室中尊坐不同」，非也。[29]

楊氏認為，劉邦坐卑位，是項羽自尊，有意如此。其實把劉邦安排北向坐，並不是立心置劉邦於「卑坐」，按照出席人物的身份，當時只有這個位置最適合劉邦。楊氏又認為王鳴盛（1722-1797）之說不對，根據資料，我國古代的座次，的確有「堂上室中尊坐不同」。王氏之說，可供參考，現引述如下。王氏《十七史商榷》云：

> 古宮室之制，前堂後室，室中以東向為尊……南堂（堂上）以

28　參閱王文錦《古人座次的尊卑和堂室制度——從鴻門宴的座次談起》，《古代禮制風俗漫談》，頁108-110。王氏談及堂上座次時，引述《少牢饋食禮》，實應為《有司徹》。

29　見楊樹達《積微居讀書記》，2006年12月上海古籍出版社（上海），頁95。

南面為尊……以《尚書・顧命篇》、《爾雅・釋宮篇》、《禮記・明堂位篇》、《毛詩・斯干篇》及《儀禮》各篇經注疏參之，人君在堂上南面臨群臣，自然東為尊，西為卑。及入戶至室中……其勢又以坐西而東向者為尊矣……漢近古，宮室之制未大變……。[30]

王氏參考各種經書及《儀禮》各篇注疏，認為人君堂上背北面南臨群臣時，臣下以坐東向西為尊，坐西向東為卑。在室中，則又以坐西向東為尊了。可見王氏說古代宮室之制，有堂室之別，堂室座次面向的尊卑也不同，是有根據的說法。對《史記》有關鴻門宴座次的記述，王氏又云：

若《史記・項羽紀》「沛公見項王鴻門，項王東嚮坐，亞父南嚮坐，沛公北嚮坐，張良西嚮侍」，其坐次尊卑歷然，而侍則立而不坐為最卑矣。此雖在軍中，要之亦倣室中之制……。[31]

王氏推論張良的「侍」，是「立而不坐」。張良是否「立」，《史記》沒有明說，但按《史記・南越列傳》的記述，南越大臣「侍坐飲」，則「侍坐」仍是最卑位，可見「侍」可「立」、可「坐」。

七 結語

綜合上舉資料和相關討論，余英時、許進雄兩先生的意見，我未盡同意，謹稍說明如下，作為本篇的結束：

---

30 見王鳴盛《十七史商榷》，2005年12月上海書店出版社（上海），頁167。
31 見同上，頁168。

一、我們如果同意鴻門宴是個有政治目的的約會，座次的安排，必然會與政治目的相配合。現代國際聚會場合，無論拍合照或宴會席位安排，都有主次之分。
二、項羽顯然有意強調劉邦的部屬地位，因此自居背西面東的長官位置，而不是以賓客身份待劉邦。
三、項羽當然對座次有最後決定權，但不會親力親為作安排，反而作為謀臣的范增，在宴會上雖是陪客，倒不會完全不在座次上出主意。范增確有意要殺劉邦，該不會贊成把劉邦安排在最尊的背西面東賓位。把劉邦安排在最尊的賓位，無異公開承認他的分庭抗禮地位。
四、根據古代堂室制度和昭穆制度，劉邦所坐的背南面北位，與范增相對，並不是最卑的臣位。范增是項羽的亞父，劉邦是項羽的部屬，劉邦的座次，當然要低於范增。因此，劉邦在鴻門宴的座次，是室中交際活動中符合禮節的必然安排，並不涉及有意貶抑或自我貶抑或有利還是不利的問題。
五、項伯有意維護劉邦，是事實，但在座次安排上，他其實別無選擇；至於張良，無論有甚麼智謀，也不能干預主人座次的安排，何況在禮節上，劉邦也只能坐在這個背南位置上。項羽如果要殺劉邦，座次應該不是決定的因素。有時為了要殺對方，有人會故意對要殺的人特別尊禮。劉邦赴鴻門宴，當然要有自保的安排，但無論他能「陰忍」還是不能「陰忍」，在座次上他能夠做些甚麼呢？
六、司馬遷在《史記・項羽本紀》對鴻門宴座次的描述，當然不是現場目覩，而是以意推之。司馬遷撰作《史記》，有漢人經學家心態，因此他在描述項羽如何款待劉邦時，很自然地會把自己對儒學禮節的認識，結合史書的撰述，這也可說明鴻門宴的

座次安排，為甚麼會與經學思想相符合。先師錢穆先生（1895-1990）說，不懂經學，就讀不懂《史記》[32]。鴻門宴的座次安排，就可以支持錢先生之說，雖然這只是其中之一的證據。

七、史文沒有記述的地方，治史者只能作情理之內的推想，余、許兩位是這樣，我也是這樣；這是治史時容許思考活動的空間。余、許的文章，為我們提供這樣的一個例子。我們不一定同意他們的結論，他們也不一定同意他人的看法，但他們切入問題的思考，對我們應有啟發。如何維持情理之內推想的分際，是治史者要留意的。

二〇二三年一月完稿

---

32 參閱錢穆《經學大要》第七講，2000年12月素書樓文教基金會、蘭臺出版社（臺北），頁119。

劉邦脫身鴻門宴事辨疑

楚漢爭雄之際,項羽、劉邦鴻門宴的座次問題,引起了不少討論,我曾撰文述說,今暫不論。而有關這個宴會的其他記事,也有人提出疑問。為了方便辨析,我們不妨先看看《史記‧項羽本紀》的記述:

> 項羽兵四十萬,在新豐鴻門,沛公兵十萬,在霸上。……沛公旦日從百餘騎來見項王……項王即日因留沛公與飲。……項莊拔劍起舞,項伯亦拔劍起舞,常以身翼蔽沛公,莊不得擊。[1]

當時項莊在范增的授意下,有意殺劉邦,情勢非常險惡。接下來,《項羽本紀》又記:

> 於是張良至軍門,見樊噲。……噲即帶劍擁盾入軍門。……樊噲帶從良坐。坐須臾,沛公起如廁,因招樊噲出。……當是時,項王軍在鴻門下,沛公軍在霸上,相去四十里。沛公則置車騎,脫身獨騎,與樊噲、夏侯嬰、靳彊、紀信等四人持劍盾步走,從酈山下,道芷陽閒(間)行。沛公謂張良曰:「從此道至吾軍,不過二十里耳。度我至軍中,公乃入。」[2]

---

[1] 見司馬遷《史記》卷七,1962年5月中華書局(北京)校點本,頁311-312。
[2] 見同上,頁313-314。

金性堯在《鴻門宴之謎》一文中，對劉邦能從宴會脫身，表示質疑。他先引述董份（1510-1595）、徐孚遠（1600-1665）之說。董說見《史記會注考證》，云：

> 矧范增欲擊沛公，唯恐失之，豈容在外良久，而不亟召之耶？此皆可疑，史固難盡信哉！[3]

徐說亦見《史記會注考證》，云：

> 然觀《史記》，敘漢人飲中多有更衣，或如廁竟去，而主人不知者。意者當時之飲，與今少異，又間有良駿行四十里而杯酒猶溫者。漢主之能疾行，得此力也。其所云步走，或史遷誤也。[4]

金氏認為董、徐兩人之說「強為之詞」，並提出這樣的意見：

> 鴻門之宴，不同於尋常宴會，沛公的一舉一動，無不在范增等的虎視眈眈之中，何況還要招樊噲同出。樊噲闖進時，完全懷有敵意，這時卻緊隨沛公而出，五尺之童，也會疑忌的。《史記》先說「脫身獨騎」，那末，是獨自騎馬的，下又說與四人步走，究竟是騎馬還是步走，還是先騎馬而後步走，也是敘述得不清楚。[5]

---

[3] 見瀧川資言《史記會注考證》卷七，藝文印書館（臺北）影印本，頁35。本書缺出版資料頁，故無出版年月。

[4] 見同上。

[5] 見金性堯《鴻門宴之謎》，《閒關錄》，2004年6月上海古籍出版社（上海），頁85。

金氏的看法，可說是合理的懷疑。跟著，他引述明于慎行（1545-1608）《讀史漫錄》卷二之說，來說明劉邦得以脫身的理由：

> 鴻門事，以為「是日微噲入營譙讓項羽，沛公幾殆。」此耳食也。總之，項王本無殺沛公之心，直為范增縱臾，及沛公一見，固已冰釋。使羽真有殺沛公之心，雖百樊噲，徒膏斧鉞，何益於漢？[6]

金氏指出于氏的說法合於情理，並稍有補充：

> 比較起來，還是于氏之說合於情理，符合項羽性格。他如果一定要殺沛公，范增示意時，就可以殺之。……項羽為人，血氣方剛（比劉邦少二十四歲），有他殘暴的一面，也有慷慨磊落、豪爽痛快的一面，范增早已看出「君王為人不忍」的特點。[7]

項羽的殘暴，史有明載，如攻拔堅守的襄城，盡阬殺守城將士；又引兵西屠咸陽，殺降王子嬰，燒宮室；說者評「楚人沐猴而冠」，則烹殺，等等[8]。不過，他有時也會有「不忍」之心，如范增所評。的確，劉邦在鴻門宴中得以脫身，關鍵可能是項羽本無殺劉邦之心，其中或許也有性格的因素。

關於項羽的性格，我們不妨參考《史記‧項羽本紀》的記載：

> 秦始皇帝游會稽，渡浙江，（項）梁與籍俱觀。籍曰：「彼可取

6　見同上，頁86。
7　見同上。
8　參閱司馬遷《史記》卷七《項羽本紀》，頁300及315。

而代也。」⁹

項羽年輕時，已自信極強。自信極強的人，大多對自己的能力信心十足，而且自尊心極強。項羽當時認為以劉邦之力，難以與己抗衡，於是在鴻門宴放過劉邦，很可能與他的性格有關。

《項羽本紀》又云：

（項王）因留沛公與飲。……范增數目項王，舉所佩玉玦以示之者三，項王默然不應。范增起，出召項莊，謂曰：「君王為人不忍……請以劍舞，因擊沛公於坐，殺之。……」¹⁰

范增評項羽「為人不忍」，應該是長期觀察所得而言。所謂「不忍」，意思是「不夠狠心」。他多次舉玦示意要殺劉邦，但項羽默不應，可知他早有不殺劉邦之心。到了劉邦從宴會出走，他不會毫無覺察，既覺察而不派兵追殺，主要是他根本無意去殺，即「不忍」去殺。

《項羽本紀》又云：

（彭越）絕楚糧食，項王患之。為高俎，置（劉邦父）太公其上，告漢王曰：「今不急下，吾烹太公。」漢王曰：「吾翁即若翁，必欲烹而翁，則幸分我一桮羹。」項王怒，欲殺之。項伯曰：「……雖殺之無益，祇益禍矣。」項王從之。¹¹

按理說，項羽個性剛強、殘暴，不易聽信人言。他不殺劉邦之父，與

9　見同上，頁296。
10　見同上，頁312-313。
11　見同上，頁327-328。

其說是聽信項伯之言,倒不如說是「為人不忍」。不過這種「不忍」,只是臨時萌生,而不是常態,常態「不忍」,就不會殘暴。可以說,就是這種臨時萌生的「不忍」,使他不殺劉邦之父,也不殺劉邦。

《項羽本紀》又云:

> 項王乃欲東渡烏江。烏江亭長檥船待……項王笑曰:「天之亡我,我何渡為!且籍與江東子弟八千人渡江而西,今無一人還,縱江東父兄憐而王我,我何面目見之?……」……乃自刎而死。[12]

項羽愧見江東父兄,不想渡江,終於慷慨自刎,不肯獨自偷生,謀求再起。這是他性格豪爽痛快的表現,也是自尊心強的表現。他放過劉邦,也該是這種性格的表現罷?

此外,劉邦和四隨從離開項羽的軍帳後,能順利走出項軍大營,也可能有項伯的預為布置或臨時打點,只是史文無徵,我們只好以理推之了。

金性堯還指出:《史記》先說劉邦「脫身獨騎」,又說與樊噲、夏侯嬰、靳彊、紀信等四人「步走」,「是敘述得不清楚」。細審史文,我以為敘述還算清楚。劉邦脫身時,當然要急急奔逃,但馬只有一匹,自然由主公「獨騎」,其他隨從者,只好「持劍盾步走」掩護。在這種情勢下,劉邦固然不能縱馬急馳,而掩護者則須在馬後急奔。也就是說,劉邦一直騎馬,沒有步走,步走的是幾名隨從者。我相信這就是《史記》描述劉邦等人的逃亡情狀。由鴻門至霸上,相距本四十里,但「從酈山下,道芷陽閒行」,則「不過二十里」。途程因走捷

---

12 見同上,頁336。

徑而縮短了一半，對劉邦爭取早脫險境，在時間上也是有利的。

二〇二三年一月完稿

丙輯

談文

讀蘇軾寫景狀物小品札語

一 小引

　　蘇軾（1037-1101）擅詩、詞、文，工書能畫，精賞鑑，好遊覽。其《東坡題跋》一書，內容廣及藝文諸方面：或論詩文，或評書畫，或談紙筆，或賞硯墨，或言琴棋，或品器物，或涉釋道，或記遊觀，或抒所感；下筆初非刻意，而清新雋逸，意趣盎然。其遊觀文字，寫景狀物，尤為讀者所愛。爰錄數則，並附札語，略陳所見及所感。本篇行筆隨心，無視今日學壇撰作之規範，恐為識者所笑耳。

二 讀《東坡題跋》札語八則

（一）《跋石鐘山記後》

> 錢塘東南，皆有水樂洞，泉流空巖中，皆自然宮商。又自靈隱下天竺而上至上天竺，溪行兩石間，巨石磊磊如牛羊，其聲空聱然，真若鐘聲，乃知莊生所謂天籟者，蓋無在不有也。……司法掾吳君示舊所作《石鐘山記》，復書其末。[1]

此蘇氏跋己舊作《石鐘山記》後，所記雖為石鐘山之景，實狀泉流空

---

[1] 見屠友祥《東坡題跋校注》卷一，2011年8月上海遠東出版社（上海），頁46。

巖、溪行石間之聲。泉聲若自然宮商，溪聲則似鐘鳴，真如莊子所謂天地間無所不在之天籟也。《莊子‧齊物論》狀山林之風聲如大塊噫氣，且有泠風、飄風、厲風之別，其言汪洋闢闔，奇幻萬千，可謂善於描摹[2]。蘇氏行文時思及莊子，當由泉聲、溪聲之悅耳，而念念於莊子筆下之山林天籟歟？

（二）《記赤壁》

> 黃州守居之數百步為赤壁，或言即周瑜破曹公處，不知果是否。斷崖壁立，江水深碧，二鶻巢其上。……遇風浪靜，輒乘舟至其下，舍舟登岸，入徐公洞。非有洞穴也，但山崦深邃耳。……岸多細石，往往有溫瑩如玉者，深淺紅黃之色，或細紋如人手指螺紋也。既數遊，得二百七十枚，大者如棗栗，小者如芡實。又得一古銅盆，盛之，注水粲然，有一枚如虎豹首，有口鼻眼處，以為群石之首。[3]

此寫景狀物之篇也，寫景用字不多，而狀石文字特詳，其色、其紋、其形、其質，皆大有可觀。石為流水洗刷、浸潤，往往有此。予亦曾

---

[2] 參閱王先謙《莊子集解》卷一《齊物論》，1987年10月中華書局（北京），頁9-10。關於莊子之生卒年，迄今無定說，或謂為前369年至前295年。錢賓四（穆）先生《莊周生卒年考》引據辨析後云：「莊子生年當在周顯王元年（前368）十年（前359）間，若以得壽八十計，則其卒在周赧王二十六年（前289）至三十六年（前279）間也。」見錢先生《先秦諸子繫年》卷三，1956年6月香港大學出版社（香港）增訂版，頁269。錢先生措詞矜慎，亦非定說，可供參考。

[3] 見屠友祥《東坡題跋校注》卷六，頁334-335。按：曹操敗於孫權、劉備聯軍之赤壁，故址在今湖北省蒲圻縣西北。蘇軾以為今湖北省黃岡縣西北江濱赤鼻磯山為赤壁之戰處，其誤歷來辨者甚眾，知者亦多，除可參閱西晉陳壽之《三國志》外，前人如北魏酈道元《水經‧江水注》、南宋胡仔《苕溪漁隱叢話後集》均有說。然考辨三國赤壁之戰所在，非本篇撰作原意，故弗詳述焉。

於離島海灘檢拾異色或異形之石,先後僅得數枚,且亦無溫瑩如玉者。溫瑩如至之石,豈易檢拾而得?欲得唯購求耳。

(三)《記羅浮異境》

> 有官吏自羅浮都虛觀游長壽,中路睹見道室數十間,有道士據檻坐,見吏不起。吏大怒,使人詰之,至則人室皆亡矣。乃知羅浮凡聖雜處,似此等異境,平生修行人有不得見者,吏何人,乃獨見之。正使一凡道士,見己不起,何足怒!吏無狀如此,得見此者,必前緣也。[4]

官吏自羅浮往長壽途中所見,無關聖凡,亦無關修行,殆海市蜃樓之幻境耳。無狀之官吏得見,欲往詰之之隨從亦得見,謂為緣分,固無不可,然無關修為也。文中所記異境,或聞自旁人,博識如蘇氏,豈不知有海市蜃樓耶?

(四)《記游定惠院》

> 黃州定惠院東小山上有海棠一株,特繁茂。每歲盛開,必攜客置酒,已五醉其下矣。……山上多老枳木,性瘦韌,筋脈呈露,如老人項頸。花白而圓,如大珠累累,香色皆不凡。此木不為人所喜,稍稍伐去,以予故亦得不伐。[5]

此寫山上瘦韌老枳木,寥寥數語,足見其質及其形。以老人項頸形容老枳木之筋脈,可謂善於借喻比類。此木之花,香色皆不凡,奈不為

---

[4] 見屠友祥《東坡題跋校注》卷六,頁338。
[5] 見同上,頁339。

人所喜，蘇氏喜之，特為表揚。《本草綱目》載：枳木似橘而小，高五六尺，葉如橙，多刺，春生白花，至秋成實。七月八月採者皮厚而實，故曰枳實；九月十月採者殼薄而虛，故曰枳殼；兩者亦可入藥[6]。世有可賞可用之材，而常為所忽視或厭棄，奈何！

（五）《書贈何聖可》

> 歲云暮矣，風雨淒然，紙窗竹室，燈火青熒，輒於此間得少佳趣。今分一半寄與黃岡何聖可。若欲同享，須擇佳客，若非其人，當立遣人去追索也。[7]

歲暮風雨中夜坐，雨敲竹室，風搖紙窗，境況淒然，猶可輒得少佳趣，則佳趣在內不在外，在心不在物。書云寄與友人同享，殆知心之友也。信末數語，意在言外，自有雅韻。非其人，何可同享佳趣！人生數十寒暑，有順逆，有褒貶，倘此心在我，則逆貶何有於我哉！

（六）《記承天寺夜遊》

> 元豐六年十二月十二日夜，解衣欲睡，月色入戶，欣然起行。念無與為樂者，遂至承天寺尋張懷民。懷民亦未寢，相與步於中庭。庭下如積水空明，水中藻荇交橫，蓋竹柏影也。何夜無月，何處無竹柏，但少閒人如吾兩人者耳。[8]

---

[6] 參閱李時珍《本草綱目》第五冊「枳」條之說明，1967年3月商務印書館（香港），頁82。

[7] 見屠友祥《東坡題跋校注》卷六，頁340。

[8] 見同上，頁341-342。篇名「承天」後，原無「寺」字，似脫。

此篇乃蘇氏記遊名篇，曾入選本港中學中文科教材，廣為人知。

《楞嚴經》云：

> （月光童子）當為比丘室中安禪。我有弟子，闚窗觀室，惟見清水徧在室中，了無所見。[9]

蘇氏喜讀佛書，又常與僧侶交往，文中「積水空明」句，出典殆在是歟？又蘇氏有《月夜與客飲杏花下》詩，云：

> 杏花飛簾散餘春，明月入戶尋幽人。褰衣步月踏花影，炯如流水涵青蘋。……[10]

詩中所言，亦猶承天寺步月中庭所見「水中藻荇交橫」之狀。執筆者倘身不閑、心不靜，恐未必能見、能賞此月下之景也。

蘇氏於《臨皋閑題》中有云：

> 江山風月，本無常主，閑者便是主人。[11]

此自況語也，評者謂為「靜者之言」[12]。蘇氏自言與友人張懷民同屬「閑人」，其胸懷殆類無常主之江山風月，「靜者」即「閑者」耳。浮

---

9 見《楞嚴經》卷五，1959年12月臺灣印經處（臺北），頁100。《楞嚴經》原名《大佛頂如來密因修證了義諸菩薩萬行首楞嚴經》。

10 見《蘇軾文集編年箋注》（李之亮箋注）第十一冊附錄一《蘇軾詩集》卷十，2011年10月四川出版集團巴蜀書社（成都），頁184。原詩十二句，現引述四句。

11 見《東坡志林》「亭堂」類，2002年11月青島出版社（青島），頁150。

12 參閱屠友祥《東坡題跋校注》卷六，引述明人陳天定《古今小品》卷八語，頁342。

躁、籌算之徒，安可閑靜哉！

（七）《蓬萊閣記所見》

登州蓬萊閣上，望海如鏡面，與天相際。忽有如黑豆數點者，郡人云，海舶至矣。不一炊久，已至閣下。[13]

全篇字數僅三十八，而內容富羨，寫景有靜有動。「海如鏡面」，言天晴浪靜也；狀海遠處之舶如黑豆，可謂巧於比喻。又云舶不一炊已至閣下，言其來之速也。他人目中，僅屬常景常事，而蘇氏所見所記，則文字簡約而有異常之趣，可供細味。

（八）《書贈古氏》

古氏南坡修竹數千竿，大者皆七寸圍，盛夏不見日，蟬鳴鳥呼，有山谷氣象。竹林之西，又有隙地數畝，種桃李雜花。今年秋冬，當作三間一龜頭，取雪堂規模。東蔭修竹，西眺江山。若果成此，遂為一郡之嘉觀也。[14]

古氏南坡之地，既有修竹數千，又有數畝桃李雜花，其景殊勝。蘇氏擬於其地營造房舍，仿雪堂規模[15]，東蔭修竹而西眺江水，以作一郡

---

13 參閱屠友祥《東坡題跋校注》卷六，頁344。
14 見同上，頁364。
15 關於「雪堂」，蘇軾有文曰《雪堂問潘邠老》，云：「蘇子得廢園於東坡之脇，築而垣之，作堂焉，號其正曰『雪堂』。堂以大雪中為，因繪雪於四壁之間，無容隙也，起居偃仰，環顧睥睨，無非雪者。蘇子居之，真得其所居者也。」見《東坡志林》「亭堂」類，頁152。

之嘉觀。蘇氏雖受貶謫,而心境閑適,乃有此想。果能成事,身處其中,耳聞竹聲、蟬鳴、鳥呼,其幽何可勝言!

三　略談《東坡題跋》之文風

　　《東坡題跋》一書,既曰「題跋」,則其文寫於篇章、書籍、書畫之前或後可知。亦因事而作,視為事之「題跋」,似無不可。題跋亦有為遊覽、器物而撰,則其內容涵蓋諸類事物,殆可知矣。凡屬題跋,類皆短篇,罕睹長者,《東坡題跋》所錄,亦猶是也。

　　蘇軾為宋代文學名家,歷來論者譽多而貶少,此人所共悉也。若其「題跋」之文風,論者或舉《東坡題跋》毛晉(1599-1659)跋語之說。毛說引用前人語,有云「東坡作文如天花變現,初無根葉,不可揣測」;又云「其文俱從般若部中來,自孟軻、左丘明、太史公後一人而已」[16]。其言容有所據,然從虛處、旁處著筆,讀者僅能稍作臆測,領會其言外之意而已。

　　然則蘇氏自評其文,將若何?其言曰:

> 吾文如萬斛泉湧,不擇地皆可出。在平地滔滔汩汩,雖一日千里無難。及其與山石曲折,隨物賦形而不可知也。所可知者,常行於所當行,常止於不可不止,如是而已矣。其他雖工,吾亦不能知也。[17]

---

[16] 參閱屠友祥《東坡題跋校注》所附毛晉跋語,頁365。毛氏跋語,提及之論者為:韓子蒼、洪覺範。

[17] 見蘇軾《自評文》,屠友祥《東坡題跋校注》卷一,頁40。按:「其他雖」後,原缺「工」字。

蘇氏自稱文思如泉湧，不擇地皆可出。由其學博才高，思捷筆敏，故能自信如此。其評語本不以題跋為限，況題跋之作，並非平地滔滔汩汩、一日千里之文也。至所謂「與山石曲折，隨物賦形」，行所當行，止所當止，其言則頗似專為己之題跋而發，蓋隨物曲折，行止順心，固題跋應有之義也。雖然，欲知其味，仍當親品，倘非細讀蘇氏題跋，即有自評之語，恐於知味亦無所助也。

四 小結

據屠友祥自白，其所撰《東坡題跋校注》，題跋原文，以毛晉（1599-1659）汲古閣刊《津逮祕書》本為底本，參以《四部叢刊》初編影宋本郎曄（生卒年不詳）《經進東坡文集事略》、明萬曆康丕顯（生卒年不詳）刻《重編東坡先生外集》本，明刊《三蘇先生文粹》本、明抄《類說》本《仇池筆記》、《稗海》本《東坡志林》，並酌據孔凡禮《蘇軾文集》校點本，可知能廣聚眾本為校[18]。注文引用書目凡一百六十四種[19]，以牛刀而割小禽，頗費心力。惟細讀其書，校訂似仍未周，有可校而未校。注文尚算簡要，大抵應詳方詳；偶亦有應注而未注，未能為讀者釋疑。此乃諸書注本常有之事，賢者不免，讀書用心者反可窺其間隙，補其闕漏，豈不懿歟？

附記：本篇之成，因讀《東坡題跋》（屠友祥校注）而起，故附註引文之出版資料，均以此為據，手邊雖有硬皮精裝之《蘇軾文集編年箋注》（李之亮箋注）十二冊，亦不用，蓋讀閑書、寫札記，實以軟皮小本書冊為便。惟撰寫《記承天寺夜遊》一篇

---

[18] 參閱屠友祥《校注東坡題跋小引》，《東坡題跋校注》目錄前，無頁碼。
[19] 參閱屠友祥《校注東坡題跋引用書目》，《東坡題跋校注》「附錄」，頁366-372。

時，提及蘇軾之《月夜與客飲杏花下》一詩，則不能不檢《編年箋注》第十一冊《蘇軾詩集》卷十所載。倘《東坡題跋》引文亦用《編年箋注》本固無不可，且可統一引述資料來源，然不免為己增加煩擾，減損讀書消閑之樂矣。

二〇一七年六月完稿

「留夷夢寐向華原」
——《蓮生書簡》讀後

一　引言

　　談四、五十年代以來本港的大專教育史，有人會提到新亞人。所謂新亞人，指新亞書院、新亞研究所和新亞中學的師生，包括已離校的教師和校友。

　　有人說，新亞人有反共的基因。這種說法有對有不對。據我所知，四、五十年代從中國大陸來香港的知識分子，抱著逃難的心態，大多反共，當時的新亞人，包括逃難來港的師生也不例外。但由七、八十年代到現代，不見得新亞人都反共。較極端的是，四、五十年代以至六十年代很反共的新亞人，後來有些人卻立場迥異，甚至以能多結交中國大陸高幹為榮。這或許是時移世易罷！

　　牟潤孫先生（1908-1988）在一九五四年接受錢穆先生（1895-1990）的邀請自臺灣大學來港時，即在新亞書院任文史系系主任；一九五五年新亞研究所正式招生時，任教史學課程的就只有錢先生和牟先生。因此，這段時期在新亞書院或新亞研究所修讀史學課程的學生，應該聽過牟先生的課。即使沒聽過牟先生課的新亞學生，也會聽過他的演講，而且以輩分而論，牟先生也該是他們的師長輩。

　　牟先生在一九七二年（時六十四歲）接受邀請北訪，目的是探親和與前輩、朋友敘舊，同時也順道遊覽久違的北方故地。可是當時及以後，不少新亞人都對牟先生採取疏遠、杯葛或指責的態度，這些新

亞人包括牟先生的同事、朋友、學生和晚輩。政治取態各異，往往造成人與人間的疏離，甚至反目成仇，真是無可奈何的事！我的思想較傳統，我認為對牟先生的學生或晚輩來說，老師、長輩就是老師、長輩，這是改變不了的事實，也是刪除不了的關係。我們可以不認同老師或長輩的政治取向或個人行為，甚至不佩服他的學問，但不必否認他是老師或長輩，也不必嚴詞指責，除非涉及民族大義或國家存亡的大問題。我寫這篇《留夷夢寐向華原——〈蓮生書簡〉讀後》，目的就是這樣。

《蓮生書簡》是楊聯陞先生（1914-1990）的書信集，二〇一七年商務印書館（北京）出版，內容不是楊先生的書信總匯，而只是他的書信輯存選。

二　讀《蓮生書簡》札記（一）

讀《蓮生書簡》，我們可以看到楊聯陞先生因有機會回國探親而興奮，同時對中國大陸的種種，常有美語頌辭。現試從《書簡》中摘錄一些文字資料，並稍附說明。

楊先生《致楊忠平》書信十七通之三云：

> 趙元任先生夫婦，得周總理邀見，已見《人民日報》。趙先生是語言學大家，而且是我的恩師。（30.5.1973）[1]

---

[1] 見蔣力編《蓮生書簡》，2017年10月商務印書館（北京），頁122。據說楊聯陞得以回國探親，是因為趙元任回國時，周恩來對他說：「楊聯陞、毛子水……我都知道，我們歡迎他們回國看看嘛！」參閱周一良《〈楊聯陞為甚麼生氣〉一文質疑》，蔣力編《哈佛遺墨——楊聯陞詩文簡》，2004年12月商務印書館（北京），頁458。

楊忠平是楊先生的長女，嫁夫蔣震，長居北京。兩人之女為蔣方，她就是《蓮生書簡》的編者。趙元任（1892-1982）夫婦往北京，得周恩來（1894-1976）邀見，事載《人民日報》。楊先生對女兒提及這事，言詞間有頗以為榮之意，又不諱言趙氏是自己的恩師。這與新亞部分人當時與牟先生畫清界線或絕口不提牟先生姓名的態度，截然不同。

又楊先生《致楊忠平》書信十七通之五云：

> 好在你們都在新社會為人民服務，各有一定的工作，我很高興。（4.8.1975）[2]

楊先生為自己的女兒和家人都能「在新社會為人民服務」，表示「很高興」。他的「很高興」，顯然並不排拒新中國的「新社會」。楊先生的態度，會不會引起同事、朋友、學生和晚輩的不滿？直到現在，我似乎沒有看到批評或不滿的言論。

又楊先生《致楊忠平》書信十七通之六云：

> 前後收到你們去看大舅、大舅母記下來的旅途中學習的種種關於舊歷史同新建設的報道，非常高興。我是學歷史的，對於西安、成都的歷史地位同古蹟，也能談其大略，可惜只是紙上談兵，下次再回國時，一定要求多去看幾個地方，新舊對比，盡力學習。……「蜀道難」變成不難，自然是新中國人民在正確領導下的偉大成績之一。（7.10.1975）[3]

信中的大舅，指繆鉞（1904-1955），是楊先生夫人繆鈐的長兄，也就

---

[2] 見同上，頁125。

[3] 見同上，頁126。

是楊忠平的大舅父。繆氏是文史學者，工詩詞，時為四川大學教授。楊先生對「舊歷史同新建設的報道」，表示「非常高興」。他的「非常高興」，主要是新舊對比而新建設有好表現。他更表示蜀道本「難」而「變成不難」，是新中國人民的偉大功績。蜀道交通有改善，固然是事實，但判斷語的措詞為：「自然是新中國人民在正確領導下的偉大成績之一」，恐不免略有過情的頌揚成分。同樣的措詞，如果出諸牟先生筆下，人家會怎樣看？

又楊先生《致楊忠平》書信十七通之七云：

> 你的遊記，實在寫得很精彩。大舅說「可謂壯遊」，我看了也覺得欣慕。這種機會，只有在新中國才能實現，學一句基督徒的話，「你們在新中國的人們有福了！」……新建的鋼橋、隧洞等，千里的成昆綫，又是新中國人民在正確領導之下的碩果，更是我希望能看的。（24.11.1975）[4]

「壯遊」人人可有，身處各地或各國的人也可以有機會做到，不一定「只有在新中國才能實現」。引述基督徒的常用語而加以變化，又表示希望能看到一些新建設工程的碩果，也是表達頌揚新中國的「正確領導」。

在同一封信中，楊先生又云：

> 大觀樓的長聯……「宋揮玉斧」是借用宋太祖以玉斧畫大渡河曰「此外非我有也」……。傳統的說法認為是統治者的一種自制，現在是否應如此解，我不敢說，要依照新中國領導人聲

---

[4] 見同上，頁129-131。

明：我們不要做「超級大國」，精神似有相通之處。……希望我們下次回國，能多看看祖國山河的天然之美與勞動人民增加的令人鼓舞的新建設。(24.11.1975)[5]

楊先生的說明，借用宋太祖趙匡胤（927-976）揮斧宣告之語為喻，似在肯定、欣賞新中國領導人的自制精神和聲明。最後一句，表達了自己因「勞動人民增加的新建設」而「鼓舞」，行文措詞，有類當時中國大陸人慣常採用的表達用語。

又楊先生《致楊忠平》書信十七通之八云：

所謂「思無邪」大約是思想不要走上錯誤的道路，這話也出在《詩經》。問題只在於甚麼是正甚麼是邪，奴隸主自然只覺得他們的思想是正，而把被壓迫者的思想認為邪了。……我明年秋季申請回國探親之時想加上訪友（自然更想多看些祖國的新面貌！）(30.12.1975)[6]

楊先生以《詩經》談思想的正邪，他對「奴隸主」和「被壓迫者」的說法，頗有順隨中國大陸一些人思路的用意，雖然讀信的人是他的女兒，但他似乎意識到外人也可能會讀到，因此行文措詞，似存心不想為親人招惹不必要的麻煩。至於引文括號中那一語句，明顯有表態的用心，不必進一步說明了。

又楊先生《致楊忠平》書信十七通之九云：

周總理逝世，這裏也同他處一樣，有追悼會。我曾試寫五律輓

---

5 見同上，頁131-132。
6 見同上，頁133-135。

> 詩一首，因有兩句尚待推敲，以後再錄請大舅指正。我看過《人民日報》上許多輓詩，都很動人。（21.2.1976）[7]

牟先生也尊敬周恩來，對周氏的去世也寫過悼念的文章。有人對他的悼念，或許會評為「親共」罷？楊先生既為周恩來寫輓詩，又表示《人民日報》上許多輓詩「很動人」，不知道有沒有人對他有微言？

在同一封信中，楊先生又云：

> 我幾乎每日都看報，看《自然辯證法》，努力學習。……我對近代史的了解太差，理論水平更差。現在看國內歷史界如此努力（二月八日記北大歷史系對「右傾翻案風」的回擊，令我十分感動），必得趁早在年紀還不算老時加強學習。（21.2.1976）[8]

楊先生寫此信時周恩來剛去世，四人幫仍在位。楊先生說自己幾乎每日都看報和努力學習《自然辯證法》，也因北大歷史系對「右傾翻案風」的回擊而「十分感動」。他的「感動」，是表示他不同意為右傾分子翻案？換言之，他支持北大歷史系回擊「右傾翻案風」？四人幫為對付異己者，往往扣他們「右傾分子」的帽子。在政治運動中，中國內地許多知識分子，都為了「右傾」的帽子而大喫苦頭，甚至被殺或被迫自殺！

又楊先生《致楊忠平》書信十七通之十一云：

> 從北京飯店寄到大學的一包書，收到已近十日，計有《論孔

7　見同上，頁135-136。
8　見同上，頁136。按：中國大陸的「文化大革命」開始於一九六六年，結束於一九七六年。結束初期，政治氣氛仍緊張。

丘》、《孔丘教育思想批判》、《鐵旋風》、《邊城風雪》、《青松嶺》、《杜鵑山》、《創業》、《渡江偵察記》、《火紅的年代》，共九冊，都很有用。（7.7.1976）[9]

楊先生寫了上面的信，在第二天又補寫：

《論孔丘》及《孔丘教育思想批判》我都讀了，學了不少東西。（8.7.1976）[10]

從北京寄到美國哈佛大學的九冊書，都是政治思想性強的著作。大抵楊先生在回國探親前，先要做些預習工作，以免將來在溝通上有大隔漠，所以說「都很有用」，可謂用心良苦。楊先生又表示對批判孔子（前551-前479）的兩篇文章都讀了，而且「學了不少東西」。言下之意，是不是認同其中部分觀點？最低限度，他在措詞上並不以當時的批孔運動為不對。

又楊先生《致楊忠平》書信十七通之十二云：

七月底八月初得到唐山豐南地震的消息，而且知道旁及京津，我們確是十分懸念。……幸而不久就看見《人民日報》，對國內的領導人、黨員、幹部，尤其是各地人民的處變不驚，應付迅速而有紀律，使災害的損失，大為減低，這是所有的目睹的中外人士，一致驚歎敬服的。例如京津兩地受難的人……在開灤煤礦負責的同志們，在自己被救之後，立刻就去搶救別人，

---

9 見同上，頁139。
10 見同上，頁140。

> 在這樣萬分危險的時刻,「把安全讓給別人,把危險留給自己」,令人敬佩!震中區礦井下萬名夜班工人,衝破千難萬險,勝利返回地面,真是可歌可泣的場面。八月七日下午馬家礦三號井已開始出煤,真是「天崩地裂何所懼,雙手描繪新天地!」這種情形,在幾十年前的舊社會,是萬難想像的。(16.8.1976)[11]

楊先生因唐山大地震而十分掛念中國大陸的親人,是很自然的反應。他據報道而知道救災的種種情況,應是事實,但用語措詞,則稍近於中國大陸許多人的行文風格,換了是其他人,大抵就會受批評了。信中說到「這種情況」後提及「舊社會」,新舊對比,褒貶之意明顯。這樣表白,或許有不要為親人惹麻煩的用意。對於其他所聽所知的救災好事,楊先生表示中外人士「一致驚歎敬服」、「令人敬佩」、「可歌可泣」、「真令人感動」[12],也該是同樣的心意。

又楊先生《致楊忠平》書信十七通之十六云:

> 這次我們回國探親,收穫很豐富……三十五天的聚會……我們又正趕上了國內一片更新,喜氣洋洋。現在大家都甩膀子大幹,或是埋頭苦幹(有前途的「苦」別有滋味),科技一馬當先,歷史語言在教研雙方自然也會受到應有的重視。(12.9.1977)[13]

楊先生表示回國三十多天,看到大家都努力苦幹,首先是科技的重視,其他教研也會跟上,因此所見是「一片更新」,所感是「喜氣洋洋」。他又說:

---

[11] 見同上,頁141。
[12] 見同上,頁141-142。
[13] 見同上,頁149-150。

> 黃河展覽館大壩之行，印象特深。（蔣）震改的「不到黃河心不歡」，鄭州香稻的餘味，都是治河大躍進的鐵證。……上山下鄉與到其他都市旅行，都是新中國鼓勵青年多做的好事情。（12.9.1977）[14]

楊先生對參觀所見，表示「印象特深」，對治河工程「大躍進」的成功，也極為欣賞。青年「上山下鄉與到其他都市旅行」，是「鼓勵」還是被迫？是「旅行」性質？是新中國的「好事情」？我不敢肯定，還是讓當時有上山下鄉經驗的人來說說罷！牟潤孫先生在受邀北訪期間，據說也曾就新中國社會的「新氣象」、「新建設」說了些好話，內容大抵與楊先生所說類近，當時及後來，有人就表示不滿和出言譏諷了。

三 讀《蓮生書簡》札記（二）

在《蓮生書簡》中，楊聯陞先生寫給親人的書信，除了女兒楊忠平的十七通外，還有寫給胞弟楊仲耆的兩通和妻兄繆鉞的五十通。楊先生給女兒的書信，內容頗多涉及中國大陸情況和政治形勢，其中有不少肯定語和頌揚語，已如上述。現也試從《致楊仲耆》和《致繆鉞》兩組書信中，摘錄一些與本文論旨相關的文字資料，並略作說明。

楊先生《致楊仲耆》書信二通之一云：

> 明天又是「九一八」了，真有無限感慨，但新中國前途光明，也可說是「多難興邦」罷。（17.9.1975）[15]

---

14 見同上，頁150-151。
15 見同上，頁291。

楊先生由「九一八」而想到中國的困厄，因而產生無限感慨。但他對新中國的將來發展，則很樂觀，所以說「前途光明」和「多難興邦」。「多難」是艱苦的過程，「興邦」是善好的結果。這表露了他對新中國的期待和祝願。

又楊先生《致楊仲耆》書信二通之二云：

> 也希望能看到幾處歷史名跡（如洛陽、西安），更希望能夠看到在社會主義正確路綫下種種除舊布新……又如，農業學大寨，至少應看一處。……祖國勞動人民的智慧真是了不得，如《文物》（75.7）或《考古》二……有吐魯番發現的唐代絹花……馬王堆女屍的薄絲織品輕過乃龍 Nylon，也很驚人。……（缺日期，大抵為9.1975）[16]

我以為，信中所謂「社會主義正確路綫下種種除舊布新」，「祖國勞動人民的智慧」，雖是寫給胞弟的信，但似乎仍有顧慮，所以措詞不免稍有世故的成分。

又楊先生《致繆鉞》書信五十通之二云：

> 過潼關後口占一絕句：留夷夢寐向華原，最喜河山換舊顏。新寨新林看不足，輪車已過幾重關。（24.7.1977）[17]

在同一封信中，楊先生又云：

> 今晨又得一聯：憶舊（與舅同音）何妨頭已白，傳新（與薪同

---

[16] 見同上，頁292-293。
[17] 見同上，頁300。

音）自幸眼猶幸。（24.7.1977）[18]

「留夷夢寐向華原」，表示身在外國心繫祖國，歸向之情顯然；「最喜河山換舊顏」，表示對中國河山新貌的欣賞和喜悅；「傳新自幸眼猶幸」，雖說「傳新」與「傳薪」有同音相關義，但重點仍在自言幸有眼見到新中國社會的新容。語略含蓄，但頌新之意明顯。

又楊先生《致繆鉞》書信五十通之三云：

> 弟此次歸來，欣逢盛會，作出重要決議，全國歡騰。（30.7.1977）[19]

所謂「盛會」，大抵指的是人大會議。在同一封信中，楊先生又云：

> 午後參觀黃河博物館……又同登大堤……在鄭州所食稻米潔白過西安，此真新中國可以向世界誇耀之絕大成就。蔣震改「不到黃河心不死」為「不到黃河心不歡」甚有道理。弟返美後或可結合史料，就黃河之舊貌換新顏做非正式之介紹。（30.7.1977）[20]

「欣逢盛會」、「全國歡騰」、「新中國可以向世界誇耀之絕大成就」等話語，顯示楊先生的歡欣和肯定。他的歡欣，我相信是實情；他的肯定，也未可厚非，而且不過表露個人真實的感受。但換了別人這樣說，

---

18 見同上，頁300-301。
19 見同上，頁301。
20 見同上，頁304-305。

會不會有人不以為然,甚至表露強烈不滿?人間是非或褒貶,往往因人而異,奈何!

四 《蓮生書簡》讀後有感

《蓮生書簡》收錄楊聯陞先生的書信共二百零九通,據編者的分類,內容大致分為五項:一是論學;二是以信代文、以信代評;三是事務討論;四是通報近況;五是家書。家書的對象,是女兒、胞弟和妻兄。在五類書信中,我以為「以信代文」和「以信代評」,或可併入「論學」類,而家書除了拉家常、聊生活、談感受外,也有不少屬於「論學」的內容,尤其是《致繆鉞》的書信,更是如此[21]。

在全部書信中,寫給繆鉞的信最多,有五十通,其次是錢穆先生,有三十通,再其次是楊忠平,有十七通。本文的取材,因以楊先生回國及對中國大陸社會的觀感言論為範圍,是以所得相關資料,只出現於寫給女兒楊忠平、胞弟楊仲耆、妻兄繆鉞的書信中;不是寫給親人的書信,完全沒有本文所需的資料。可見楊先生在書信中發表有關中國大陸的觀感言論時,對象只限親人,非親人的書信,一句評論也沒有。我的推想是,這是楊先生態度的謹慎。而且,楊先生在家書中凡涉及中國大陸的言論,內容都有褒無貶,行文措詞,不乏流行於中國大陸書刊的頌揚語,我以為楊先生大抵心存戒懼,有避免為親人招惹麻煩的用心。可注意的是,楊先生寫給女兒的十七通書信,有八通是涉及中國大陸新情況的;而寫給胞弟的書信只有兩通,但都有觀感的言論;寫給妻兄的書信最多,有五十通,但涉及觀感的言論,只有兩通,其他大多是論學性質的。為甚麼會這樣?我以為理由之一,

---

21 參閱蔣力《編後記》,《蓮生書簡》,頁475。

大抵因為妻兄是學者，論學是大家共同的興趣；另一個理由是，妻兄到底不同於女兒和胞弟的關係。如非必要，楊先生的選擇是少談社會情況的觀感，以免引起不必要的是非。這或可顯示楊先生有戒備不虞之心。據說他在一九七四年回國時，很多親戚、朋友都不敢隨便聯絡，只有周一良（1913-2001）因為是江青（1914-1991）寫作班子「梁效」的成員，不會受到影響，所以才要求見他[22]。從這種心態看來，楊先生家書中的種種言論，就不難理解了。

　　本文引述的書信，共十三通，年份由一九七三年至一九七七年。在這段時期，中國大陸的政治局勢仍較緊張，氣氛仍較凝重，因此，我認為楊先生的家書，不免有故意自我表態的成分。他的表態，有所見所聞的事實作為根據，只不過有些用語，或許稍有過情。許多人在有需要的情況下，往往為了親人的安全和利益，不惜委屈自己，自動自覺地做出保護的動作。在中國大陸多次政治運動中，尤其是在「文化大革命」中，不少性格剛強、不肯輕易屈服的知名學者，都有屈己從人的表現。我相信楊先生的表態，也可能是這樣。我們在讀楊先生的家書時，面對這些「未能免俗」的語句，應能同情了解，而認識楊先生的人，包括那些反共立場較顯著的同事、朋友、學生和晚輩，都沒有杯葛他、批評他，也該是能同情了解罷？令人稍感遺憾的是，為甚麼牟潤孫先生有些同事、朋友、學生和晚輩，會因牟先生的北行探親、訪友、講學，而冷待、杯葛、斥責他呢？而牟先生這些同事、朋友、學生和晚輩，原來有些人跟楊先生也是認識或交往頻密的。面對不同人的同樣行為，而有不同反應，這或許就是所謂雙重標準罷？

---

22 參閱周一良《〈楊聯陞為甚麼生氣〉一文質疑》，蔣力編《哈佛遺墨──楊聯陞詩文簡》，頁458。

五　小結

　　楊聯陞先生是我敬重的學者之一，他學博識高，論著雖不算很多，但內容對後學很有指導性和啟發性，因此在國際漢學學壇有崇高的地位。論者稱他為「中國文化的海外媒介」，意思是他在外國推廣、發揚中國文化有很大的功績[23]。我特別留意到的是，在《蓮生書簡》中，楊先生對待老師、前輩的態度，是誠摯、恭謹而有禮的，而且在可能範圍內，盡力照顧、幫忙，令人欣賞敬佩、感動。從他的身上，我們看到中國讀書人傳統善德：敬老、感恩而不忘本。我根據《蓮生書簡》裏面的資料撰寫本文，並無意去冒犯這位學壇前輩，我只不過借了這些資料，為牟潤孫先生所受到的對待，略表不平而已。

　　時至今日，強烈反共或反特區政府的人，不少是年輕人，其中包括大專院校年輕的校友和學生，他們可沒有逃難的心態。為甚麼會這樣？個中原因頗為複雜，不是三言兩語可以交代，因不屬本文討論範圍，暫且置而不論。至於五十年代至七十年代畢業的新亞校友，仍健在的他們，還有多少人反共？我不知道。但當時有些很反共的校友，包括牟先生的學生、晚輩，據我所知，他們多年來已不斷回中國大陸探親、旅遊、訪問、講學、出版著作，更有人回中國大陸營商、就業、定居。可是仍有人對牟先生當年的北行，表示不滿，甚至刻意不去提及他、紀念他，究竟是甚麼心態呢？時近晚春，凌晨執筆，仍感

23　參閱余英時《中國文化的海外媒介》，《師友記往——余英時懷舊集》，2013年1月北京大學出版社（北京），頁46-72。按：一九五七年七月二十四日，楊聯陞曾在臺灣一個座談會上發言，題目是《中國文化中之媒介人物》，發言稿後來刊載於《大陸雜誌》第十五卷第四期。楊氏去世後，余氏就用了近似這篇發言稿的題目為題，撰文紀念楊氏。參閱蔣力編《哈佛遺墨——楊聯陞詩文簡》，2004年12月商務印書館（北京），頁108-118。

受到料峭的寒意。臨停筆的瞬間,我不禁有點惘然,也有點慨然。

二〇一九年四月完稿

陳之藩說「清明時節雨紛紛」

一

杜牧（803-853）有一首詩，題目是《清明》。這首詩許多人都熟悉，連小學也琅琅上口。詩的文字不艱深，含意也淺易。詩的全文如下：

清明時節雨紛紛，路上行人欲斷魂；借問酒家何處有？牧童遙指杏花村。

二

杜牧這首《清明》詩，大抵沒有甚麼幽微，婉曲的深意或費解的字詞需要闡釋、探究。可是讀了童元方《陳之藩散文的語言》一文，卻令人產生疑惑。童氏說：

（陳之藩）有一篇文章，題目叫《背誦與認識》，如此不具特色的標題，很難想像會是甚麼的內容。但絕對想像不到的是，陳先生從杜牧的一首詩說到「相」（phase）的物理意義，竟是一個認知上的大問題。[1]

---

[1] 見童元方編選，《萬古雲霄——陳之藩集》，2012年5月中華書局（香港），頁xiv。

陳之藩是數學家也是電子科學家，他如果用理科的知識去解說「相」（phase）的物理意義，一點也不令人意外，令人意外的是他用了杜牧《清明》的詩句來解說。因此童氏這樣說：

> 如此眾所周知的一首詩，又有人不明白季節既曰清明，又怎麼會用雨紛紛呢？多年後有香港中文大學電子系的學生聽了楊振寧的演講，說楊所講的「相」他會算，但是不懂，求教於老師。[2]

據上文語意，童氏認為杜牧詩中的「清明」，指的是季節，不過她又表示：「季節既曰清明，又怎麼會用雨紛紛呢？」言下之意，「清明」不該與「雨紛紛」連結。可是我們一般的認識是：「清明」是節氣名，在農曆四月五日或六日，通常在清明節或節的前後會下小雨，所以杜牧在詩中才會說「清明時節雨紛紛」。這是許多人都懂得的季節常識。季節名為「清明」，不一定表示天氣「清而明」。不明白「清明時節」怎麼會「雨紛紛」，可能是偶然忽略了節氣常識的結果。

三

陳之藩雖曾表示自己有不會作詩的遺憾，但讀他的文章，知道他好讀詩，很愛詩，特別重視詩的價值，並「認為大學者不懂作詩，就不能把任何心情、感受，作有力的描述」[3]。他對詩還有很高的理解、欣賞能力，而且對詩的品評，有不低的水平要求。例如他批評陳省身的

---

[2] 見同上，頁xv。
[3] 參閱陳之藩《四月八日這一天——為香港中文大學學生會而寫》，《萬古雲霄——陳之藩集》，頁243-244。

詩，是「有內容而無藝術」，「他寄情於舊詩，而沒有一些基礎的訓練，結果就是不能表達於萬一了」[4]。此外，他更常與懂詩、作詩的朋友談論詩；在講課中，也不時引用前人的詩句來輔助解說。他甚至說：

> 科學與詩很相近，科學界的研究科學，與詩人踏雪尋梅的覓句差不太多。研究科學即是全世界的人共同唱和一首詩，最好的出來了，大家就另找一個題目。[5]

陳氏把科學研究與詩人覓句相提並論，並進一步表示：

> 科學原來像詩句一樣，字早已有之，而觀念是詩人的匠心所促成的。[6]

對詩這樣推崇、愛好、著迷的科學家實在少有。不少讀文科甚至專攻文學的人，也不會有這樣的表現。

四

回過頭來看看陳之藩怎樣用了杜牧《清明》的詩句，向電子系的學生解釋「相」的物理意義。下面是童元方在《陳之藩散文的語言》中引述陳氏的話語：

---

4 語見陳之藩《疇人的寂寞——談陳省身的詩》，《萬古雲霄——陳之藩集》，頁171及173。
5 見童元方《陳之藩散文的語言》，《萬古雲霄——陳之藩集》，頁vii。
6 童元方引述陳之藩語，見同上。

本該天氣清而明的，卻雨紛紛了，也就是下一個節氣的「穀雨」超前到了。在中國的醫學或科學上，不論超前（phase lead）或落後（phase lag）都是時令不正，會有災變發生。該冷時不冷，該熱時不熱，生物不能適應，植物可能枯死，動物可能鬧起瘟疫來。而我們控制學上常以改換「相」為利器來糾正系統以利正常運作。[7]

對上述話語，童氏加按語云：

所謂「認識」，不是一件簡單的事。對一首詩作多層次的解釋，已令人覺得不可思議；為詮釋物理的「相」，而聯想到用詩來解，其覓句方式的神奇，更是天外飛來。[8]

陳之藩用詩句來詮釋物理的「相」，童氏大為推許，認為他的「聯想」和「覓句方式」，是高於不可思議的「神奇」。的確，有能力跨越科學、文學兩範疇的通人，無論是科學家或文學家，都不多見。不過，令人詫異的是，陳氏對杜牧詩首句的理解，是「本該天氣清而明，卻雨紛紛了；也就是下一個節氣的『穀雨』超前到了」。看來陳氏對「清明時節」一語，不是理解為「清明節」，而是扣緊「清明」兩字字面，理解為「天氣清而明」的日子。陳氏的意見是：既然是「天氣清而明」的日子，「卻雨紛紛」，顯然不合理。他有這樣的理解，於是便下了這樣的結語：「也就是下一個節氣的『穀雨』超前到了」。「穀雨」這個節氣，在農曆四月二十日或二十一日，是「清明」

---

[7] 見同上，頁xv。
[8] 見同上。

後一個節氣。順著自己的結語，陳氏向學生指出：不論超前或落後，「都是時令不正，會有災變發生」。我們的認識是，清明時節有雨，是常態，並不是下一個節氣——「穀雨」不正常的「超前」。不同解讀，對詩句的理解就有分歧。我不知道上述說明，是否對陳氏的解詩之說有誤解，如有誤解的話，責任當然要由我來負。

五

在現當代作家群中，陳之藩的作品是我常讀的。以他的文學修養和寫作造詣，似乎不會不知道杜牧詩句的「清明時節」，指的是「清明節」。我的猜想是：在外國生活較長時間的人，或許對中國本土節令的天氣情況，並不那麼清楚。於是這樣解讀杜牧的詩句：「穀雨」令人知道雨水多，「穀雨」前的「清明」，該是「天氣清且明」，這樣的天氣，又怎會「雨紛紛」！另一個可能（也是我的猜想），陳氏大抵為了要用詩句來解釋「相」的物理意義，於是故意把「清明時節」的字面，別解為「天氣清而明」，「雨紛紛」就成為「穀雨」超前的現象。用這樣的例子來說明，陳氏的電子系學生，或許容易領會「相」的物理意義，但同時可能受到誤導，認為「清明時節」下雨，是「時令不正」；那他們聽了陳氏的課，就不免既有所「得」（物理意義），又有所「失」（生活常識）了。

六

我愛讀詩，也知道詩的價值和功用。不過，對陳之藩說詩的意見，我未盡同意。他的意見如上文引述：「不懂作詩的人，就不能把任何心情、感受，作有力的描述。」我為甚麼對這個意見未盡同意？

理由是：人人心裏都有詩，但人人不一定會寫詩，更不一定會寫出好詩，我以為，用詩的形式來描述心情、感受，有藝術技巧的要求，而藝術技巧，又有高下之別。藝術技巧不高，描述就難「有力」。再說，除了詩，就沒有別的寫作形式或別的表達技巧，可傳神、有力地描述一個人的心情、感受嗎？例如陳之藩不作詩，但無礙於他的一些散文，蘊含有詩意或詩的情味，而且也能對自己的心情、感受，作有力的描述。

二〇二一年十二月完稿

陸游說詩
──《老學庵筆記》讀後

一 小引

南宋詩人陸游（1125-1209），字務觀，號放翁，越州山陰（今浙江紹興）人。身處異族入侵、中原大亂之際，陸氏幼年即立掃胡塵、靖中原之志；成年出仕，曾多次被黜。紹熙三年（1192），陸氏取師曠（春秋時人）「老而學如秉燭夜行」之語，名書室為「老學庵」。《老學庵筆記》（下簡稱《筆記》）之作，或始於淳熙末而完成於紹熙間。

《筆記》最早著錄於南宋陳振孫（1179-1262）《直齋書錄解題》，《宋史藝文志》亦見著錄。紹定戊子（1228），始有陸氏家刻本；遞及明代，刻本漸多，以商濬（生卒年不詳）《稗海》本流行最廣，亦有陶宗儀（1322-1403）《說郛》節編本、毛晉（1599-1659）《津逮祕書》本。毛本所據，為《稗海》本，還有《四庫全書》本、《學津討源》本、《叢書集成》本，均據毛本覆印。一九一八年商務印書館以各本參校，重新出版是書，為較完備之校本。劉文忠評注本，即以此為底本，並參校諸本成書，共十卷，附《續筆記》一卷及佚文三條[1]。余撰本篇，即用手邊之劉氏評注本。

《筆記》所載，俱為陸氏所見、所聞及所思。所論人物，涉及南

---

[1] 參閱《老學庵筆記‧前言》，陸游《老學庵筆記》（劉文忠評注），1998年5月學苑出版社（北京），頁1-10。

北宋者凡三、四百人,涉及宋前者亦近百人,所記史事、佚聞,於《宋史》不無有補。而於宋代之典章制度以至社會風習,亦多處可見。書中亦有近九十條提及唐宋詩詞,而有評論之說僅二十多條,本篇所引述者為其中之十多條,應屬說詩之主要部分。倘欲有其他意外之得,則有待讀者自讀其書矣。

據《宋史‧藝文志》載,陸氏本著有《山陰詩話》一卷,惜已亡佚。今讀《筆記》說詩各則,或可稍窺陸氏說詩之內容及宗旨,聊補《山陰詩話》之說云爾。

二 《老學庵筆記》詩話

(一)「秋來處處割愁腸」

《筆記》卷二:

> 柳子厚詩云:「海上尖山似劍芒,秋來處處割愁腸。」東坡用之云:「割愁還有劍芒山。」或謂可言「割愁腸」,不可但言「割愁」。七兄仲高云:「晉張望詩曰:『愁來不可割』。此割愁二字出處也。」[2]

陸游所記,涉及柳宗元(773-819)與蘇軾(1036-1101)所作詩。蘇氏用柳詩《與浩初上人同看山寄京華親故》詩句成詩,改「割愁腸」為「割愁」。柳詩原文為「海畔尖山似劍芒」而非「海上」,與陸氏所引有一字之異。論者或謂「愁腸」可「割」,而「愁」不可「割」。陸氏之兄引晉張望(生卒年不詳)《貧士詩》為據,證明「割愁」一語

---

[2] 見陸游《老學庵筆記》(劉文忠評注),頁78。

出處，非蘇氏所創。陸氏轉述其兄之語，有意為蘇氏辨。其實「割愁」即使無出處，仍不可謂不通，論者以為「腸」為實，故可割；「愁」為虛，故不可割。然則世間果有「愁」之「腸」耶？所謂「愁腸」，亦「愁思」而已。故「愁腸」字面雖為實，而其意則仍為虛也。前人之詩詞、文章；常有以虛為實、以實為虛之表述。茲以詩詞為例，略作說明。

　　李白（701-762）《秋浦歌》云：「白髮三千丈，緣愁似箇長。」「白髮」是實，「三千丈」乃誇飾語。「愁」之長似三千丈白髮，是以虛為實矣。又如李煜（973-978）《相見歡》云：「剪不斷，理還亂，是離愁。」「離愁」本虛而不實，惟可剪可理，則視之為如絲如麻之實物而已。又如秦觀（1049-1100）《浣溪沙》云：「無邊絲雨細如愁。」「愁」如「絲雨」，顯以虛為實。又如李清照（1084-1155）《武陵春》云：「只恐雙溪舴艋舟，載不動許多愁。」此極言「愁」之重，非舴艋舟所能載動。「愁」有重量，是亦以虛為實矣。又如通州詩丐（清人，生卒年不詳）《絕命詩》云：「一肩擔盡古今愁。」「古今愁」非實物，何能「一肩擔盡」？視之為實，則可以肩擔矣。

　　以上舉各例言之，「愁」如白髮、如絲麻、如絲雨，又可剪、可理、可載、可擔，則可割又何足怪？

（二）「不是仇梅至」

《筆記》卷四：

> 唐拾遺耿湋《下邽喜叔孫主簿鄭少府見過》詩云：「不是仇梅至，何人問百憂。」蘇子由作績溪令時，有《贈同官》詩云：「歸報仇梅省文字，麥苗含穗欲蠶眠。」蓋用湋語也。近歲均

州版本,輒改為「仇香」。³

耿湋(736-787)字洪源,久居洛陽,有詩名,為「大歷十才子」之一。《全唐詩》存其詩兩卷。陸游所引詩原題,在「喜叔孫」前,有「客舍」兩字。耿詩提及「仇梅」,蘇轍(1039-1112)字子由,其《贈同官》一詩,亦襲用耿詩「仇梅」之名。

「仇梅」應作「仇香」,乃東漢仇覽之別名。仇曾任縣令及主簿,以德化人著名,後世或以「主簿」為「仇香」之異稱。耿氏用「仇香」為典故,正與詩題相合,而竟用「仇梅」,殆屬誤記或筆誤,而蘇轍因之。陸游云:「近歲均州版本,輒改為『仇香』。」此以輕描淡寫之筆,正耿、蘇之訛。

游氏正訛之舉,於讀者頗關重要,因不知「仇梅」實為「仇香」,則不知仇有「主簿」異稱,亦不知贈詩對象同為「主簿」,於是耿氏用典之巧思,乃不能覺知矣。

蘇轍為游氏素所敬重前賢,故僅以版本委婉為說,不欲直指其誤。蓋古人待人心存厚道,不欲抉人之失自高,如此存心,豈今之後生所能知耶!

(三)「鐵索急纏蛟龍僵」

《筆記》卷四:

慎東美……工書,王逢原贈之詩,極稱其筆法,有曰:「鐵索急纏蛟龍僵。」蓋言其老勁也。東坡見其題壁,亦曰:「此有

3　見同上,頁141。

何好?但似箋束枯骨耳。」伯筠聞之,笑曰:「此意逢原已道了。」[4]

慎東美(生卒年不詳),字伯筠,工書善詩,有文辨,性狂縱不諧俗。嘗以貢試赴京師,見棘闈嚴甚,拂衣歸。嘉祐間,韓琦(1008-1075)薦於朝。

「鐵索急纏蛟龍僵」一語,如陸游所言,本狀慎氏書法之「老勁」,而蘇軾(東坡)則以為其所描述,「似箋束枯骨」,不見其佳。余意「鐵索」狀筆畫之堅靭,「急纏」則狀筆力之遒勁。用繩「急纏」一物,則勁力已可感知,何況可令蛟龍「僵」之鐵索乎!蘇氏不以為可,乃友儕間之笑謔耳。故慎氏笑而應之,並謂「此意逢原已道了」。可知王氏預計有人或會從而嘲諷,故先自白以自貶,亦自謙之道也。若有人真以為蘇氏不解詩句之所指,則不免為其所欺矣。陸氏記此文人笑謔之事以資談助,或有意以是作「詩無達詁」之一例歟?

(四)「見南山」與「要常關」

《筆記》卷四:

> 茶山先生云:……淵明之詩,皆適然寓意而不留於物,如「悠然見南山」,東坡所以知其決非望南山也。……又云:荊公多用淵明語而意異,如「柴門雖設要常關,雲尚無心能出岫。」要字能字,皆非淵明本意也。[5]

茶山先生,指曾幾(1084-1166),字吉甫,自號茶山居士。曾氏學識

---

[4] 見同上,頁142。
[5] 見同上,頁146。

淵博，通貫《六經》，詩近蘇軾、黃庭堅（1045-1105），有《茶山集》八卷。陸游曾從其遊，學作詩。

此條《筆記》，陸氏引述其師論陶淵明（365-427）詩及王安石（1021-1086）詩之言。論陶詩，曾氏述蘇軾說，以為「悠然見南山」，決非「望南山」。蘇氏《題淵明〈飲酒詩〉後》云：

「採菊東籬下，悠然見南山」，因採菊而見山，境與意會，此句最有妙處。近歲俗本皆作「望南山」，則此一篇神氣都索然矣。[6]

「見南山」之「見」，李善（630-689）注《昭明文選》作「望」，六臣注《昭明文選》及《藝文類聚》亦同。大抵唐代作「望」，改「望」為「見」，或在宋代。王瑤（生卒年不詳）編注《陶淵明集》，定「望」字是[7]。「見」或「望」，究以何者為是，已難起陶氏而問之，可確定者，曾、陸兩氏，應同意蘇氏之說。倘前提陶氏為隱逸詩人，性格靜穆，詩亦靜穆，不以得失縈懷，景與心會，則蘇氏之說可信。亦有論者以為陶氏性格、詩作不盡靜穆，則解說或有不同[8]。惟此非刻下所欲深論，暫置弗論可也。

至王安石七言詩兩句，乃化用陶氏《歸去來兮辭》語。陶文云：「園日涉以成趣，門雖設而常關」，「雲無心以出岫，鳥倦飛而知還」。王氏「門」之前增「柴」字，「而」易為「要」；「雲」之後增「尚」字，「以」易為「能」。增字或因改六言為七言，易字則失陶文

6　見同上，頁147。
7　參閱拙文〈撥雲尋道，倚樹聽泉〉，《撥雲倚樹雜稿》，2017年5月萬卷樓（臺北），頁196。
8　參閱同上，頁196-200。

本意，亦無閒適之味矣。一字之易，雖屬文字藝術技巧，亦可略覘陶、王性格之不同。詩所以見情志，斯之謂歟？

（五）「千峰共夕陽」

《筆記》卷四：

> 劉長卿詩曰「千峰共夕陽」，佳句也。近時僧癡可用之云：「亂山爭落日。」雖工而窘，不迨本句。[9]

劉長卿（726？-790？），字文房，工各體詩，尤喜五律，自詡「五言長城」，《全唐詩》錄其詩為五卷，有《劉隨州集》。「千峰共夕陽」與「亂山爭落日」相較，陸游譽前者為「佳句」，後者則「雖工而窘」。所謂「窘」，意云氣格窘迫不弘大。

「千峰共夕陽」，氣格誠弘大，有蒼蒼莽莽之致而不偪側，且用「共」字連繫「千峰」與「夕陽」，則群峰雖眾，而能和諧相處，共享黃昏靜謐之美。「亂山爭落日」，動感強烈，然乃躁動之象，文字雖工，而讀之者難免心窘而亂。且落日下亂山相爭之狀，觸目或生恐懼之情，熟視之，恐怖之感更會陡然而起。陸氏謂「爭落日」不迨「共夕陽」，殆在後者工而不窘，並有和諧、靜謐之美歟？

雖然，景由心生，亂不亂，端在乎人；而景移人情，亦時有發生。亂山險巖，身處其中，豈無逼迫之感？或由心，或由景，誠不可一概論。

（六）「水色天光共蔚藍」

《筆記》卷六：

9　見陸游《老學庵筆記》（劉文忠評注），頁156。

> 蔚藍乃隱語天名，非可以義理解也。杜子美《梓州金華山》詩云：「上有蔚藍天，垂光抱瓊臺。」猶未有害。韓子蒼乃云：「水色天光共蔚藍」，乃直謂天與水之色俱如藍耳，恐又因老杜而失之。[10]

韓駒（1080-1135），字子蒼，早年從學於蘇軾。韓氏工詩文，又長於詞。其詩磨礪精細，論者列之為江西詩派，今存四卷本《陵陽集》。

「蔚藍」一詞，源出道教《度人經》。據云諸天皆有隱名，三十二天有東方太黃皇曾天，其帝曰鬱繿玉明，蔚藍或為鬱繿之轉。陸游指杜甫（子美，712-770）「上有蔚藍天」之句，已非本義，惟非直言藍色，其誤未顯。而韓駒詩句「水色天光共蔚藍」，則直謂天水之色共藍，則明顯襲杜氏之失，誤解「蔚藍」之義。

「蔚藍」乃外來語轉為中土語，陸氏尋源溯義，抉杜、韓用語之誤，誠有理，亦有據，然自唐至宋，解「蔚藍」為藍色者，當不乏其人。其他外來語經不斷應用，致令語義逐漸有變，亦不乏其例，其中有時、地、人因素，治語文發展史者，均有所知。時至今日，知「蔚藍」本義為天之隱名，恐極罕矣。是則治文字學之學者，為字詞考其本義，務求詳悉，自屬學術研究應有之義，惟就語文應用言，則約定俗成之結果，偶亦不妨稍稍從寬也。

陸氏對韓氏之評稍苛，則亦有故，陸氏《跋陵陽先生詩草》云：

> 陵陽先生《韓子蒼詩草》一卷，得之其孫籍。先生詩擅天下，然反覆塗乙，又歷疏語所從來，其嚴如此。[11]

---

10 見同上，頁247。
11 見同上。

韓氏對己之詩作,常反覆修訂,「又歷疏語所從來」,其嚴若是,斯陸氏所知也,故對韓詩之用語亦從嚴評之耳。

(七)「豈可以出處求哉」

《筆記》卷七:

> 今人解杜詩,但尋出處,不知少陵之意,初不如是。且如《岳陽樓》詩:「昔聞洞庭水,今上岳陽樓。吳楚東南坼,乾坤日夜浮。親朋無一字,老病有孤舟。戎馬關山北,憑軒涕泗流。」此豈可以出處求哉?縱使字字尋得出處,去少陵之意益遠矣。[12]

此言時人(南宋)讀杜甫(少陵)詩,但尋出處,杜詩詩意,豈可以出處求?自宋以來,解杜詩務求出處,倡言無一字無來歷,蔚然成風,致使詩意支離破碎,誠陸游所謂「去少陵之意遠矣」,並舉《岳陽樓》詩為例。讀《岳陽樓》詩,倘字字追尋出處,尚能深入體會杜氏深沈之感慨乎?此陸氏所不以為可也。

陸氏又云:

> 蓋後人元不知杜詩所以妙絕古今者在何處,但以一字亦有出處為工。如《西崑酬唱集》中詩,何曾有一字無出處者,便以為追配少陵,可乎?且今人作詩,亦未嘗無出處,渠自不知,若為之箋注,亦字字有出處,但不妨其為惡詩耳。[13]

---

12 見同上,頁276-277。
13 見同上,頁277。

陸氏力言杜詩之高妙，非在字字有出處。換言之，即不知其用字所據、用典所在，仍無礙乎詩意之傳達也。此種境界，竊用王國維（1877-1927）《人間詞話》之語評之，豈即所謂「不隔」歟？《西崑酬唱集》，乃北宋西崑體詩派楊億（924-1020）、劉筠（971-1031）、錢惟演（962-1034）等人之唱和詩集，收集十七人之五七言律絕詩二百五十首。此派詩作講求字字有出處，而陸氏評為未可追配杜氏。故《四庫全書總目提要》評《西崑酬唱集》云：「其詩宗法唐李商隱，詞取妍華而不乏興象，效之者漸失本真，惟工組織；於是有優伶撏撦之戲。」[14]陸氏貶評《西崑酬唱集》之餘，順筆評及時人之詩，以為時人之詩未嘗無出處，然字字有出處之詩，仍無礙其為劣詩也。其意殆謂：詩之優劣，何關乎字字是否有出處？今之讀詩、說詩或作詩者，似宜知乎此。

劉克莊（1187-1269）《答惠州曾使君韻》有云：

> 先賢平易以觀詩，不曉尖新與崛奇。若似後儒穿鑿說，古人字句總堪疑。[15]

此言前賢讀詩，以「平易」為尚，不若後儒以穿鑿附會為高。其意或可與陸氏之說相發。又李調元（1734-1802）《雨村詩話》所言頗為切實，可與陸氏之說互參，茲錄如下，藉備參考：

> 注杜詩全以唐史附會分箋，甚屬可笑。如少陵《初月》詩云：「光細弦欲上，影斜輪未安。微升古塞外，已隱暮雲端。河漢

---

[14] 見劉文忠注文引述，參閱同上。
[15] 見轟建軍《詩論類舉識要》引述，1991年12月山東文藝出版社（濟南），頁280。

不改色,關山空自寒。庭前有白露,暗滿菊花團。」此不過詠初月耳,而蔡夢弼謂「微升古塞外」,喻肅宗即位陵武也;「已隱暮雲端」,喻肅宗為張皇后、李輔國所蔽也。句句附會實事,殊失詩人溫厚之旨,竊恐老杜不若是也。[16]

《初月》詩不外述說詩人詠初月下之感受,解者以唐肅宗為說,恐屬臆測附會,亦刻意深求出處之病也。

(八)「惆悵東闌一株雪」

《筆記》卷十:

> 東坡《絕句》云:「梨花澹白柳深青,柳絮飛時花滿城。惆悵東闌一株雪,人生看得幾清明。」紹興中,予在福州,見何晉之大著,自言嘗從張文潛游,每見文潛哦此詩,以為不可及。余按杜牧之有句云:「砌下梨花一堆雪,明年誰此凭闌干。」東坡固非竊牧之詩者,然竟是前人已道之句,何文潛愛之深也,豈別有所謂乎?聊記之以俟識者。[17]

何大著(生卒年不詳),字晉之,生平不詳;張耒(1054-1114),字文潛,曾從遊蘇軾,擅詩詞,作詩多仿唐人,講求煉句,《全宋詩》錄其詩三十三卷,有集多種,常見為《張耒集》。「一株雪」或「一堆雪」,均狀梨花。據何氏言,張氏深愛蘇軾(東坡)此首《絕句》,以為不可及。陸游則謂蘇氏之詩,乃取自唐杜牧(牧之,803-853)「已道之句」,雖非剽竊,究非新造,殆不以張氏深愛蘇詩為然。細讀蘇

---

16 見同上。
17 見陸游《老學庵筆記》(劉文忠評注),頁376。

詩，內容與杜詩同，蓋均屬傷春及歎息人生苦短之意，然用語造意，亦見心思，非所謂徒襲「前人已道之句」。陸氏所言，不無苛乎？

以上例觀之，化用前人詩意或詩句成詩之作，似未能入陸氏賞鑑之目。惟再讀《筆記》諸卷，並非如此。茲試摘舉數例如下，以證余說。

三　陸游說詩不盡以化用為非

《筆記》卷五：

> 唐韓翃詩云：「門外碧潭春洗馬，樓前紅燭夜迎人。」近世晏叔原樂府詞云：「門外綠楊春繫馬，床前紅燭夜呼盧。」氣格乃過本句，不謂之剽可也。[18]

韓翃（生卒年不詳），工詩，《全唐詩》編其詩為三卷，另補收詩三首。晏幾道（1038-1110），字叔原，號小山，工詩詞，有《小山詞》。《全宋詩》錄其詩七首，《全宋詞》收其詞二百條首。晏氏樂府詞句頗近韓氏詩句，而陸氏謂「氣格乃過本句」，故不以為剽取。

又《筆記》卷八：

> 顏延年作《靖節徵士誄》云：「徽音遠矣，誰箴予闕？」王荊公用此意作《別孫少述》詩：「子今去此來何時，後有不可誰予規？」青出於藍者也。[19]

---

18 見同上，頁189。
19 見同上，頁314。

顏延之（384-456），字延年，作詩喜用古事，於永嘉文壇與謝靈運（385-433）齊名。《靖節徵士誄》乃悼念陶淵明之誄文。王安石（荊公）用顏文意作詩，而陸氏譽之為「青出於藍」，並不因用顏氏誄文之意而貶之。

又《筆記》卷八：

> 荊公詩云：「閉戶欲推愁，愁終不肯去。」劉賓客詩云：「與老無期約，到來如等閒。」韓舍人子蒼取作一聯云：「推愁不去還相覓，與老無期稍見侵。」比古句蓋益工矣。[20]

劉賓客指劉禹錫（772-842），字夢得，工詩，有集，《全唐詩》編其詩為十二卷。韓舍人，指韓駒（子蒼）。劉氏、韓氏詩句均自王安石（荊公）詩取意，陸氏許韓氏之句為「比古句益工」。所謂「古句」，乃前人之句也。陸氏不以韓詩取用「前人已道之句」為嫌，反稱之為「益工」。

又《筆記》卷十：

> 白樂天云：「微月初三夜，新蟬第一聲。」晏元憲云：「綠樹新蟬第一聲。」王荊公云：「去年今日青松路，憶似聞蟬第一聲。」三用而愈工，信詩之無窮也。[21]

白居易（772-846），字樂天，與元稹（779-831）齊名，稱「元白」。其詩風格，以通俗淺易見稱。現存《白氏長慶集》多為七十一卷，

---

20 見同上，頁318。
21 見同上，頁380。

《全唐詩》編其詩為三十九卷。晏元憲，即晏殊（991-1055），工詩詞，成就以詞最為突出，全為小令，《全宋詞》收其詞一百四十餘首。白氏原句「新蟬第一聲」，晏氏增「綠樹」為七言；王安石（荊公）「憶似聞蟬第一聲」，變換三字。晏、王詩句，意及字均極近白氏原句，而陸氏之評語為「三用而愈工」，許之甚矣，並云「信詩之無窮」，其意殆謂前人詩句，可不斷變化取用，而不必視之為非。

又《筆記》卷十：

> 唐王建《牡丹》詩云：「可憐零落蕊，收取作香燒。」雖工而格卑。東坡用其意云：「未忍污泥沙，牛酥煎落蕊。」超然不同矣。[22]

王建（765-830），字仲初，工樂府，宮詞百首，尤傳誦人口。《牡丹》詩，原題《題所賃宅牡丹花》。陸游評王氏詩「雖工而格卑」，蘇軾用其意而為詩，則「超然不同」。王詩是否「格卑」，蘇詩是否「超然」，品詩者或有見仁見智之爭議。然陸氏不因蘇詩襲用前人詩意而質疑，則可確定。

又《筆記》卷十：

> 白樂天《寄裴晉公詩》云：「聞說風情筋力在，只餘初破蔡州時。」王禹玉《送文太師》詩云：「精神如破貝州時。」用白語而加工，信乎善用事也。[23]

裴晉公，指唐宰相裴度（765-839）。王禹玉，即王珪（571-639），其

---

22 見同上，頁391。
23 見同上，頁412-413。

詩質樸沈健,《全宋詩》錄其詩七卷,本有《華陽集》一百卷,於明代已亡佚。陸游謂其《送文太師》詩,較諸白居易(樂天)寄贈裴晉公詩能「用白語而加工」,以其能「善用事」。質言之,即不以王氏化用前人詩句成詩為不當。

前述《筆記》記陸氏謂蘇軾《絕句》詩用「前人已道之句」,不解張耒何愛之深。惟在此質疑之前及後,陸氏之說竟迥然殊異,如上文舉述卷五(一則)、卷八(兩則)在前之說,卷十(三則)在後之說,均是也。倘以資料多寡為據,可知陸氏主要說詩之意見,實不以用前人已有之意或前人已道之句為非。惟不以為非之要件,據陸氏自言,乃在氣格高、益工於前人、意超然、善用事。若以陸氏之說衡蘇氏《絕句》詩,可見蘇詩非襲用杜牧已道之句,而實取其意別造語句,與杜氏詩句相比,不無稍勝乎?至蘇詩所取之意,僅為傷春及歎息人生苦短之情,此乃自昔以來詩人常有之感慨,非杜氏所獨有。蘇氏取人人同有之情而成詩,並有超然表現,固不必「別有所謂」,方能得後人之賞鑑也。

竊意陸氏對蘇詩有是評,似無貶意,或因蘇氏及其弟子均以求新是競,因而指出蘇詩亦有襲用前人詩句之跡耳。

四　陸游說詩要旨及其他

《老學庵筆記》涉及說詩之記述,近九十條,附有論說之見者,僅二十多條,其他均述而無說。其無所論說之摘錄,或純為記事,或「別有所謂」,前者無關深意,後者則憑讀者之臆測而已。若以「說詩」前提為限,則所謂「說詩」者,宜有評論之見。故言及陸氏說詩之要旨,僅摘取《筆記》有載之評論為限,以免牽涉過廣。偏誠不足以蓋全,聊作蠡測,藉資談助而已。

綜觀本篇所舉《筆記》各條說詩內容，陸氏說詩之要旨，可約而為：

（一）以意創語新為尚

張耒深愛蘇軾《絕句》詩，常吟哦之，以為不可及。陸氏則謂此詩詩句，唐人杜牧詩已道，雖非剽竊，實非新造，不知何故張氏愛之深如此，除非詩意「別有所謂」。揣其語意，殆謂《絕句》一詩，意非創、語非新，以詩論詩，實有不足。則陸氏說詩，以意創語新為尚可知。

（二）用前人句須能益工

陸氏說詩，雖以意創語新為尚，惟氣格、詩意、用語超於前人之作，則仍為陸氏所許。如其評晏幾道樂府詞語句，以為「氣格乃過本句」，可「不謂之剽」；又評王安石用顏延之誄文作《別孫少述》詩，而能「青出於藍」；又評韓駒之詩取意自劉禹錫、王安石詩句，而「比古句益工」；又評晏殊為白居易詩句增字、王安石又變換晏氏原句三字，結果為「三用而益工」；又評蘇軾用唐人王建《牡丹》詩之意成詩，而「超然不同」。可見作詩善用前人之詩意或用語而能益工，陸氏亦以為可，並不斤斤拘執於新造也。

（三）工而窘者不可取

陸氏指「千峰共夕陽」為佳句，而「亂山爭落日」則「雖工而窘」。「工」，謂文字藝術技巧不低；「窘」，謂詩意（即所謂內涵）氣格不弘大。是則論詩之可取或不可取，宜以詩意為上，文字修飾，乃其次耳。雖然，意不窘而文不工之詩，亦不得謂之好詩也。

（四）避用語之訛誤

蘇轍詩有「歸報仇梅省文字」句，乃襲用耿湋詩句「不是仇梅至」之誤。陸氏指云：「仇梅」應作「仇香」，乃東漢仇覽之別名。仇氏曾任主簿，後世或以「主簿」呼仇氏。耿氏贈詩叔孫主簿，乃以仇香為典也。倘用誤名「仇梅」，讀者因不知用典之巧，亦難索解其意。作詩而用語訛誤，恐不足傳達作者之意也。

（五）尋用語之所本

陸氏此項說詩要旨，可與上項之意互補。杜甫、韓駒詩句均用「蔚藍」一詞，杜詩曰「蔚藍天」，韓詩曰水天「共蔚藍」，均非「蔚藍」本義，其義本隱語天帝之名。夫作詩不能尋用語之所本，則狀物寫景，難以精準，甚或導人誤解，此陸氏之所以視為「失之」也。今人用古語及外來語，常因不知古義或本義而誤用，故不可不慎焉。然下筆作詩，均尋用語之所本，對今人而言，恐亦不易。存此要旨在心，用語矜慎，減少謬誤，似亦可矣。

（六）詩之高妙非字字求出處

陸氏論杜甫詩，力言其詩之高妙，非在字字有出處，務求出處，反失詩旨。如杜氏《岳陽樓》詩，其感慨之深切，豈可以出處求？此項要旨，與前項「尋用語之所本」不同，「尋所本」，指探求字詞之古義、本義，「求出處」，則為了解用典之所在。後人注解杜詩，全以史事附會，甚或以唐史穿鑿箋注，此豈善讀詩者？倘作詩以此自求，既屬自苦，亦不必有佳作也。

（七）慎增改或化用前人句

為前人詩句增字、改字或用舊句以成己作，有成功者，有失敗

者,《筆記》所記不少。如化用「千峰共夕陽」為「亂山爭落日」,乃失敗之例;又如「柴門雖設要常開,雲尚無心能出軸」,為《歸去來辭》原文增「要」字、「能」字,已非陶淵明本意,情味亦遜。蘇軾《絕句》,不失為佳作,而因化用前人已道之句,陸氏亦表質疑。是知陸氏於增改或化用前人句之舉,常持矜慎態度。若因增改、化用而能「出藍」或「益工」,方為陸氏所稱,此則毋庸贅言矣。

(八)其他:無評說之摘錄

　　《筆記》摘錄詩句,頗多無評說。是否純為記事或別有所指,則有待讀者之各自疏解矣。姑舉數例如下,以概其餘。

　　《筆記》卷一:

> 張芸叟過魏文貞公歸莊,居者猶魏氏也。為賦詩云:「破屋居人少,柴門春草長。兒童不識字,耕稼鄭公莊。」此猶未失為農。[24]

張舜民(生卒年不詳),字芸叟,能詩,各體兼備,風格近蘇軾,《全宋詩》錄其詩六卷。魏文貞公及鄭公,均指唐名臣魏徵(580-643)。陸氏記此,殆謂魏徵後人能居貧務農,或藉此頌魏氏之清廉歟?

　　又《筆記》卷一:

> 李莊簡公泰發奉祠還里……先君築小亭曰千巖亭,盡見南山。公來必終日,嘗賦詩曰:「家山好處尋難遍,日日當門只臥龍。欲盡南山巖壑勝,須來亭上少從容。」每言及時事,往往

---

[24] 見同上,頁23-24。

憤切興歎,謂秦相曰咸陽。[25]

李莊簡公泰發,指李光(1078-1159),崇寧五年(1106)進士,因反秦檜(1090-1155)和議被貶;先君,指陸游父陸宰(1088-1148)。以「咸陽」喻秦檜,則以秦比秦始皇。李詩言及陸父之隱居生活,表露羨慕之情。

又《筆記》卷二:

> (護聖楊老)云:「平旦粥後就枕,粥在腹中,暖而宜睡,天下第一樂也。」予雖未之試,然覺其言之有味。後讀李端叔詩云:「粥後復就枕,夢中還在家。」則固有知之者矣。[26]

「護聖」,宋禁軍有護聖左右軍。「楊老」,不知何人。李之儀(1048-1117),字端叔,宋元豐進士,能文。此條所記,述事而已。楊言、李詩,饒有味。

又《筆記》卷五:

> 「夜涼疑有雨,院靜似無僧」,潘逍遙詩也。[27]

潘閬(971-1009),自號逍遙子,嘗居洛陽賣藥有詩名,其詩苦寒清奇,有孟郊(751-814)、賈島(779-843)之風。陸氏記此,對詩句無評說,殆賞其「夜涼」、「院靜」之詩意歟?

又《筆記》卷五:

---

25 見同上,頁34。
26 見同上,頁66。
27 見同上,頁177。

拄仗，斑竹為上，竹欲老瘦而堅勁，斑欲微赤而點疏。賈長江詩云：「揀得林中最細枝，結根石上長身遲，莫嫌滴瀝紅斑少，恰是湘妃淚盡時。」善言拄杖者也。[28]

唐詩人賈島，字長江。此記賈氏詠「拄杖」之美。所謂「善言拄杖」，或可視為評詩之說。《筆記》中道及老瘦、堅勁、點微赤而疏之斑竹，乃為上者，可增讀者知識，而無關乎詩之論說。

五　結語

余素愛讀宋明人筆記，喜其文字簡淨、風格淡閒，饒有趣味，讀之既可增益知識，又可愉悅我情。清人筆記亦常涉獵，然較多屬讀書札記，內容質實，風味與宋明人筆記稍異。宋人筆記中，除蘇軾、黃庭堅之小品，數十年前，即曾讀陸游之《入蜀記》及《老學庵筆記》，當時匆匆過目，未有細讀。

今歲避疫居家，少作酬應，除備課須檢讀史書及清人讀書札記外，間亦取讀手邊易得小書，隨意閱覽，以作調節，而《老學庵筆記》，即其一也。今所讀者，為劉文忠評注本，已非早年接觸之本。劉氏評注，實以注為主，參引資料不少，尚便讀者，而評論之見，則甚少。既讀其書，不覺思其意，更依慣習，隨手摘錄，附記己見，逐條分列，初無意於成篇也。書既讀竟，札記成帙，重閱一過，覺選取其中涉及詩之論說諸條，稍事組織增刪、潤飾文字，費時不多，即可成篇。是則斯篇之成，乃肺炎疫情下困處家中之產物，誠屬意外之得。

本篇內容，全屬述論陸氏之詩說，取材以《筆記》為範圍。既云

28　見同上，頁189。

詩話，自當以詩為談論中心，偶有涉及詞之例句，亦僅為說詩而發。表面觀之，余所摘錄之詩說，僅有八條，如篇中分節標目所顯示，究其實，乃共錄十四條，其中六條，乃因討論「惆悵東闌一株雪」此條而連類引錄，致標目未有列出耳。其他引錄，尚有五條，均屬陸氏對詩無評說之記述，納入本篇，聊供參考。陸氏為詩人，其說詩，特具詩人之認識及情懷，因而時有深刻、特異之見；而詩人之本質，亦使其說詩之時，隨機觸發，憑心而言，未有作周全之考慮，是以持論偶有不足或前後牴牾。本篇於此，略為抉出，不敢必是，未審讀者諸君亦以為可否？

二〇二二年二月完稿

——原載《華人文化研究》第十一卷第一期（2023年6月）

「園寢化為墟」,「萌隸營農圃」
——讀張載《七哀詩》

一

《昭明文選》卷二十三,收錄張載(生卒年不詳)《七哀詩》兩首,其中之一為:

> 北芒何壘壘,高陵有四五。借問誰家墳,皆云漢世主。恭文遙相望,原陵鬱膴膴。季世喪亂起,賊盜如豺虎。毀壞過一抔,便房啟幽戶。珠柙離玉體,珍寶見剽虜。園寢化為墟,周墉無遺堵。蒙籠荊棘生,蹊徑登童豎。狐兔窟其中,蕪穢不復掃。頹隴並墾發,萌隸營農圃。昔為萬乘君,今為丘中土。感彼雍門言,悽愴哀今古。[1]

此詩作於西晉,描述東漢帝陵於魏晉時之情狀。由東晉末至魏晉,時日未甚久,而諸帝陵墓,既為賊盜所毀,復成為百姓墾發之農地,如斯劫難,東漢萬乘之君,生前豈能預計耶?爰略疏解詩中字詞語句,藉覘作者哀往悽愴之情。

---

[1] 見《昭明文選》,1976年1月石門圖書有限公司(臺北)影印尤刻本,頁335-336。

二

　　《七哀詩》之字詞語句，可略解說如下。

（一）北芒何壘壘，高陵有四五。

　　「北芒」，亦稱「北邙」，即邙山，地在今河南洛陽北郊。據云此乃東漢帝王侯貴族之葬地。「壘壘」，即「纍纍」，今作「累累」。「累累」，重也，形容墳塚累累相次之貌。
　　「高陵」謂陵墓高大，此指帝王陵墓。
　　按：兩句描述洛陽北郊邙山墓地墳塚累累，其中有帝陵四、五座。

（二）借問誰家墳，皆云漢世主。

　　「借問」，謂向人探詢。探詢對象，當為附近居民或路過途人。
　　「漢世主」，指漢代君主，如依詩意，實指東漢君主。「皆云」，意云探詢不止一人。
　　按：藉借問方式，點出數座高陵，為東漢君主之陵墓。「皆云」，表示其地為眾所知，並非傳聞而已。

（三）恭文遙相望，原陵鬱膴膴。

　　「恭文」，謂恭陵及文陵。恭陵為東漢安帝劉祜陵墓，文陵為東漢靈帝劉宏陵墓。恭、文兩陵遙遙相對，故云「遙相望」。
　　「原陵」，謂東漢開國君主光武帝劉秀之陵墓。「鬱」，形容原陵樹木繁茂；「膴膴」，肥盛貌，指原陵附近土地肥沃。
　　按：兩句殆言東漢君主陵墓所在地，土地肥沃，草木茂盛，環境清幽。

（四）季世喪亂起，賊盜如豺虎。

「季世」，即「末世」，指東漢末年。「喪」，本指死亡之事，「喪亂」，謂戰亂，戰亂必有死亡，故云「喪亂」。

「賊盜」，指東漢末年據地爭鬥之士，以褒詞形容，為「群雄」，以貶詞形容，則為「賊盜」。「豺虎」為兇猛之獸。

按：東漢末年，天下大亂，爭天下者，兇猛如豺虎。作者以「賊盜」狀之，貶斥之意顯然。或謂「喪亂」、「賊盜」，均指東漢末年董卓、呂布之亂。

（五）毀壞過一抔，便房啟幽戶。

「毀壞」，謂毀壞陵墓之土地。「一抔」，即「一掬」，指以一手所捧之土，意云所取者少。依漢律，盜陵墓一抔土者為死罪。「過一抔」，謂毀墓者對陵墓破壞之多，不止一抔土之少。

「便房」，陵墓中所設小室，供弔祭者休息之用。「幽戶」，指墓室。「啟」，開也，指陵墓之便房及墓室，均為毀墓者所強行開啟。

按：漢律，盜帝陵一抔土已為死罪，今毀陵者強啟墓室，恣意劫掠，其罪何止盜一抔土！

關於漢律，《史記‧張釋之列傳》載：

> 有人盜高廟坐前玉環，捕得，文帝怒，下廷尉治。釋之案律盜宗廟服御物者為奏，奏當棄市。上大怒曰：「……吾屬廷尉者，欲致之族……。」釋之免冠頓首謝曰：「法如是足也。……假令愚民取長陵一抔土，陛下何以加其法乎？」[2]

2　見司馬遷《史記》卷一百二，1962年5月中華書局（北京）校點本，頁275。

裴駰（生卒年不詳，南朝人）《集解》釋漢律云：

> 如淳曰：「俱死罪也，盜玉環不若盜長陵土之逆也。」[3]

（六）珠柙離玉體，珍寶見剽虜。

「珠柙」，「柙」亦作「匣」即珠襦玉匣，亦稱「金縷玉衣」，為漢代君主之殮服。「玉體」，指君主尊貴之遺體。「玉衣」被盜，故云「離玉體」。

「珍寶」，謂陵墓中殉葬之珍貴物品。「剽」，劫也，「虜」，掠也；「剽虜」，即盜劫抄掠。

按：毀墓者肆無忌憚，既剝取君主遺體之金縷玉衣，亦盜劫抄掠墓中之珍寶。《文選》卷二十三李善（630-689）注引魏文帝曹丕（187-226）《典論》曰：「喪亂以來，漢氏諸陵，無不發掘，至乃燒取玉柙金縷，體骨并盡。」又注引《西京雜記》：「漢帝及侯王送死，皆珠襦玉匣。玉匣，形如鎧甲，連以金縷。」[4]可見魏世之初，東漢君主諸陵墓，已無不為群盜所發。

（七）園寢化為墟，周墉無遺堵。

「園寢」，君主陵墓旁之廟寢，以備四時拜祭。《後漢書‧祭祀志》：「古不墓祭，漢諸陵皆有園寢，承秦所為也。」[5]「墟」，廢墟，即毀廢之荒地。

---

[3] 見同上，頁2756。

[4] 見《昭明文選》，頁335。按：李善注引魏文帝《典論》，實為《營壽陵詔》。李善注作「玉柙金縷」、「體骨」，詔書作「玉匣金縷」、「骸骨」。參閱《魏文帝全集》卷一，1998年12月貴州人民出版社（貴陽）易健賢譯注本，頁104。

[5] 見范曄《後漢書‧志第九‧祭祀下》，1965年5月中華書局（北京）校點本，頁3199。

「塘」，垣牆；「周塘」，謂四周之垣牆。「堵」牆壁。此句意云陵墓四周垣牆被破壞無遺。

按：此狀陵墓遭破壞景況：廟寢化為荒地，陵墓垣牆被全部推倒破壞。觸目所見，一片荒土瓦礫而已。

（八）蒙籠荊棘生，蹊徑登童豎。

「蒙籠」，應作「蒙蘢」草木叢生貌；此句謂地上荊棘叢生。

「蹊逕」，即「蹊徑」，指山丘上之小路。「童豎」，孩童；「豎」為「豎」之俗字。

按：陵墓所在之地，已為荒墟，遍地荊棘，而本嚴禁閒人來往之墓地範圍，如今則孩童可隨意登臨走動，無人管理。

（九）狐兔窟其中，蕪穢不復掃。

「窟」，動詞，意云狐兔營建洞穴於荒廢之墓地。

「蕪穢」，指雜亂叢生之野草。「掃」，除也，即清理。意謂地上雜亂之草，無人清理。

按：陵墓森嚴之地，野獸竟可營建洞穴於其中，而地上雜亂之野草，亦無人清理。君主陵墓，破毀荒廢至此！

（十）頹隴並墾發，萌隸營農圃。

「隴」，同壟，墳塚也。「頹」，倒塌。「墾發」，意云墾殖開發。

「萌隸」，同「氓隸」，指農民、百姓。「農圃」，農田。

按：此言君主或貴族已毀塌之墳塚，俱由農民開墾為農地。《古詩十九首》之十四《去者日以疏》云：「古墓犁為田，松柏摧為薪。」斯之謂歟？

（十一）昔為萬乘君，今為丘中土。

「萬乘君」，天子，此指東漢君主。

「丘中土」，意為山丘之泥土。

按：詩人為東漢君主悲。萬乘之君，何等尊貴，陵墓，何等森嚴，一旦陵墓被毀，君主之遺骸，竟淪為山丘之土，寧不令人心酸！

（十二）感彼雍門言，悽愴哀今古。

「雍門」，指雍門周。《文選》卷二十三李善注引東漢桓譚（前40-28）《新論》曰：「雍門周以琴見孟嘗君曰：『臣竊悲千秋萬歲後，墳墓生荊棘，狐兔穴其中，樵兒牧豎，躑躅而歌其上，行人見之悽愴。孟嘗君之尊貴，如何成此乎！』孟嘗君喟然嘆息，淚下承睫。」[6]「雍門言」，即指雍門周見孟嘗君之言，孟嘗君聽其言，乃感觸淚下。

「悽愴」，悲傷；「往古」，指往昔君主之遭遇。「哀」，悲歎。

按：雍門周，戰國齊人，居雍門，因以為號，亦稱雍門子。詩人目睹東漢君主陵墓之被毀，因而思及戰國時雍門周之言，乃有孟嘗君相同之悲哀與感慨。

三

下面試析說《七哀詩》之主旨、內容、組織及其藝術表現。

本篇哀東漢諸帝陵之遭毀，而發為悲歎之詩。

張載《七哀詩》，《昭明文選》錄兩首，本篇即其一也。何謂「七哀」？《韻語陽秋》云：

6　見《昭明文選》，頁336。

痛而哀，義而哀，感而哀，怨而哀，耳目聞見而哀，口嘆而哀，鼻酸而哀，謂之七哀。[7]

「七哀」為詩之一體，張載而外，曹植（192-232）、王粲（177-217）皆有此體之作。

詩之內容，約可分為四部分：

開篇六句，由「北芒何壘壘」至「原陵鬱膴膴」，述洛陽北郊芒（邙）墓地，有東漢諸帝陵四、五座，其中恭陵、文陵、原陵則詩中點明[8]。

中間六句，由「季世喪亂起」至「珍寶見剽虜」，形容東漢末年戰亂，諸帝陵為賊盜毀壞劫掠，君主遺骸，亦不能免。上文提及僅為三帝陵，其實所毀劫者，殆不止此。

六句後八句，由「園寢化為墟」至「萌隸營農圃」，狀寫陵墓被毀，成為荒丘，亂草荊棘叢生，孩童、野獸可隨意活動，最後為農民犁為田地。

最後四句，由「昔為萬乘君」至「悽愴哀往古」，以雍門周說孟嘗君之言作結，歎息君主之尊最終亦不能不淪為丘土，哀痛之情，有

---

[7] 見張玉穀《古詩賞析》引述，2000年12月上海古籍出版社（上海），頁214。
[8] 關於東漢諸帝陵，或可根據資料，稍作補充：東漢十四代君主，其中少帝被廢，廢帝被貶，故僅修建十二帝陵。除獻帝禪陵葬山陰（今河南焦作市）外，其餘十一陵均在洛陽附近。據唐章懷太子李賢《後漢書》、宋徐天麟《東漢會要》引西晉皇甫謐《帝王世紀》所載，東漢帝陵以洛河為界分為北南兩大陵區。北區位於邙山山麓，即今洛陽西北孟津縣東，北起新莊、南至平樂之洛孟公路，分布有光武帝原陵、安帝恭陵、順帝憲陵、沖帝懷陵、靈帝文陵；南區即今洛陽東南偃師縣大口及高龍鄉一帶，分布有明帝顯節陵、和帝慎陵、章帝敬陵、殤帝康陵、質帝靜陵、桓帝定陵。至於東漢帝陵之具體方位，迄今僅對北區邙山五陵有考察，而意見仍未一致。大抵洛陽建都朝代較多，洛陽附近大塚林立，是以東漢帝陵之位置，仍待進一步勘察。參閱趙崇成、高崇文等《秦漢考古》，2002年3月文物出版社（北京），頁61。

餘不盡。

全篇組織四段落環環相扣，情感層遞而升，愈後愈益哀傷。其先點出墓地所在，承以詰問，藉此點出諸陵。其後「季世」六句，從世亂正敘毀陵之慘。再後「園寢」八句，描述廟寢亦隨陵而毀之狀，最後「頹隴並墾發」仍收到陵上。篇末四句，藉雍門周言引發今昔感慨作收，回應開篇墳塚中之高陵[9]。現姑就上述說明，表列本篇四段落之組織如下：

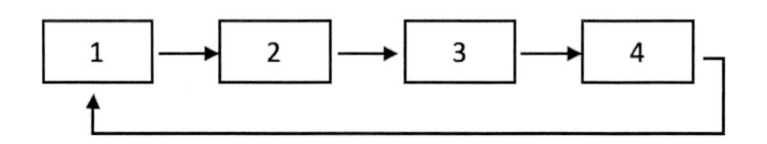

```
1 → 2 → 3 → 4
↑_____|
```

本篇為《七哀詩》之一，所哀者為往昔，實則為詠史也。詩人城外北邙所見，已墾發為農圃。因知此原為東漢帝陵及王侯公卿墓地，乃生滄海桑田、人生無常之感慨。繼而追思往昔，感萬乘之君亦淪為丘土，則感慨變而為悲痛，愈思而悲痛愈甚，正合詩題之意。

全詩首尾相應，而中心則為一。

通篇筆法用「賦」，而中含感興。感興愈多，哀傷愈甚。平平道來，讀者則情難已矣。

四

《七哀詩》雖為文學篇章，其內容實有補於史實。

《後漢書・董卓列傳》：

---

[9] 參閱張玉穀《古詩賞析》卷十一，頁256。

及何后葬，開文陵，卓悉取藏中珍物。[10]

又：

初，長安遭赤眉之亂，宮室營寺焚滅無餘⋯⋯（卓）於是盡徙洛陽人數百萬口於長安，步騎驅蹙，更相蹈藉，飢餓寇掠，積尸盈路。卓自屯留畢圭苑中，悉燒宮廟官府居家，二百里內無復孑遺。又使呂布發諸帝陵，及公卿已下冢墓，收其珍寶。[11]

東漢末年，董卓藉亂已使呂布發洛陽諸帝陵及公卿以下塚墓，收其珍寶；又於何后下葬時，開啟靈帝文陵，悉取藏中珍物。是則東漢諸帝陵之被盜毀，卓及布已肇其端，其後賊盜剽虜，更令諸陵毀壞無餘。讀張載《七哀詩》，或可略覘戰亂之來，由帝主公卿至平民，均無所逃其禍。遞及魏晉，帝陵淪為瓦礫、農地，勢所不免。張載之詩，雖僅狀其一二，亦可稍補史事之載述也。

五

讀《七哀詩》，宜略知作者其人。

張載（生卒年不詳），字孟陽，安平武邑（今河北）人，雅閑博學。咸寧中，為傅玄（217-278）所賞，廣為延譽，知名於時。

張氏工詩文，與弟協、亢，時號「三張」。葛立方（？-1165）《韻語陽秋》稱其《七哀詩》上繼曹植、王粲，「哀在已毀之園寢」；

---

10 見范曄《後漢書》卷七十二，1965年5月中華書局（北京）校點本，頁2325。
11 見同上，頁2327-2328。

陳祚明（1623-1674）《采菽堂古詩選》謂「孟陽長於言愁，觸緒哀生，忿涓不能自止，筆頗古質，不落建安以後」；《文心雕龍‧銘箴》稱其《劍閣銘》「其才清采」；《晉書》本傳稱其《劍閣銘》、《濛汜賦》「為名流之所挹，亦當代之文宗矣」。有集七卷，佚。今存詩十二首並殘句，見《先秦漢魏晉南北朝詩》；存文十三篇，見《全上古三代秦漢三國六朝文》[12]。

二〇二二年五月完稿

---

12 參閱《中國文學家大辭典‧先秦漢魏晉南北朝卷》，1996年8月中華書局（北京），頁237-238。

金農論「相馬者」及「自寫真」

一

金農（1687-1763）有《冬心先生題畫記》，其中《畫馬題記》提到「相馬」，說：

> 古之相馬者，寒風氏相口齒，麻朝相頰子，女厲相目，衛忌相髭，許鄙相尻，投伐褐相胸脇，管青相膹，陳悲相股腳，秦牙相前，贊君相後，各有所能，未若伯樂具相之全也。不但伯樂難逢，要求各有所能者亦未易得也。[1]

古之相馬者，有寒風氏、麻朝、女厲、衛忌、許鄙、投戈褐、管青、陳悲、秦牙、贊君，他們各有所能，因而相馬時也只能各有所取：或相口齒，或相頰，或相目，或相髭，或相尻，或相胸脇，或相膹，或相股腳，或相前，或相後，都各有所重，也各有所偏，不像伯樂能相馬之全。金氏慨歎，我們很難找到像伯樂那樣的賞識者，就是要遇上一個能賞識自己有一技之長的人，也不容易。事實上，我們在一生中有人能賞識自己的一技，已算幸運了。

《畫馬題記》又說：

---

[1] 見金農《冬心先生集》，2012年4月西泠印社出版社（杭州），頁217。金農卒年，或作1764。

> 昔聞有良驥服鹽車而上太行，漉污灑地，白汗交流，中阪遷延，負轅不能進。伯樂遭之，下車攀而哭之，解綌衣以幕之。驥於是俯而噴，仰而鳴，以為伯樂知己也。今予畫馬，蒼蒼涼涼，有顧影酸嘶自憐之態，其悲跋涉之勞乎？世無伯樂，即遇其人，亦云暮矣。吾不欲求知於風塵漠野之間也。[2]

良驥遇到明主，應可有較大的發展，不幸遇到庸主，只能出賣勞力，奉獻血汗，做低層次的工作。伯樂為良驥而悲，固然無奈，更有良驥從未有伯樂為牠悲，那就更無奈了！世上有不少英才為庸主所勞役，而鬱鬱終其一生，甚至連有賞識者「攀而哭之」的機會也沒有。金氏更表示不想在晚年再求人賞識，因為即使遇到伯樂，也太遲了。他的慨歎，是自歎，也為他人歎。有自命才子的人，宣稱「不會懷才不遇」，我以為，那只是得意人的風涼話！

二

關於畫家的「自寫真」，金農曾在《自寫真題記》中說：

> 古來寫真，在晉則有顧愷之……南齊謝赫……唐王維……朱抱一……李放……宋林少蘊……李士雲……何充……張大同……皆是傳寫家絕藝也，未有自為寫真者。惟《雲笈七籤》所載，大中年間，道士吳某引鏡濡毫自寫其貌。予因用水墨白描法，自為寫三朝老民七十三歲像，遠寄鄉之老友丁鈍丁隱君。隱君不見予近五載矣，能不思之乎？[3]

---

[2] 見同上，頁218-219。
[3] 見同上，頁226-227。

自古以來，有不少為人寫真的畫家，自寫真的畫家也有，金氏說「未有自為寫真者」，是自相矛盾，因為他跟著舉《雲笈七籤》所載，就是自寫真的例子。他又舉宋白玉蟾「自寫真」，再舉宋蜀僧元靄自寫「沙門側面小影」，都是「自為寫真者」，何況還有他所不知的例子！金氏好自寫真，余紹宋（1883/1882-1949）《書畫書錄解題》云：

> 《冬心自寫真題記》一卷，清金農撰。凡八首，蓋曾自寫真八次也。[4]

除了有《題記》的八次，還有沒有其他？金氏的自寫真，有時僅供自賞，是一種自我疏解情緒的方式；有時則寄以贈人，藉以自我表白，傳達心意。他用水墨的白描自寫七十三歲像，遠寄老友丁敬（鈍丁，1695-1765），就是其中一幀罷？

自寫真是否形神逼肖，得看畫家的功力。而且，自寫真的畫家，有時會在「真」方面，或增或減，以符合自己的要求。這就是所謂藝術與真實的結合，並不是完全求「真」。寫自傳或寫回憶錄，也該有這樣的情況。

三

《自寫真題記》又說：

> 宋白玉蟾善畫梅……玉蟾自寫真，予亦自圖形貌。不求同其同，

---

[4] 見金農《冬心先生集》「附錄」，頁298。

而相契合於同也。⁵

白玉蟾，即葛長庚（1194-1229），善畫梅，應亦喜愛梅，兼擅人物寫真。他的自寫真，大抵要寫出自己清高、耐寒的內涵、性格。金氏的自寫真，無論圖像、用筆或構圖，當然不會同於白氏，因此說「不求同其同」，但他要與白氏「相契合於同」。他要契合的是甚麼？我以為應是白氏的內涵、性格。從金氏《自寫真題記》的文字，我們可約略了解他的心思。如：

> 予今年七十三歲矣，顧影多慨然之思，因亦自寫壽道士小像於尺幅中，筆意疏簡，勿飾丹青，枯藤一枝，不失白頭老夫故態也。⁶

這是金氏老年自寫真的「題記」，可知他為自己的圖像配以枯藤，下筆又追求「筆意疏簡，勿飾丹青」，所謂「不失白頭老夫故態」，大抵要表達自己到老仍然兀傲、孤高的心態。

《自寫真題記》又說：

> 宋蜀僧元靄以傳神受知于太宗，一時筆下王公大夫爭求其筆。

---

5 見金農《冬心先生集》，頁227。金農有仿白玉蟾梅花筆意的《寒葩凍蕚圖》，寫於乾隆二十六年（1761），上有題識云：「宋白玉蟾善畫梅。梅枝成削，幾類荊刺，著花甚繁，寒葩凍蕚，不知有世上人。……昔年曾見其小幅，題詩亦清絕。今想像為之，頗多合處。予初號曰冬心先生，又號稽留山民、曲江外史、昔耶居士、龍梭仙客、百二硯田富翁、心出家庵粥飯僧，可謂遙遙相契於千載矣。昔予客遊無定日，在塵埃中，羽衣一領，何時得遂沖舉也。七十五叟，（金）農畫記。」參閱朱萬章《白玉蟾畫藝淺談》，《粵畫訪古》，2005年5月文物出版社（北京），頁7-8。

6 見金農《冬心先生集》，頁227。

> 太宗嘗曰:「可能自寫形貌乎?」元靄遂寫沙門側面小影,上嘉獎之。河東柳開為之贊。予亦自寫昔耶居士半身像,但不能效阿師看人顏色弄粉墨耳。[7]

蜀僧元靄(生卒年不詳)受唐太宗命自寫側面小影,金氏亦仿效自寫半身側面像,但強調自己的自寫,不是受命於人。他仍在表白自己有傲然不事權貴的性格。

《自寫真題記》又說:

> 自寫百二硯富翁小像畢,嗟嗟申言之。富翁者,田舍郎之美稱也。觀予骨相貧窶,安得有此謂乎?賴家傳一硯,終身筆耕墨耨,又游食四方,歲收不薄,硯亦遂多,一而十,十而百有二矣。乃笑顧曰:「不啻洛陽二頃也。署號『百二硯田富翁』,宜哉。」[8]

金氏自言以硯為富,一方面因蓄硯凡百二,不可謂不多,另一方面,文士畫人,藉硯筆耕,收入不薄,亦可見有硯如有田,自號「富翁」,也不算誣。

《自寫真題記》又說:

> 十年前臥疾江鄉,吾友鄭進士板橋宰濰縣,聞予捐世,服緦麻設位而哭。沈上舍、房仲道赴東萊,乃云「冬心先生雖攖二豎,至今無恙也」。板橋始破涕改容,千里致書慰問。予感其

---

7 見同上,頁228。
8 見同上。

生死不渝，賦詩報之。……予仿昔人自為寫真報板橋。[9]

金氏贈鄭燮（板橋，1693-1765）自寫真圖像，為報好友誠摯的友情。鄭氏為金氏服麻設位而哭，雖屬誤會，但「生死不渝」的知己感情，足以顯示。人生難得一知己，寫真報知己，是金氏表達感情的方式之一。現代畫家，會不會有人也作相同方式的表達？

四

《自寫真題記》又說：

> 舊傳王右軍嘗臨鏡自寫真，不特其書翰為古今絕藝也。予臨池清暇，亦復自寫《面壁圖》，作物外之想焉。……此幅宜贈棲霞上禪堂松開士懸經龕中，定有識我者指曰：「此心出家庵粥飯僧。」[10]

金氏信佛，他曾效法高僧修行，並為自己寫《面壁圖》，藉以寄託自己有物之外之想。所謂「物外」，即世外。原來佛家認為我們所居的國土世界是器世間，器就是器物，因此世外也稱物外。

《自寫真題記》又說：

> 項生均，初以為友，嘗相見于花前酒邊也。一日，將詩代贄，執弟子之禮游吾門……前年得羅生聘，今年又得項生共結詩畫

9　見同上，頁229。
10　見同上。

之緣也。……因寫小像付之，要使其知冷症之吟，寒葩之寄，是業之所傳得其人矣。[11]

金氏初與項均（生卒年不詳）為友，後項氏入門為弟子，金氏因自寫小像作為禮物送給他，藉以表示「業之所傳得其人」。可知金氏常自寫真餽贈合意的人。

《自寫真題記》又說：

> 天地之大，出門何處？隻鶴可隨，孤藤可策，單舫可乘，片雲可憩。若百尺之桐，愛其生也不雙；秀澤之山，望之則巋然特然而一也。人之無偶，有異乎眾物焉。予因自寫《枯梅庵主獨立圖》，當覓寡諧者寄贈之。嗚呼，寡諧者豈易覯哉？予匹影失群，悵悵惘惘，不知有誰。想世之瞽者、喑者、聾者、瘖瘂者、癩者、癲者、禿簡者、毀面者、瘦者、癭者、拘攣者、蹇縮者、區口者，此中疑有寡諧者在也。[12]

金氏表示，天地眾物，各有獨特的形貌與本質，如隻鶴、孤藤、單舫、片雲、百尺之桐、秀澤之山等等都是。人之無偶，似同於眾物，其實是異於眾物。因為人雖是單獨的個體，但在人世之中，大家為了要與人和諧相處，有時不免要互相遷就、忍讓，甚至要自我調整、改變，使自己成為與眾類近的大眾之一，於是寡諧無偶者，反而是罕有的小眾。金氏所欣賞的，就是這類寡諧者。金氏更表示，寡諧者在常人中不易遇到，反而在殘缺人、病患者中，或許才有寡諧者。這是心有不平的憤激語，也顯示了金氏兀傲、孤僻、寡諧的個性。

---

11 見同上，頁229-230。
12 見同上，頁230。

五

　　金農的際遇，大抵不算十分潦倒、坎坷，但他心懷不平，常有「懷才不遇」之感。他看不慣周遭的人和事，容易感觸、憤慨，因而為自己的畫作寫「題記」，往往有孤傲、偏激語。他在《畫馬題記》中談到古之相馬者，表示人的一生，很難遇到伯樂，就是能遇到賞識自己一技之長之人，也不容易。他是為自己的不如意而感慨，也是為世上不如意的其他人而感慨。

　　金氏在《自寫真題記》中，表示要與善畫梅的白玉蟾相契合。因為白氏的自寫真，能寫出梅的清高、耐寒本質，而金氏的自寫真，也會追求與白氏相同的效果，因此他為自己寫七十三歲圖像，筆意疏簡，不賦色，並配以枯藤一枝，目的就是要表達自己兀傲、孤高、不事權貴的心態，到老不改。

　　金氏好自寫真，也常自寫真贈人，如寫真贈摯友鄭燮，又自寫《面壁圖》贈棲霞上禪堂，又自寫小像贈弟子項均，又自寫《枯梅庵主獨立圖》，打算寄贈寡諧者，等等；贈送對象，都是與自己性格相似或心意相契的知己。寫真、贈送是過程，目的是向人傳達自己兀傲、孤高、與眾寡合的性格，並期望遇到真正的賞識者。不過，期望在現實生活中並沒有實現，因此他的筆下，也就不時隱隱透出了內心的無奈和不平。金氏的「題記」表面是論畫，其實是論人，更是有自我表白的用意。

二〇二三年四月完稿

丁輯
序跋

《梅園論學集》讀後

　　戴君仁教授的《梅園論學集》，包括有文章三十篇，附錄一種。除自序、目錄外，全書凡四二〇面。總看全書的內容，可以知道著者對學術的主要興趣，是文字學和理學。在自序裏，戴氏亦有明確的表白：「我在大學讀書時，愛好文字學，畢業後在各大中學教書，也喜歡講些文字學方面的知識。……文字學是我養身的食糧。而我用來作精神食糧的，卻是另一種學問，就是為現代人不大喜歡的理學。」原來戴氏在北京大學中國文學系時，本來想追隨吳梅氏致力於詞曲，後因至三年級時，吳氏轉往南京東南大學任教，於是他就從沈兼士專攻文字學。他開始讀理學書，是受了鍾伯良的影響，那時他還不到三十歲。後來經同學羅膺中的介紹，認識了熊十力和馬一浮，隨後就經常向熊、馬兩氏問學了。

　　《吉氏六書》一文，是戴氏借美國支加哥大學教授吉爾伯（I. J. Gelb）的六類語符，來說明我國文字的六書，可說是他的一篇小型六書論。其中有關轉注之解，戴氏更提出了他自信不謬的意見：「轉注就是音符兼意的形聲字。」換言之，「凡是形聲字，聲母不兼義的是形聲，兼義的便是轉注」。這種說法，徐鍇、鄭樵已啟其端；明朝的趙宧光，清人曹仁虎、孫詒讓，近人饒炯，亦曾說過。戴氏卻根據鐘鼎文的用字看出它的來源。解說轉注的人，跟戴氏意見頗不一致的，自然不少，由於篇幅所限，這裏不能一一論述。研究我國文字的學者，不妨針對戴氏的見解，提出他們或同或異的理論。此外，戴氏在結語裏說：「與其說六書是造字之法，還不如說六書是中國文字的歸

類法。」又說:「古人造字,決不是先定若干名類,然後動手一一來製造,完全是仰觀俯察,觸興隨機,順其自然而造成的。……後世紛紛爭論東漢三家六書名稱和次第的優劣,未免有些好笑。」上面的話,乍眼看來,似乎相當通達,究其實,卻有值得商榷的地方。古人造字,的確不是先定好若干名類,然後動手一一來製造,不過六書卻是後人根據文字的構造,歸納出來的造字法則。法則可以不止六類或少過六類,但我們不能不說六書就是造字之法。至於六書中的指事字和象形字,相信確是「觸興隨機,順其自然而造成的」,但其他四書,恐怕造字者必曾運用心思,不是觸興隨機就可以造成。東漢三家六書名稱和次第的爭論,是研究我國文字孳乳演進時所引起的疑惑,由疑惑而爭論,也是學術求真的應有態度。

　　本書討論我國文字的論著,還有多篇。如《部分代全體的形象》一文,指出在我國在文字裏,有一種象形不大為人所注意,就是用部分來替代全體。更明白地說,就是用某動物的頭部,代表某動物。戴氏拈出作為例證的,主要是牛、羊兩字。《異增字》一文,是說明文字形體逐漸增益的情形。戴氏認為,文字形音義三方面都有歷史,形體變化的歷史最易研究,學習文字學的人,宜先從這一類研究入手。他的意見,是很有啟發性的。《同形異字》一文,是舉例說明我國文字裏的同形異字。因為文字的孳生並非一時,產區也非一地,同一字形或可偶然相合,用以兼表不同的語言。在這篇文章裏,戴氏將同形異字的義界分為三:(一)凡以一字之形,表示異音異義之兩語者;(二)凡以一字之形,表示同音異義之兩語者;(三)凡以一字之形,表示同義異音之兩語者。文中所舉的例證,凡六十四字。《釋史》一文,戴氏考出「史」字從又持中,中的本形象冊,許慎說是中正之意,是不對的。從史字字形從又執冊來看,史的原始職務,是掌祭祀而包括卜筮星曆,都屬於天道神事;降而兼及人事,乃有冊命封

爵和記事的職務，甚至管及政務。為了一個「史」字，戴氏徵引了不少經史和金文的記載，這種以字釋史，以史證字的研究，未嘗不是文字學家和史學家足可用力的途徑。《重論石鼓的時代》一文，是戴氏糾正自己在《石鼓的時代文辭及其字體》（大陸雜誌第五卷第七期）所持的論點。他指出石鼓不是秦穆公時物，石鼓初置，應是秦德公元年遷到雍都後，那年是周釐王五年甲辰，即西元前六七七年。內容方面，這篇文章雖牽涉到古文字學，但實際上，卻是考史。這說明了：石鼓文不僅在文字學上有價值，也可以用來證明史文的正確。

　　戴氏自稱用理學來作精神的食糧，在撰述方面，理學自然是他興味的所在。他根據《張子全書》，旁稽學案，寫成了《橫渠學述》。內容除開篇的橫渠學歷和末段的結論外，子目包括有：宇宙觀、心性論、人生觀、修為論。在《朱子陽明的格物致知說和他們整個思想的關係》一文裏，戴氏指出：朱王兩家對於《大學》格物致知之解說不同，是由於他們整個的哲學不同。我們不必拿他們的解說，看作經解，也不必理會他們的解說，是否與《大學》本文相合。因為他們只是借了《大學》的本文，發揮自己的學說。因此，戴氏對於唐君毅先生《大學章句辨證及格物致知思想之發展》（清華學報新四卷第二期）所說的話，表示非常同意。唐先生的話是這樣的：「朱子陽明之思想，咸有其進於大學所陳而自立之新義在」，「二家之釋大學格物致知之言，不視之為大學本文註解，而視為一獨立思想之表現」。《涵養與察識》一文，大意是根據馬一浮所講的綱領敷演而成。戴氏先把朱子、象山、陽明諸儒，對於涵養察識的輕重先後敘明了。究竟涵養與察識，孰先孰後？孰輕孰重？戴氏的意見是：必然要兩者互需，難說孰重孰輕。不過在用功的先後上，應是涵養居先，一則悟由養來，二則涵養可以斷伏習氣。因此，他肯定地說：朱子之所以由先察識而轉變到先涵養，確有其重大的意義。《朱陸辯太極圖說之經過及評議》

一文，內容可分兩方面說：一為「經過」，是客觀的敘述；二為「評議」，是主觀的見解。論述《大學》、《中庸》和荀學異同的文章，有《荀子與大學中庸》一文。戴氏指出：後人說濂、洛、關、閩直接孔、孟，從思想演進這一點看，這話是不錯的。不但孟子，即荀學也有和宋儒相合處。為著進一步說明這點，戴氏又寫了《荀學與宋儒》，可說是前文的續篇。荀子言性惡，本為道家所不喜，但荀子書中，卻有與程、朱諸子相合的地方。這些相合點都在修養為學方面，可說是《大學》修身以前事，都是宋儒修為論最重要之點。宋儒既不欣賞荀子，為甚麼思想竟會相同？原來荀學和《大學》、《中庸》相通，宋儒視《大學》、《中庸》為寶典，自然會無心相合了。《象山說格物》一文，是戴氏應宋史座談會之約，談朱、陸異同後所特別注意的問題。《象山全集》卷三十五云：「格物者，格此者也。」「此」是甚麼？象山卻不予以說破。戴氏認為他的不說破，是有作用的，我們不可以近禪而詆為異端。《陽明評象山說格物》之作，是因為陽明對象山解釋《大學》「致知格物」之說，頗有微辭，戴氏特為象山而作辯解。

　　《河圖洛書的本質及其原來的功用》（附河圖洛書本質的補證），是詳細討論河圖、洛書的質和用。《禹貢禹錫玄圭厥成功解》，是對《尚書‧禹貢篇》最末兩語所作解釋。《洪範五紀說》一文，大意五紀萬歷數，歷數起於繩結；又想到《說文解字》裏的「祘」字，當本結繩而造，為象形字，非會意字，於是根據《說文解字》，又旁稽諸家之說，寫成《說祘》一文。有關《儀禮》的討論，計有文章三篇：《朱子儀禮經傳通解與修門人及修書年歲考》，是考證《儀禮》經傳通解的修纂時間和參與修書的朱門弟子。又為了抉發朱子要修此書的用意，於是再補寫了《書朱子儀禮經傳通解後》。至於《書張爾岐儀禮鄭注句讀後》一文，則是表揚張氏的志節和見解。

《陰陽五行學說究原》一文，是戴氏根據顧頡剛、李漢三、王夢鷗論陰陽五行起原的部分，擇要予以闡述。他認為漢代儒者，多數受陰陽五行學說的影響，而他們思想的本原，恐多來自古昔史官的傳人。他又指出，五行兩字，最早見於《洪範》在《左傳》之前，因此五行一詞，可能春秋以前就有。戴氏的說法，大抵是不錯的。不過，就我們所知，傳統上認為文獻中出現五行一詞，最早的是《尚書》中的《甘誓》，其次纔是《洪範》。又本文「署論鄒衍」一節，戴氏指出五行相勝之說，似在鄒衍所創，但他的語調，也不否認鄒衍講的是相勝說。根據楊向奎的意見，卻認為鄒衍是後於孟子的人，他的學說有受孟子的影響。鄒衍既然受了孟子的影響，他的五行學說最初也應當是相生而不是相勝，後來因為不受人重視，纔改為相勝說以熒惑當世六國的君主。這有六點理由可以提出：（一）他的五行說是「止乎仁義節儉」，這正和「言忠孝傳諸五行」的說法相同，是相生說的產物。（二）五行相次，隨方面為服的說法和《月令》等內容相似，而《月令》等的五行說是相生的系統。（三）原始的五行說本來是相生的體系，五方和四時的排列全是相生。（四）思孟的天道觀，近乎一種命定論者，在「五百年必有王者興」的觀念下，與相勝說不相容。（五）「仲尼門人，言羞稱乎五霸」，絕不會主張相勝說，因為這是和儒家的「仁政」學說不符。（六）鄭玄注《周禮・夏官・司爟》引鄒子的話是相生說。（詳見楊氏所著《中國古代社會與古代思想研究》上冊頁一四一至一五九）楊氏的說法，或許也有參考的價值。《董仲舒不說五行考》一文，戴氏認為《春秋繁露》有許多篇關於五行的學說，但不是董仲舒所作，不能代表他的思想。然「東京而後，章次殘闕」，好事者不免掇取後之學說，雜置其中。但如果我們絕不利用它來了解董氏的思想，未免是過分疑古的臆斷。戴氏在本文的結語也說：「陰陽五行在當時已是盛行的學問，董仲舒想曾學習，也能懂

得。但學習懂得是一回事，傳播又是一回事。」不過，一個既懂得又學習陰陽五行學說的人，會不會特意傳播，那是另一個問題，但竟然會絕口不加講論，這倒是一件不可思議的事！戴氏的解釋是：「董仲舒想是恪守家法，但推陰陽，不及五行。」我們以為是缺乏說服力的。徐復觀先生在《陰陽五行及其有關文獻的研究》一文裏說：「一律認為是真的很容易；一口斷定是假的也同樣容易。困心衡慮於真假之際，以找出真中之假，假中之真，這才是不容易的事。……數十年來，許多整理國故的工作多是白做，問題大概便出在真則全真，假則全假的對材料批判態度之上。」（見《中國人性論史》先秦篇附錄二，頁五五五）這一段話，是非常有意義的。本書其他文章，大致是談論漢代的思想和政治，計有：《漢初的政治和先秦學術思想的關係》、《論賈誼的學術並及其前後的學者》、《雜家與淮南子》、《名家與西漢吏治》、《漢武帝罷黜百家非發自董仲舒考》、《天人相與》等六篇，因為篇幅限制，只好略而不談了。

　　總觀全書，戴氏的著述，大抵以考證文章居多，即使是思想史方面討論，他於一字一句的考訂和詮釋，也能不厭其詳，不失為研究文字訓詁的學者本色。可是，當論題牽涉到古史方面時，態度就顯得過分矜慎，而這一種過分的矜慎，或許是承襲疑古派的態度一脈而來。疑古派於我國古史研究的貢獻，自有相當的價值，不容抹殺。但過分矜慎，明知可信而不敢信，也是一種偏差。例如本書最明顯的現象，就是討論古史問題時，不敢充分利用三禮的材料。《儒的來原推測》一文，雖亦略有徵引，但卻不多。研究我國古史極有成就的楊寬，在《古史新探》的序文裏，就很清楚地指出：「這三部禮書中，所保存古代的各種制度的史料，很是豐富。如果因為其內容複雜，史料的時代難以區別，不加利用，將妨礙我們對古代各種制度的探索；如果不加選擇，隨便引用來解釋西周的社會歷史，也不是實事求是的態度。

我們認為，最妥當的辦法，就是按照社會歷史發展規律，把禮書中的史料和其他史料結合起來研究，從探索各種制度的起源和流變中，分析出那些是比較古老的制度，那些是已有變化的制度，那些是加入的系統和理想化成份。這樣對我們研究古代歷史，就可以得到幫助。」（頁二）楊氏的書，就是研究成果的好表現。我國史學權威陳寅恪先生，在討論古史問題時，也很能注意三禮的材料。

說到本書的校對水平，大體而言，相當令人滿意，但有些明顯的錯誤，還是不能及時改正，例如由一五三頁至一六五頁，頁邊標目「橫渠學述」的「渠」字，都給誤為「溧」字。又，目錄上的「說算」，跟四十四頁的標題「說祘」不同。雖則祘筭算本為一字，但「祘」為初文，且又與內文的考證有關，為求一致，目錄上似乎還是宜於標出「祘」字。

一般來說，研究文字訓詁的學者，撰寫文章，有時會偏於枯澀。但戴氏的文章，並不如此。不少瑣碎乏味的論題，到了他的手裏，大都能深入淺出地表達出來。學有專長的學者，要寫深入的文章，並不太難，但要淺出，卻得看著者運用語文的功力。戴氏舉重若輕的語文功力，就本書部分文章而論，是任何讀者都會感覺到的。

——原載《中國學人》第三期，新亞研究所（1971年6月）
　　戴君仁《梅園論學集》，臺灣開明書店（1970年9月）

《說文解字句讀述釋》序

一

　　我有好幾位治學特別勤奮用功的朋友，在香港公開大學任教的馬顯慈兄是其中之一。據我所知，他治學的範疇，涉及語言文字、語文教育、古典文學幾方面。這幾方面，他經常有高水平的論著發表，這固然顯示了他永不怠懈的個性，同時從他的論著，我們也可以看到他認識的寬廣、意見的通達、辨析的詳審和態度的矜慎。我以為，後兩者的表現，很可能因為他長期以來研治小學，慣於用心細密，因而有了這樣的影響。

二

　　《說文解字句讀述釋》一書，是顯慈兄即將出版的大作。這書的內容，主要對王筠（1784-1854）《說文解字句讀》的句讀方式和文字的形音義研究等方面，作有系統的條舉例證和解說，並對王氏的生平和撰作背景，作扼要的述論。其中有闡發，有辨析，有糾正，有補充，有整理，使讀者在認識王氏研治《說文解字》心得的同時，也可以得到不少有用的提示和啟發。有人說：「讀書不可不信書，也不可盡信書。」顯慈兄對王著的「述釋」，正好為上述話語提供了具體證明。

三

　　《述釋》一書，對王著的優點和特色，有詳細的例證、分析和說明，正如書中「總結」的歸納：一、闡明《說文》條例；二、訂正許慎說解；三、徵引金文佐論；四、辨明篆隸訛變；五、申說「觀文」理論；六、闡釋「重文」、「俗、或、省」諸體；七、闡發「分別文」、「累增字」之說。此外，「總結」中還進一步提到王著有七項值得稱道的優點，原文具在，不引述了。不過，《述釋》雖然很著力向讀者表揚王著對小學的貢獻，但同時以持平的態度，抉發王著的闕失，並引述諸家之說，作為論據，讓研治文字學的同道，獲得可靠的學術意見，也讓有志向學的年輕讀者，知道即使是學問精深博大的學者如王筠，在著作中也難免有疏漏。放言高論，輕率褒貶，並不困難，但要言而有據，說服力強，就沒有那麼容易，因為這既需要學養和識力，也需要仔細的考察和客觀的評量。我認為《述釋》討論王著的闕失，確能達到這樣的要求。

四

　　文字學研究其實不是我的專業範圍，現在竟然對文字學專著「說三道四」，或許會被有識之士所譏評。稍可自解的是：我在大學修業，文字學和聲韻學是必修科，因而使我對中國文字各方面的知識略有所知，並引發我對古文字和篆刻藝術產生濃厚的興趣。這種興趣，維持至今。在香港語文教育學院服務期間，探研語言文字是我工作的一部分。一九八四年，為了工作的需要，我負責主持常用字字形的研訂，各類字書成為常置案頭的參考物，最後更促成《常用字字形表》的出版（初版於一九八六年，最後修訂在二〇〇〇年）。經驗讓我知

道，掌握文字學的一些知識，對研治經史以至古典文學，的確頗有幫助。不過，以我有限的所知，竟敢向讀者推介《說文解字句讀述釋》，仍然令我不禁萌生「僭妄」的自責。我只能說，答應為《述釋》撰寫序文，可沒表示我對文字學的研究有甚麼心得，而只不過表示我大抵還能認識「異己之美」而已。

二〇一一年三月

——原載馬顯慈《說文解字句讀述釋》，新亞研究所、煜華文化機構有限公司（2011年4月）

《牟潤孫先生學術年譜》序

　　先師牟潤孫先生（1908-1988）學兼經史，治史考據、義理並重，服膺顧炎武（1613-1682）、錢大昕（1728-1804）之學，早年受教於柯劭忞先生（1850-1933）和陳垣先生（1880-1971），加上當時他身處學術文化氣氛濃厚的北平，日常交往多屬可問學的長輩和可切磋的友朋，又肯勤於出入書肆尋書，研讀不懈，因而能充分掌握治學的竅門和中國史學的傳統精神，逐步走上治史的正途。凡讀過他的著作、聽過他的課和接受過他直接指導的研究生，大抵知道他精熟目錄版本之學，重視目錄學之用，講究著述體例，強調經史互通，實踐史源考尋，講求通史致用，看重語言文字，熟知學壇掌故；而對兩漢史、魏晉南北朝史、唐宋史、經學史、明清學術思想史，都有深入的了解或研究。

　　一九五四年，潤孫先生接受錢賓四（穆）先生（1895-1990）的邀請從臺灣大學來香港，就任新亞書院的文史系主任、新亞研究所導師，同時兼任圖書館館長。稍後文史系改組分為中文系和歷史系，潤孫先生轉任歷史系主任，仍兼新亞研究所導師。後來香港中文大學及文科研究院成立，潤孫先生出任中大歷史系第一位講座教授及研究院歷史學部主任導師，直至一九七三年退休。由一九五四年至一九七三年整整十九年中，他把自己中晚期的寶貴光陰，都貢獻給香港史學人才的培育了。如果加上大陸、臺灣講學的日子，他所培育的史學人才可說更多，他的學術影響可說更大。可惜潤孫先生自一九七三年退休後及一九八八年去世後，數十年以來，現代三地兩岸的史學界，似乎

並沒有給他應有的推許和重視。

東海大學丘為君教授是有心人，他在臺灣舉辦「紀念牟潤孫教授百年冥誕」學術思想研討會於二〇〇八年，並指導學生以潤孫先生為研究對象，撰寫碩士論文。現在他又領導兩位高弟編撰《牟潤孫先生學術年譜》一書，真令人有「空谷足音」之喜。這書以潤孫先生生平事略為綱，再以他已發表的全部著作為根據，按照時序先後，詳細舉述他的學術意見。細讀這部《學術年譜》，可見編撰者確曾認真研讀潤孫先生所撰作的每篇文章，然後再摘寫或概括篇中的要點納入書中。通過這書的內容，既可讓後來的研究者清楚了解潤孫先生的學術思想怎樣發展，方便作更進一層的研究，同時也可讓對史學有興趣的一般讀者，較易掌握潤孫先生學問的大要。可以說，這是一部對史學研究者甚有價值的參考專著，也是一部「潤孫先生學術著作導讀」的用書，對有志研治史學的後學，應有很大的提示和啟發的作用。我更期望的是，有了這部先行專著作為基礎，今後三岸兩地以至海外地區，會愈來愈多學者對潤孫先生的生平和學問，作更寬廣、更詳細、更深入的探研。

二〇一四年夏

——原載丘為君、鄭欣挺、黃馥蓉編著《年潤孫先生學術年譜》，唐山出版社（2015年9月）

《香港標準字形字典》序

一

　　雷超榮先生是書法家，也是特別重視寫字教學的教育工作者。他在二〇〇一年編寫了《常用字標準字形字帖》，並交由中華書局（香港）出版，內容包括六個階段的寫字練習和總練習，合共七冊，各有五十二個練習，適用於一至六年級的小學生。《標準字形字帖》的字形，主要以香港教育學院所出版的《常用字字形表》（二〇〇〇年修訂本）的字形為依據，而每個字的下面，都附有有關字形筆畫、結構等方面的參考資料，使《字帖》不僅僅是小學生的寫字練習冊，同時也是認識常用漢字的自學課本。

二

　　今年開始，雷超榮先生在《常用字標準字形字帖》的基礎上，進一步編寫《香港標準字形字典》，目的在為書法導師、中學教師、小學教師、中小學生、學生家長、教科書出版社、出版社編輯及編寫教材的人員，提供有用的工具書。《字典》之中，更備有異體字、簡體字等字形資料，並附有文字筆畫、結構、部首及筆順等說明，方便解決使用者因字形而產生的各種困惑。據知這部《字典》的字形標準，是以香港教育局課程發展處中國語文教育組在二〇一二年所出版的《常用字字形表》（二〇〇七年重排本）為依據。「重排本」本來是課

程發展處中國語文教育組在二〇〇七年出版《香港小學學習字詞表》的附錄，它在「重排說明」中宣稱：這次重排，根據的是香港語文教育學院所出版的《常用字字形表》(一九九三年修訂本)，原表為手寫本，「重排本」則「以電腦造字重排」，內容依照原表體例、系統而有個別調整、補充。按照「重排說明」的說法，二〇〇七年「重排本」應該是《常用字字形表》(一九九三年修訂本)的後身，雖然附加了一些新元素。究竟是否如此，還是另有隱情，下文會有交代。

三

談到《常用字字形表》的修訂本，我不得不說明一些情況。《字形表》本來是香港語文教育學院中文系的出版物，當時為了要開發語文教育研究項目和因應小學語文教師的教學需要，於是有常用字字形的研訂。研訂開始於一九八四年七月，完成於一九八五年九月；到了《常用字字形表》以十六開本的形式出版，則是一九八六年九月以後的事。由字形的研訂到《字形表》的出版，我是以「常用字標準字形研究委員會」主席的身份負責統籌，顧問是當時在香港大學中文系任教的羅忼烈先生。一九九〇年十月，《字形表》初次「修訂本」出版，並由十六開本改為較易攜帶的三十二開本。以後在一九九三年、一九九七年、二〇〇〇年，分別作了第二次、第三次、第四次修訂。每次修訂，我都以《字形表》主編的身份，直接參與修訂工作，雖然我在一九九五年已由香港教育學院（香港語文教育學院剛併入為院校成員之一）轉職香港理工大學。《字形表》在二〇〇〇年的修訂，可說規模較大，修訂內容，主要在筆畫的訂正和備註說明的補充，同時在標準字形、文字排序和異體字表等方面，也作了一些必要的調整和改動。當時協同工作的，是香港教育學院中文系的三位成員，而相關

的修訂以至編排形式、文字增減等等的討論，多次安排在香港理工大學的教職員餐廳裏進行。《字形表》明明有香港教育學院在二〇〇〇年第四次「修訂本」，為甚麼二〇〇七年的「重排本」，卻自稱選了一九九三年第二次「修訂本」為重排的依據？雷超榮先生是認真的有心人，他也感到詫異，於是他不惜耗費精神時間，把二〇〇〇年「修訂本」與二〇〇七年「重排本」合併考察，並為這兩部不同版本的《字形表》列一資料對照表，於是讓我們看到一個情況，就是從內容看，二〇〇七年「重排本」的製作者和出版者，不可能不知道有二〇〇〇年第四次「修訂本」的存在；而《香港小學學習字詞表》中的《小學學習字表》，主要依據大抵仍是第四次「修訂本」。再說，放棄第四次「修訂本」作為「重排本」的底本而選用第二次「修訂本」，又刻意完全不提《字形表》原來主編者的姓名和多次修訂過程，也是悖乎常理不合出版常規的事。至於合力製作二〇〇七年「重排本」的人有甚麼用心，我不想隨意妄測，還是讓明眼的讀者去判斷罷！

四

　　無論怎樣，雷超榮先生在編寫《香港標準字形字典》時，不能也不會漠視《常用字字形表》（二〇〇七年重排本）的存在，因為它到底是政府教育部門有關字形的較新出版物。不過，他也很熟悉「重排本」的前身——《常用字字形表》（無論是一九九三年或二〇〇〇年修訂本）的內容，而且他曾以二〇〇〇年「修訂本」為據，在二〇〇一年編寫了一系列《常用字標準字形字帖》，所以他在編寫《香港標準字形字典》時，可說駕輕就熟，而且他確實吸納了二〇〇七年「重排本」所提供的調整和補充資料，雖然這些調整和補充，其中有一些並沒有顧及《字形表》原初在研訂字形時所要維持的學術性和規律

性。還可一提，現今電腦字庫中所儲存的字形，已因香港語文教育學院《字形表》的出版和再版，而有相應的增益和調整，因此採用電腦字庫中的字來編製《字形字典》如「重排本」那樣也未嘗不可，但在教室中，教師和學生都不會不用手寫字，因此雷先生已出版的《常用字標準字形字帖》和現在出版的《香港標準字形字典》都採用手寫方式，無疑對語文教育中的寫字教學，仍然有相當大的作用。而且，人手寫字所呈現的人性和情感，可避免給人過分規整的印象，這對寫字教學和書法藝術的推動，也是很有幫助的。

二〇一五年七月

——原載雷超榮編著《香港標準字形字典》，執筆善導中心（2016年8月）

《課室快樂寫字》序

一

　　寫字教學，在我國古代童蒙教育中，向來是個重要的環節。所謂「童蒙」，也就是幼童。幼童的概念，古今未盡相同，在現代學制中，大抵幼稚園至初小的小朋友，都屬幼童。其實不光是幼童，在古代語文教育中，不管是哪個學習階段，都不能忽視寫字，學生不但要把字寫得正確、清楚，還要把字寫得端正、美觀。這方面的記述，在我國典籍中，就不乏相關參考資料。

二

　　有人或許會說：古代語文教育的要求，到底是古代的要求，到了現代，還有這樣的要求，是不是有點滯後？這樣說，我相信是基於現代科技條件和現代人愈來愈重視圖像傳意的情況。我的意見是，無論是擅長操作電腦、手機或善用其他電子產品的人，都繞不過寫字的要求，而程度不同的學生，在學習過程和日常生活中，都要寫字。學業完成後，一個成年人的工作和日常生活，仍然要寫字，只不過有多寫或少寫的不同。為了配合學習、工作和日常生活的需要，能寫，即寫得正確、清楚，是一種要求；寫得好，即寫得端正、美觀，是另一種要求。學校中的寫字教學，能寫是首要目標，但我們不宜畫地自限，認為能寫就夠了，不必把字寫得好。

三

　　《課室快樂寫字》一書，由課室教材出版有限公司出版，彩色精印，共十二冊，是一套供幼稚園中班至小學六年級使用的寫字教材；內容以寫字知識為主，幫助小朋友掌握正確的筆畫、筆順、結構等書寫要點；取材貼近生活，形式採用生動有趣的方式，讓小朋友快樂地掌握寫字的知識和技能，並在不知不覺中受到品德、情意方面的陶冶。可以說，本書不但可幫助小朋友能寫，而且也可幫助他們寫得不錯，甚至寫得好！關於本書的內容、特色和應用，書內已有具體的說明，我也就不再重複述說了。

四

　　本書的編撰者和設計者，都是對寫字和寫字教學有深切認識的語文教育工作者，而顧問雷超榮先生是我認識多年的朋友，他更是一位全身投入寫字教學和書法藝術的有心人。在他們通力合作下，本書的內容、設計和所提供的實用附件，如寫字教學短片、「筆畫表」、「部首表」、「筆順錯字表」等等，應對小朋友學懂寫字和把字寫得清楚、正確、端正、美觀，會有切實而成效不小的幫助。

二〇一七年十二月

——原載《課室快樂寫字》，課室教材出版有限公司（2018年1月）

《溫肅別傳》序

一

溫仲賢君是我在六十年代初任教中學時的學生。去年（2019）七月，我在香港大會堂為學海書樓講《古詩十九首》，共六講，在第二講結束時，有幾名聽講者走過來與我交談，其中一人自我介紹，說是我的學生。幾十年不見，依稀認得，原來是仲賢！真是「人生不相見，動如參與商」，乍見如夢寐，不禁興起了「逝者如斯夫」的感慨。

二

仲賢告訴我，他畢業後，曾往外國進修，攻讀及研究範圍，是語文和藝術，回港後，長期從事教育工作。近期他在工作之暇，似乎對溫氏家族這個群體的歷史和人物，愈來愈有探研的興趣，而且不斷多方面去尋找資料，本地公共圖書館、各大學圖書館、學海書樓，更是他常去的地方。最近偶然一次機緣，經朋友輾轉介紹，竟然讓他看到先祖溫肅（1879-1939）的「家書」，並得到一份影印副本，於是促使他把精神、時間，投入在溫肅相關資料方面的蒐羅。經過一段時間的醞釀和資料的收集，他對溫肅的生平、行事、學問漸漸有了較多認識，最後決定以溫肅的「家書」為主要材料，再輔以其他資料，如《溫文節公集》、《貞觀政要講義》等等，撰寫《溫肅別傳》，藉以顯示溫肅的個性、感情、待人處事態度和政治思想。所謂「別傳」，指

在正史本傳以外，別舉三數事以補本傳所記的不足，可信價值較私家隨筆記錄碎事的雜史為高。這是仲賢有意發揚先祖之德，言而有據的撰作，同時為清末民初史的研究者，提供可信度高的材料。「別傳」用英文撰寫，使「別傳」內容的提供，並不只限本國、本土的讀者和學者，而是同時面向外國的讀者和學者，這無疑可讓更多讀者認識溫肅，並會引起一些學者的研究興趣。

三

《溫肅別傳》的撰寫，可說是以溫肅的「家書」為切入點，在撰寫過程中，雖有其他資料輔助補充，但內容不免仍有局限和偏重。可貴的是，「家書」不是人人容易見到的物品，它本身有珍罕的價值；而且「家書」以家人為對象，因此下筆時會更誠實、更率直、更真切，不顧忌、不隱飾，直直落落、明明白白地道來，讓人可以看到溫肅有血有肉更真實的一面。從史料價值來說，這很值得中外讀者和學者的重視。

四

本書內容，除了正文，還附錄一些與傳主有密切關係的資料。這些資料，都有中英對照的文本，一方面，既可為別傳的記述提供堅實的根據，另一方面，又可為學者提供原始材料，以便他日作進一步的探研和引用。可一提的是，溫肅的書法藝術，向來是不少人關注的課題，但談論溫氏書法藝術的人，主要以他的書法條幅和對聯為依據，這些書法作品，就我們所見，大多是端方平正的館閣體楷書，近於顏、柳；而「家書」的字體，則是行筆較自然、書寫較隨意的行

書，近於米芾。由於家書原稿是本書內容之一，於是有人要談論溫氏的書法藝術時，就多了一份真實而有價值的評賞資料。

二〇二〇年一月

——原載溫仲賢編著《溫肅別傳》，自印本（2020年1月）

《語文釋要》序

一

　　馬顯慈兄是資深語文教育工作者，也是研究有得的語文學者。他治學的範疇，涉及語言文字、語文教育、古典文學幾方面；這幾方面，他經常有高水平的論著發表。除單篇論文不計外，他近期出版的學術專著，有《關漢卿白樸馬致遠三家散曲之比較研究》、《說文解字句讀述釋》、《說文解字義證析論》、《說文句讀研究訂補》，現在又有《語文釋要》的出版，可見他是一位名副其實、有卓越表現的語文教育工作者和語文學者。

二

　　《語文釋要》一書，是顯慈兄在香港幾所大專院校多年授課的講稿，在授課過程中，屢經調整、修訂。現時的定稿是：行文要言不煩、深入淺出，內容分漢字、語音、詞匯、文言語法、工具書、修辭六個部分。「漢字」方面，本書以字形為討論中心，兼及形音與形義的討論，而於漢字的簡化、整理、規範等問題，更有專節述論，切合語文教學重視應用的需要。「語音」方面，本書既有古今語音的各種辨析，又有語音系統、語音與語義關係的說明，更討論了古音知識的應用，對現代語文教學中的古代漢語教學，應有頗大的參考價值。「詞匯」方面，本書從詞匯學的角度，芟夷枝蔓，介紹了有關詞匯各

方面的精要知識。

三

　　本書內容，也有「文言語法」和「修辭」的述論。「文言語法」方面，本書對文言詞類和文言句式有清晰的說明，至於文言詞類如何活用的問題，也提供了參考意見，對現代語文教學中的文言文教學，應有切實的幫助。「修辭」方面，本書對語言運用藝術、修辭方式以至語音、詞語、句子、篇章等各種修辭技巧，都逐一作扼要的介紹，而於修辭語體、修辭風格和修辭格的應用，都有述說，對教師和學生，無疑是很有用的提示。「工具書」方面，本書簡要地說明了中文工具書的類別、功用和使用方法，貫徹了現代語文教學的精神：重視學生自學能力的提升，並促使學生學會自學。如果有人說，本書的價值，不但可增益讀者多方面的語文知識，同時也可在語文的應用和學習方面，為讀者提供切實有用的提示和啟發；這個意見，應該是公允持平之論。

四

　　顯慈兄是我認識多年的朋友，我們在八十年初已訂交。在我的印象中，他治學劭勤、工作認真、教學用心，有這樣表現的人，在現實環境中，大抵會得到相稱的待遇和推許。不過，顯慈兄性格篤實、謙退，行事低調，不自表功，不喜自炫，甚至不願意將自己著作的出版消息，刊載於自己所任教院校的刊物上。性格、行事如此的人，像顯慈兄，他的表現，有時可能會被人低估或忽視。是不是真的這樣？我不能肯定，也不敢胡亂猜想。無論怎樣，我相信顯慈兄今後仍然會以

篤實、謙退的作風，繼續撰作、出版他自己的著作。

二〇一九年九月

——原載馬顯慈《語文釋要》，萬卷樓圖書公司（2020年2月）

《平山探藝》序

平山人莊志崗先生的《平山探藝》第一輯要出版了。作者在《筆寫滄桑・報界奇人葉因泉》一文中自述：「發掘及介紹會在香港默默耕耘的前輩書畫家，與大家一起分享及探討其人其藝其逸事，正正是平山人寫《平山探藝》的初衷。」（語見本書頁十二）「初衷」是「分享及探討」「前輩書畫家」「其人其藝其逸事」，但實際內容，不止「書畫家」，還有其他藝術家，可見作者的「初衷」，已有進一步發展，而這種發展，拓闊了撰作的範圍，又仍在「探藝」之中，正是讀者所歡迎的。

本書有幾項特色，我以為值得向讀者推介。

可讀性高，是一本書的重要元素。本書行文暢達，內容有趣，不少藝壇掌故，引人入勝，讀者只要一讀，就會手不忍釋。我記得上午剛從普藝收到本書的打印稿，下午回到家裏，竟然一口氣把它讀完，可見它所具有的吸引力。我相信其他讀者，也會有我同樣的感受。

資料充實，是本書的第二項特點。根據內容，可知作者掌握的資料，不但有網上的，還有書本上的。而更難得的，是作者在百忙中，還通過訪問和實地考察，多方蒐尋各種可信資料。有些資料，屬本書所獨有，無疑有它本身的特異色彩和參考價值。

矜慎求證，是本書的第三項特點。本書的性質，本來不是學術論著，對一些事情，可不必多所辨證。但作者撰作態度認賞、矜慎，對一些記事，往往不憚煩地蒐證、辨析。例如羅叔重晚年的居址，他不但參考羅氏給鄭春霆的信函，還向羅氏的女兒求證（參閱本書頁

四）；又例如廣州解放後，羅氏重返廣州謀職的時間，作者既向羅氏女兒求證，又用了羅氏及陳池秀所刻印的邊款和勞允澍收藏的五言詩，作為辨析的憑證（參閱本書頁三四及三六）；又例如關於李供林和容漱石的生卒年，作者也參考不同資料，最後作出可靠的判斷（參閱本書頁七八及一一二）。其他例子尚多，不再舉述了。

　　圖片豐富，是本書的第四項特點。除生活照片及大合照不計外，本書有十八幀藝術家照片，另有四幀照片，是與術家有密切關係的人物，都頗為難得。其他如書畫、印章、書影、手跡的圖片，大多隔頁就有，有些更每頁都有，可見圖片之多。這些圖片，一般翻拍效果良好，部分更達畫冊的印刷水平，這該可引發讀者的閱讀興趣，也可供探研者作為參考。

二〇二〇年七月

——原載莊志崗《平山探藝》，普藝出版社（2020年8月）

《中國文學經典品鑑》序

一

《中國文學經典品鑑》一書即將出版，主編姜劍雲教授（河北大學文學院）來函囑作書序。自覺對中國內地的大學語文教材認識不多，本不是最適合的作序人選。但姜教授盛意拳拳，參與撰寫品鑑文稿的專家學者又有我的朋友，加上本書的確有助語文及文化教育，我只好以效勞之心，應姜教授之所囑。

二

姜教授早前曾主編《新概念大學語文》（2014）一書，這是國內外數十所高校合作編寫的公共課協作教材。《中國文學經典品鑑》一書，所選詩詞文賦戲曲小說篇目，與上述《大學語文》一致，形成教材體系，兩書之間，顯示互相配合的密切關係。至於執筆的品鑑者，有五十多位，品鑑的篇章，有八十多篇；各篇內容，原則上不出理解與欣賞的範圍。既屬群體合作，又須配合已出版的《大學語文》教材，當然有體例的基本要求。但主編者考慮到品鑑者在下筆時免受過分拘束，因此在體例上並不立下嚴格的規限。表面看來，本書體例有時「不拘一格」，並不嚴整。不過，有實際書刊編輯經驗的人都知道，一刀切嚴遵體例，嚴整是嚴整了，但過分規限，不一定是品鑑文學篇章的理想安排。讓每一位品鑑者遵循較寬綽的體例，再因應不同

文學篇章的內容和特質，採取最合己意的理解、欣賞方式，形成多姿多采的面貌，或許這才是較如人意的文學品鑑。

三

我曾在拙著《撥雲倚樹雜稿》（2017）的「自序」中，引述李白《尋雍尊師隱居》一詩的詩句：「撥雲尋古道，倚樹聽流泉。」我在「自序」中指出：「撥雲」是為了「尋道」，撥開雲霧去探尋，需要的是理性和客觀；「倚樹」是為了「聽泉」，泉聲本來是客觀存在的事實，但停下來靜心聆聽，聲入心通，有時或會引發一些感性、主觀的情思。我以為在品鑑文學篇章的過程中，較理想的做法，須能兼顧理性和感性，有體例而又容許「不拘一格」，讓品鑑的執筆者可各表所思所感，可各展所長。這不就是本書有價值的特色之一嗎？

四

文學篇章的理解和欣賞，常會有見仁見智的分歧，有時甚至會有南轅北轍的差異。如果是課堂上的教學教材，編輯者除了疏解字詞語句外，一般在理解、欣賞方面，只能作平實、折中的扼要說明，較詳細、深入的辨析、探討，往往得靠教師在課堂上的講授。《新概念大學語文》的成書，雖在編輯時注入「新概念」，但也不能在理解、欣賞方面長篇大論，多所析說。本書該不是課堂上的教學教材，它的出版，主要是配合上述「新概念」教材，為教師和學生提供切實而有用的輔助資料。而且，本書容許執筆者各顯學識才華，撰寫各具特色的篇章品鑑，於是教師固然可從中取得文學品鑑的參考意見，有助教學，而學生也可從中得到與課堂教學教材相關的資料和提示，藉以補

充、加強課堂學習的所得。更可留意的是，本書的品鑑，有些可能在某方面有特別詳細的述論，有些可能是專於某一點的深入辨析，這正好讓教師和學生得到啟發，知道文學篇章的品鑑，可以有不同的切入角度，可以有不同層次的理解，可以有各從所好的欣賞，這完全是合理的教與學常態。文學篇章，本應沒有固定的理解和欣賞方式，更不應有預設的品鑑答案，而本書正好由各位專家學者現身說法，為我們提供具體的示例。這也可說是本書有價值的特色。

五

本書既然是「中外高校協作教材」項目之一，儘量擴大中外高校的數目，加強各高校的協作關係，廣邀不同高校的專家學者參與其事，自是應有之義。本書的品鑑者，來自國內外四十多所院校，包括北京大學、南開大學、武漢大學、河北大學、陝西師範大學、山東大學、山西大學、南京大學、遼寧大學、香港中文大學、香港城市大學、澳門城市大學、臺灣成功大學，以及日本、韓國、泰國、越南等等院校，真是名副其實跨國家、跨地域的中外高校協作教育研究項目。本書出版以後，大家應看到共同協作的成果。中外高校，廣布世界各地，有不同的社會文化背景，而任教、工作其中的專家學者，又有不同的學問造詣、教育理念、文化思維、品鑑能力，因此，他們表現於篇章的品鑑，自然會出現繁花競放、多姿多采的情狀。這樣，可以讓本書的應用者和讀者，得以接觸不同品鑑、探究、表達的方式，好像五十多位中外高校的專家學者，共聚一堂，輪番講學，為本書的應用者和讀者，提供聽講、感受的機會。這個機會，在現實環境中可不容易得到。誰有機會，可以在短時間內接觸到這麼多專家學者的專題講學？如果說，這也是本書另一種有價值的特色，大抵不會言過其實罷？

六

  我記得有人說過，為書作序，最好能指出書中有價值的特色，讓人一看就明。我同意這個意見。本書立意高明，內容豐富，包納寬廣，有多項值得肯定的特色，理宜一一點出。限於篇幅，我只能提供幾項說說，聊作舉隅。我期望本書的應用者和讀者，可從本書找出更多、更有價值的特色。

二〇二〇年十月

——原載姜劍雲主編《中國文學經典品鑑》，高等教育出版社（2023年3月），又曾載《國文天地》第三十六卷第七期，國文天地雜誌社（2020年12月）

《中國書院發展與佛教的關係》序言

一

我國古代書院的發展,與佛教有很密切的關係,其中有互相影響、爭鬥、融合的情況。研究書院發展與佛教的關係,深入了解其中的發展過程和變化,對我國社會文化、教育、宗教的未來發展,應有提示,啟發的作用。

二

本書的內容,主要從社會、文化的角度分析,述論書院與佛教的關係。結論以多種史料和學術意見為根據,證明書院與佛教的關係非常密切,這個結論,雖然不是所謂特異創新之說,但梳理繁雜資料,選取紛紜學術之說,再斷以己見,不能不耗費大量時間和心力,展現了撰作者嘗試說服讀者的誠意。在一些論點析論的過程中,撰作者曾反覆思考,增刪資料、選擇論據、調整用語,顯示了她的認真和用心,其中蘊含了裁斷的識見,讀者大抵不會忽略。

三

潘秀英同學是新亞研究所(香港)的碩、博士畢業生。她對我國

書院與佛教關係，長久以來，已有研治的興趣，本書就是她的研治成果之一。她的碩士論文，即以《書院興起的原因》為題，宏觀地就唐代的社會、文化、教育、宗教等方面，探討我國書院興起的原因。談書院的興起，自然會關注書院的發展，由書院的發展，更自然會留意書院與佛教的密切的關係。因此，秀英同學進一步要作書院與佛教關係的探究，作為博士論文的選題，也就順理成章了。限於時間和資料，她的探究時段，是由漢代至明代，由清代至近現代，其實也是一段值得探究的時期。我期望秀英同學將來能蒐集足夠資料，撰為論著，繼續在這方面提供她的研治成果。

四

秀英同學給我的印象，是勤奮用功的。她在照顧家人生活，投身教育工作的同時，常奔波於本地各大學圖書館和研究機構圖書室之間，蒐集所需資料，最後完成畢業論文也就是本書的撰作。她所掌握的參考資料，凡二百七十多種，在引述時，原則上多用第一手資料，並參考不少現代學者的學術論著。本書對我國古代書院制度與佛教的關係，辨析較詳，而對佛教傳入與私學的關係、儒家思想與佛學的紛爭及融合、元明時代書院與佛教彼此的消長，也有頗為扼要的析論。如果將來有人要對我國書院與佛教的關係作更宏廣、更詳細、更深入的探究，本書是一部不宜忽略的參考書之一。

五

最近秀英同學告訴我，她預備把《中國書院與佛教的關係》這篇論文，稍作修訂後出版成書，並邀我為這書撰寫序文。出版學術論

著，對讀者來說誠然有增益知識的機會，同時也可讓論著的撰作者，有機會知悉他人所提出的批評或指正意見，使自己的認識得以擴大，提升，無論是前者或後者，我以為都是值得肯定的好事，因此撰寫這篇短文，略陳己見，就算是本書的序文罷。

二〇二一年八月

──原載潘秀英《中國書院發展與佛教的關係》，花木蘭文化事業有限公司（2022年3月）

《望雲窗詩稿選》序

在不少人的印象中，馬顯慈兄是語文教育學者，也是研究文字、聲韻的專家。其實，他能寫舊體詩，而且詩作不少，可比得上現代以詩名世的詩人。只是他不常在報刊公開發表詩作，這符合他行事低調的性格，於是他的同事、學生，知道他能寫詩而又喜寫詩的人，就不多了。

據我所知，顯慈兄在年輕時已能寫舊體詩，因為他得到良師的指導，同儕好友，又不乏時相酬答的詩人，這使他有不斷砥礪、競勝的機會，難怪他寫起詩來，在記事、寫景、言志、抒懷方面，能如出脣吻，暢所欲言。《望雲窗詩稿選》，是顯慈兄多年來的古典詩歌創作，主要是七律，另有五律、五古及七絕。書中把詩分為六部分：甲、乙篇是詠古代文哲、軍政者，丙篇是詠文學類人事，丁篇是酬答之作，戊篇是抒發感興，己篇是記述遊踪。各篇中的作品，頗多附有作者自注，對讀者來說，是有用的參考資料，這些資料，既有助於詩旨的探究，又有助於知識的增益。下面試舉一些例子談談，藉以顯示本書的內容和特色。

本書甲篇有詩百多首，其中詠孔子詩只有十二句，就概括了孔子的生平、思想、影響，與千言萬語的述論比較，可說言簡意賅。詩中出現益友、九思、立人、立德、求學、求知等話語，作者自注只引述《論語》原文印證詩句，不加任何說明，已深化了詩的內涵。細讀本書其他自注文字，我的印象是：大多言而有據，文無廢辭。又同篇中有詠司馬遷詩，短短八句，把史遷的師承和《史記》的撰作宗旨、特

色、貢獻，都說到了。在自注中，作者只舉班固《漢書・司馬遷傳》的史文，就足以說明史遷真「有良史之材」。又本書乙篇有詩三十多首，詩中所詠，是由先秦至清的著名歷史人物，可說是述史之詩，如果有人用來作為講授國史的輔佐教材，亦未嘗不可。

本書丙篇有詩七十多首，內容主要是詠中國古典文學作品的事和人，如詠章回小說，只用了八句，把我國文學史上著名的長篇小說，都提到了。難得的是，詩中提到這些名著所蘊含的意義，用語精要，如：《西遊記》、《三國演義》藏天道；《水滸傳》、《金瓶梅》寓禪理；《紅樓夢》講愛恨、色空、生死。這些概括語，或許未必人人同意，但確實言有所據，對讀者有提示、啟發的作用。除了章回小說，丙篇中還涉及傳奇、話本、雜劇的述說，都是通過詩的形式，向人傳達了文學史上的重要知識。

本書丁、戊、己三篇，共有詩一百三十多首，內容屬作者的交遊和感興，讀者可從中了解作者的志趣和感慨。丁篇的詩，有好幾首是作者酬答老師之作，從這幾首詩，可以看到作者特別尊師重道，不忘本，如《念王傳忠師賦五古一首》、《次韻（陳）汝栢恩師國學研讀會成立賀章》、《次韻汝栢吾師丙戌元旦試筆》、《敬謝汝栢吾師見贈謹次其韻》、《敬謝恩師贈詩步韻》、《次韻汝栢吾師中文大學四十周年志慶》、《和汝栢恩七律一首》、《念蘇（文擢）師七律一首》、《緬懷王（韶生）師賦七律一首》、《答酬蔡（逍遙子）師》、《拜謝恩師王寧教授》諸作，可見一斑。戊篇的詩，不乏言志、述懷之作。如《讀陶詩步〈移居〉（其二）韻》，詩中表達了作者仰慕陶淵明和愛讀陶詩之情，並表示要效法陶氏的退藏隱逸，還我本真。在現實生活中，身為現代人的作者，雖未能真的退隱，但他行事低調，不汲汲營求，頗有隱於市的意味，正是陶氏性格一端的表現。又在《學海》詩中，作者自述有志教育工作，孜孜不倦，數十年如一日；中經風浪，仍堅守崗

位，以作育英才為己任。這首詩，雖屬個人言志，但可贈給真正努力不懈、終身從事教育的教師。己篇的詩，記述遊踪，遍及桂林、蘇杭、海南島、長春、重慶、華山、西安、勉縣、漢中、無錫、澳門、東京、北海道、京都等地，不失詩人好遊的本色。詩中述事、寫景，逸興遄飛，令讀者如歷其境。自注文字簡淨，既敘同遊的人和事，又寫遊地景色，猶似遊記小文。

讀詩的人，常會各有所好，或喜學人之詩，或喜才人之詩。把詩析分為二，只是約略歸類，不大確切。其實學人之詩，可兼有才人的文采；才人之詩，也可兼有學人的學識。我國文學史上，不乏兼有學人、才人表現的作品。不過，學人之詩，到底以文化內涵見長，文采內斂；才人之詩，到底以藝術技巧見稱，文采張揚。《望雲窗詩稿選》整體來說（包括自注文字），措詞雅潔，文化內涵豐富，我以為屬文采內斂的學人之詩，顯示了作者具有學者、專家的本色。甲、乙、丙篇的詩，固然是如此，即使丁、戊、己篇的詩，在酬答、感興、遊記之餘，也時時透露文化消息。葉燮《原詩》云：「詩是心聲，不可違心而出，亦不能違心而出」；又云：「詩以人見，人又以詩見。」他的說法，可應用於《望雲窗詩稿選》。顯慈兄初入職中學和教育學院，後轉職香港公開大學教育及語文學院。在不同階段的工作過程中，顯慈兄盡心盡力，克盡厥職，這是大家所知道的。可是，他的表現，似乎沒有獲得相應的回報，這又是許多人所知道的。顯慈兄偶或有不平之念，但他的詩，並沒有憤憤嗟怨，也沒有惻惻愁哀，因為他心慕陶淵明，性近園田。他有時會想起陶詩「望雲慚高鳥」（語見陶詩《始作鎮軍參軍經曲阿》）而感觸，自慚不如自由高翔之鳥，有脫身塵俗羈絆的期望。不過，他不消極，原來他的立志，正如《學海》一詩所說，是「盡心忍性弘吾道，栽育莪苗志繼堅」，可知他是一位重視傳統文化，既勤奮又用心的學人和教育工作者。

近日得讀《望雲窗詩稿選》，引發了一些想法，姑且記下，就作為序文罷！

二○二一年夏

——原載馬顯慈《望雲窗詩稿選》，萬卷樓圖書公司（2022年5月）

《中國禪宗思想遷變研究》序言

一

自古以來，研究《六祖壇經》的論著很多，到了近現代及當代，這方面的論著，仍然不斷出現，其中有單獨成書的，有發表在學術刊物和宗教刊物上的，而未曾公開發表的學位論文也有不少。由於研治者或討論者的認識各有深淺，取向不同，要求各異，表現不免各有差別。反正讀者從來都是各從所好、各取所需，表現有差別，正好適應各類讀者的不同選擇。本書原是一篇研究所的畢業論文，現稍作修訂，以專書的形式出版，目的大抵是公諸同好，也有意廣邀讀者提供客觀、具體的意見，以便他日作進一步的修訂和改進。

二

王慧儀博士原是新亞研究所哲組的學生，她的碩士論文《敦煌本〈六祖壇經〉心性思想研究》，就是一篇以哲思為立足點來探研《六祖壇經》重要思想的學術篇章。畢業以後，她不以自己的研究成果為滿足，繼續要作《六祖壇經》的研究。不過，她的研究取向，轉而為從歷史文化的角度，析論《六祖壇經》的思想遷變，這是思想史方面的探研，與集中在哲思探研的重點不同。為了有助於自己的研究，她選修了一些史學課，特別是學術思想史課程。因為取向不同，撰寫論文的重點也不同，她取得史、哲老師的理解和所方的同意後，申請由

哲組轉往史組。她這樣做,並不表示她會放棄自己向來的所好──哲思探研。一直以來,她對佛學特別是禪宗思想都有濃厚的探研興趣,轉組只是想轉換思路,掌握更多知識和不同研究方法,使自己的學術之途,有較多面、較暢順、較深入的發展。再說,思想史的研究成果,在論文答辯時,評審者須有「史」的觀念和「史」的認識,才會較為公允。我相信研究所「哲組」、「史組」以至教務處的同事,也會認同這個意見,因而同意慧儀同學轉組的申請。

三

據我所知,新亞諸先賢,無論文、史或哲,都一向講求在博通中求專精,其中當然以錢賓四(穆)先生(1895-1990)為代表。他如史學系的牟潤孫先生(1908-1988)、嚴耕望先生(1916-1996),都在講課和論著中不斷提出這樣的要求;文學系的黃華表先生(1897-1977)、潘重規先生(1908-2003),在講文學、國學的同時,都不忽略目錄版本之學;哲學系的唐君毅先生(1909-1978)、徐復觀先生(1903-1982),從他們專詣的學術表現,可以看出都是以博覽、廣知為基礎。可知新亞的傳統學風,是重博通,防偏陋。至於部分新亞後學,以狹而專的表現自詡,忘了先賢之教,那是受了現在國際一般學風所影響,同時限於精力、時間,也是為了適應現代大專院校學術評量的要求,不得不然。五、六十年代的新亞書院,文科課程雖有文、史、哲之分,但學生修讀學科,除了各系有必修科,一般不分文、史、哲,而且不設學分上限,只要系主任同意,上課時間不衝突,學生就可隨意選修或旁聽不同學科。這樣安排,主要是讓學生有擴大識見的機會,打破文、史、哲間的隔閡;到了新亞研究所,才讓研究生各以專題研治,同時也容許他們修讀不同範疇的學科,並在每月的月會中聚合文、

史、哲組的師生，共同討論不同的論題，藉以互相交流、擴大認識。我憶述以上情況，主要在指出慧儀同學在研究所哲組修讀碩士、在史組修讀博士，史、哲兼治，並沒有違悖新亞的傳統學風。

四

研治文科的學者，一般不會忽略論著中的思想成分，而研治哲學的學者，更會特別強調思想的重要。例如馮友蘭（1895-1990）在《中國哲學史》第一章緒論第八節《歷史與哲學》中說：

> 敘述一時代一民族之歷史而不及其哲學，則如「畫龍不點睛」。

這是旅美學人何炳棣（1917-2012）引述其師馮氏之說。馮氏文中所謂「歷史」，應包括歷史文化；所謂「哲學」，實指思想或哲思。他的意見，源自英國作家及哲學家培根（F. Bacon, 1561-1626）。馮氏之說，我基本上同意，但認為可稍作補充。補充的意見，可引用何炳棣在《讀史閱世六十年》「卷後語」的說法。何氏提到自己在填寫臺灣中研究院院士「專長調查表」時，列出好幾項專長，並說：

> 上述的「專長」都屬於龍身的若干部分。當代大多數思想史家所關心的，往往僅是對古人哲學觀念的現代詮釋，甚或「出脫」及「美化」，置兩千年政治政度、經濟、社會、深廣意識的「阻力」於不顧。所以我長期內心總有一個默默的疑問：「不畫龍身，龍睛何從點起？」（2005年香港商務印書館，頁493-494。）

何氏所指的「思想史家」，我以為也包括研究歷史文化的學者。的確，為龍點睛很重要，但沒有「龍身」，「龍睛」點在哪裏？因此，研治歷史文化特別是研治思想史的人，固然不能忽略思想或哲思，但也不該忽略「龍身」，更不該不要「龍身」。慧儀同學兼修史、哲，並從《六祖壇經》的心性思想探研，進而研治《六祖壇經》的遭變，應該有這方面的認識，同時正把認識付諸實踐。

五

　　本書內容，主要通過《六祖壇經》的不同版本，探研中國禪宗思想的遭變。因此，本書對《壇經》的「敦煌本」、「惠昕本」、「契嵩本」、「宗寶本」的異同，既有整體遭變的探討，也有各種版本特殊性的比較，同時對中國禪宗思想的定位，也有具體的析論。至於陳寅恪先生（1890-1969）提及禪宗與「三論宗」的關係，書中也有討論，應有助於了解禪宗思想的發展脈絡，切合本書撰作的題旨。書中對《壇經》的整體探討涉及幾方面，如從簡到繁、從出世轉入世、從無相至有相、從唐到宋的過渡；至於各版本異同的析論，有：心性之學（敦煌本）、守護禪宗（惠昕本、宗寶本）、立禪宗正統及會通儒家思想（契嵩本）；而於「敦煌本」觸及中國文化「道樞」的中心點，則作強調說明。上述種種，都是慧儀同學長時間研讀《壇經》各種版本的心得，她的心得，雖有前人及時人的研究成果作為參考，但有自己的思考和創發的意見，並能糾正、補充或闡發前輩學人之說，可供今後探研禪宗思想發展史的學者作為參考。

六

　　本書內容充實，行文暢達，辨析有據，參考資料達六百多種，立論能多用第一手資料及參考不同學者的論見；所附圖表，有助說明禪宗思想的演變。書中有述證，有考論，有折衷，有創見，顯示作者是一位勤奮、用心而又肯思考的思想史研究者。假以時日，她對《六祖壇經》特別是有關禪宗思想各方面的研究，當更有所成。這是我對她的期望。

二〇二一年十二月

——原載王慧儀《中國禪宗思想遷變研究》，花木蘭文化事業有限公司（2022年9月）

《葉玉超詩選集》的述懷詩及其他（代序）

　　七十年代初，我開始對廣東書畫家的作品，逐漸產生收集的興趣。有人告訴我，香港灣仔軒尼詩道的凝趣軒，有很多廣東書畫出售，可以去看看。我那時在香港教育署輔導視學處工作，辦公地點是銅鑼灣利園大廈，因此傍晚下班以後，我有時會乘電車前往凝趣軒，每月一、兩次。

　　凝趣軒在一九七三年開業，取名源自東主的室齋名稱——凝翠軒，但換了一個字。大抵在開業一年多後，我就上門。我首次踏入門，滿目是書畫作品，除了右邊的牆壁，連正對大門臨街的一列大窗，也掛滿了長長的條幅。此外，軒裏有一個小辦公室，在辦公室門前，放置了一個長方玻璃櫃，裏面分層堆滿了一卷卷書畫，有橫有直，有大有小。招待我的，是一位微露笑容、身材修長、容貌清癯的中年人，他就是東主葉玉超先生（1928-2014）。當時軒中沒有旁人，葉先生不多說話，他知道我的來意是尋覓廣東書畫，就指點已掛出的條幅，約略說明那些是廣東書畫家的作品，然後說：「玻璃櫃中還有不少，有興趣的話，可以自己隨便取出展視。」就這樣，我每次進入凝趣軒，就先慢慢環走一周，看看掛在牆上、窗上的條幅，有沒有自己心目中的物品，跟著就從玻璃櫃取出掛軸、橫幅、冊頁、扇面展視、翻閱。每一次，我多能有收穫，有時是一兩幅，有時是三幾幅。每次問價，大多一口成交，甚少討價還價。偶然有一兩幅價錢較昂，

只要我開口，他一定折價讓售。價錢特昂的作品，因超乎我的經濟能力，我一般問價後，不會議價。在凝趣軒中，我有時會見到劉秉衡先生在教畫，偶然也會見到鄭春霆先生和幾位知名的書畫家。後來因為調職，我的工作地點遠離凝趣軒，但我還是抽空常去。

我印象最深的，是葉先生與我見面兩三次後，就對我絕對信任。除了讓我隨意翻檢櫃中的物品外，他有時在我剛到時打個招呼，就返回辦公室去做自己的事，讓我獨自在軒中來回逡巡。到了我選中物品去辦公室找他時，他才走出來。如果我毫無所得要告別時，只要在他的辦公室門外揚聲打個招呼，就自行離開。他這種信任態度，即使與我較熟的畫廊或古玩店東主，也不會如此。這就是他與我交往的情況，直至一九九四年凝趣軒結業。人與人的交往，信任最重要。我與葉先生偶然認識，從沒有私人聚會，也沒有在一些酬應場合中跟他見面，但因為他對我這份信任，使我視他為朋友。有了這個想法，當葉先生弟子方淑範女史要我為她所編輯的《葉玉超詩選集》寫序時，我沒有拒絕。不過，我不是詩人，平日也少寫詩，雖然我愛讀詩，也在大學及公開講座中講古詩，自以為與其為《選集》寫一篇正式的「序」，倒不如寫一篇短文作為「代序」，聊報葉先生昔日對我的信任之情。而且，淑範女史尊師的態度，猶有古風，也讓我欣賞。

葉先生詩作逾萬，《選集》所輯集的詩，只有五百多首，是淑範女史走訪葉先生詩侶、舊書店和蒐尋報刊所載、贈友散頁的所得，雖未足以代表葉先生詩作的全貌，但涵蓋的年份包括一九四八年至二〇一一年。一九四八年，葉先生二十歲；二〇一一年，葉先生八十六歲；可說由年輕到耄年的詩作都有，我們如果要從這本《選集》了解葉先生數十年來的思想感情、詩作風格，大抵可掌握到主要的部分。他日有人要進一步探研葉先生的生平、思想和文學藝術表現，我相信這仍然是重要的參考資料之一。稍感遺憾的是，《選集》中缺了五十年

代和七十年代的詩作,期待將來有進一步的補充。我在下面,姑且就《選集》中的述懷詩談談,並涉及歷史文化情懷的詩作,聊作管窺。

一九六二年,葉先生卅四歲,有《海上羈旅》詩四首,四首之一云:

波濤萬頃怒騰奔,小立船欄念故園,極目滄江何處岸,渾然無語倚黃昏。

四首之二又云:

一聲海嘯亦關情,欹枕連宵別緒縈,最是如年遊子夜,更籌數盡夢難成。

葉先生雖然在一九四六年已來香港,但多年之後,仍以「羈旅」心情,懷念故園親友。「渾然無語倚黃昏」,無奈之感,言盡而意未盡;「更籌數盡夢難成」,羈旅愈久,思念愈深,以致難以入寐,語平平,而意深遠。

同是一九六二年,葉先生又有《夜泊旅懷》、《別緒》、《書懷》諸作,都是表達羈旅的離情。詩句如「骨肉乖違瘁寸心」,「茫茫世路慨升沈」;「愁懷每共秋潮長」,「離緒翻從夜月牽」;「身世徒增飛絮感,情難遣處每低徊」;都離不開「羈旅」之感。愁懷、離緒、不安定、世路茫茫,各種情緒,總是揮之不去。在六十年代初,我相信不少居港的文化人,都有相同的感受。

一九六五年,葉先生卅七歲,有《秋日旅懷》詩,其中有句如「廿載家園千里隔」、「砧杆聲寒繫客思」,惆悵情懷、客愁思深,一如一九六二年的《羈旅》。

一九九三年，葉先生六十五歲，他的《珠婚感賦》，中有述懷語，心境與前面提到的羈旅心情截然不同。詩云：

> 結褵海外永相依，別有情懷在晚暉，翰墨賞心繩一氣，兒曹豐羽任高飛；噓寒當惜人生暖，退老偏多俗事違，三十年來艱苦共，銷磨霜鬢兩忘機。

葉先生的晚暉情懷，應該是愉悅的，特別是「兒曹豐羽任高飛」。雖然，人生艱苦不免，仍有俗事煩擾，但兒曹的噓寒問暖，已可讓自己以「忘機」之心，去面對種種相違的事。所詠是珠婚，其實也是自述情懷之作，只是心境已大異於六十年代了。

一九九九年，葉先生七十一歲，有《自嘲》詩兩首，可代表他的晚年心境。《自嘲》之一云：

> 酒遣詩債自羈囚，結習難除事唱酬，不化也曾空食古，寡言未必少招尤；居夷有友疏新派，處世因人混俗流，享得一閑洵後福，且隨塵海任沉浮。

《自嘲》之二又云：

> 年華似水去忽忽，退老心猶戀晚紅，培育成龍曾望子，寒酸似鶴合稱翁；空無所有難扶雅，賦以餘閑但嘯風，世味嘗深甘亦苦，饒多清福託癡聾。

《自嘲》詩中，的確不乏自嘲語，但自嘲之餘，卻有自喜自足的表達，如「享得一閑洵後福」、「退老心猶戀晚紅」、「饒多清福託癡

聲」，真是「其言若有憾焉」，但未嘗不以得享「後福」、「清福」自慶。

　　二〇〇五年，葉先生七十七歲，有《乙酉書懷》詩，是自我描述暮年的生活、心境：

> 清景初開望遠天，淺斟酉酒小窗前，春回依舊甦新綠，歲換方知近耄年；舉步漸艱呈老態，養生非易味枯禪，蕭齋筆硯閒何似，淡到詩心只愛眠。

同樣是述懷，同樣有感慨，與年輕之作相比，心情大是不同。葉先生雖自知已近耄年，舉步漸艱，老態呈現，但仍有欣賞清景、淺斟窗前、閑弄筆硯的的雅興，最後以「只愛眠」實寫老人生活習慣，可見葉先生享受晚年閑適生活，已無所謂羈旅、愁懷、傷春、悲秋之感了。份屬認識多年的朋友，我為葉先生晚年閑靜安適的生活而高興。幸福不必苛求，這不就是幸福嗎？

　　在《選集》中，除了多首述懷之作，也有不少涉及歷史文化情懷的詩，可以留意。如一九六一年的《馮煖客孟嘗》，是詠古代人物之作；又如一九六三年的《開平風采堂》，有句「直諫詞臣萬古傳」，是表達仰慕古代「直諫詞臣」之情；又一九六五年的《秦始皇》，推許「悲歌易水」的荊軻；又一九八五年的《林文忠公誕生二百週年紀念》，是歌頌鄉賢林則徐（1785-1850）的功績表現；而同年的《端陽書歲》和一九九一年的《詩人節》，同是為屈原（約前339-前278）的遭際申訴不平；又一九九三年的《大禹山》、《朱仙鎮》、《炎黃二帝陵》、《始皇陵》，都是吟詠古代傳說、歷史人物之作，而含有或褒或貶之意；一九九五年的《秦陵兵馬俑》，有句「嬴秦暴政悖民情」，「千秋地府尚屯兵」，論史言簡意賅，其中「尚屯兵」一句，「尚」字有言外之意，異乎眾說；一九六六年的《白帝城》、《張飛廟》，是借

旅遊名勝詠古；而同年紀念林則徐四首，顯見鄉先賢在葉先生心中的分量；又一九九九年的《諸葛故居》、《韓文公祠》、《陸秀夫墓》及二〇〇九年的《陳白沙紀念館》諸作，都是葉先生借歷史的人和事，顯示了自己的歷史文化情懷。這類詩作還有不少，有興趣的讀者不妨檢讀，不再一一列舉了。

　　《葉玉超詩選集》以編年方式編集，可以略見葉先生的心路歷程。這雖只是薄薄的一冊，但內容頗為豐富，有敘事，有寫地，有狀物，有記人，有述懷，有感興。以上所述，只屬舉隅性質，並不全面。詩，還是要讀者直接閱讀、直接理解、直接欣賞、直接感受才好。

二〇二二年七月

——原載方淑範編《葉玉超詩選集》，自印本（2022年7月），又曾載《國文天地》第四十卷第七期，國文天地雜誌社（2024年10月）

《望雲窗詩稿續編》序

　　馬顯慈兄的《望雲窗詩稿》出版於二〇二二年五月，出版公司是萬卷樓（臺北）。這部詩集，收錄的詩有三百六十多首，主要是七律，另有五律、五古及七絕。由五月至今，只不過短短幾個月，顯慈兄又交出《望雲窗詩稿續編》，請萬卷樓出版。《詩稿續編》收錄的詩，也有二百五十多首，可見顯慈兄一直詩興不減，除了積存的舊作，還陸續有新作。我相信本書出版後，可能仍會有新的《詩稿續編》出版。詩作成果豐碩，顯示顯慈兄精神、體力兩健，詩思汩汩，真是可喜可賀。

　　本書收錄的詩，有律詩、絕詩、古詩三種體式，內容分四部分：甲篇文史類、乙篇文化軍政類、丙篇文學類、丁篇雜興類。若干詩後附有自注，這些自注資料，既有助讀者探究詩意，又能增益知識，可說是顯慈兄詩作一貫的特色。

　　甲篇文史類，涉及的人物有經學、思想、史學、文學諸大家及名家，有一百三十多位。乙篇文化軍政類，涉及的人物是文化界、軍政界的名人，有四十多位。在古典詩歌各種體式及格律的限制下，作者能舉重若輕，概括各人的生平及成就，間有言外之意，可供尋味。附注文字，也能言簡意賅，扼要地提供相關資料，讓讀者毫不費力，就可獲得有用的歷史文化知識。

　　丙篇文學類，涉及的人物有四十多位，主要是我國古典文學作品中的人物，這些作品有《太平廣記》、《三國演義》、《水滸傳》、《西遊記》、《金瓶梅》、《聊齋志異》、《七俠五義》、《四聲猿》等等，所詠人

物,不少是小說戲劇中的虛構角色,也有歷史上實有其人,而文學作品則加入了想像和誇飾。讀這些詩和所附注文,讀者在不知不覺中,可認識、理解一些古典文學作品的內容,同時也會獲得得一些文學史知識。

丁篇雜興類,最初有詩四十首,後來增加新作七絕十首,內容包括對人、對事、對物、對生活、對時代等多方面的題材,其中蘊含了作者的心意和感慨,有記事,有寫景,有述懷,有自勵。如《平休》一詩,在推許杜甫、李白、元好問三人詩作的同時,抒發了「高風久不振,餘浪漸平休」的感慨。又《大浸》一詩,既述「大浸忽天降,蒼生起怨詞」的災情,同時又產生「世情轉瞬變,人事最多磨」的感觸。事出突然,天災降,世情變,都是傷人的事,兩者聯繫,可約略推知作者的感受。又如《潛學》一詩,自言「潛學忘時日」;《已矣》一詩,自述「道正不憂慚」;《索句》一詩,自云「氣清屏妄念」;《驛馬》一詩,自道「亂時志不惑」;《世上》一詩,強調「名利亦塵埃」。這些詩句,都是自信、自勵的表白。讀其詩,可想見其為人。

《晚觀》一詩,大抵是作者臨近退休之作,詩云:「晚觀星欲墜,鬱結示心舒。雞肋今無味,劍彈待食魚。冷然對醜輩,還好讀吾書,高望九秋近,復行及歲除。」徐徐道來,雖有「冷然對醜輩」之句,但不激越,跟著說「還好讀吾書」,可見心緒安然。詩中有鬱結語,有不平語,有自解語,亦有所指。究竟所指為何?不必明言,知者自能領會。

丁篇中有寫景之作,而景中有情,姑舉兩例。《涉水》詩云:「涉水登高閣,穿雲野鶴山。浪潮聲隱聽,古樹影疏閑。空谷罕人跡,深林俗鳥還。漁舟燈火盡,片月照松間。」身處山林中的高閣,目所見是崇山、叢樹,耳所聞是浪潮、雀鳥之聲,待到深夜,漁火已滅,只有月色。淒清幽寂如此,作者心中的寂寥,不是已從寫景的語句透出

嗎？又如《寒氣》詩云：「寒氣忽來轉冷森，推窗還望景長深。漫天黯黯灰雲壓，五月之時十月陰。」這是寫五月陰天之景，寒氣忽來，猶似十月，作者心情本不歡愉，漫天灰雲，更為環境平添寒意，在這種境況下，人自然會萌生寒冷之感，所謂「情由景生」，「景語即情語也」。這類有感興的詩，不僅在丁篇中有，在甲、乙、丙三篇中也有。有興趣探尋詩意的讀者，不妨細細品味。

這篇短文，篇幅有限，難以周全地述論本書的內容和闡發各首詩的詩意。我在文中引述一些詩句為例，不過是聊取一勺，輔助說明自己淺嘗後的所知和所感。我以為，讀者要得到自己的所知和所感，還是直接去讀本書中的詩為佳。是為序。

二〇二二年冬
——原載馬顯慈《望雲窗詩稿續編》，萬卷樓圖書公司（2023年3月）

《從王土到共和：「清末一代」古典詩人淺談》序言

一

　　本書是一部以「詩」為中心的著作，所述論的，都是古典詩人和他們的詩作，時代斷限，則是「清末一代」，即「從王土到共和」。所謂「王土」，不但指清末二十年間（1890-1911）這段時期，更包括古典時代、傳統生活的文化本體；而所謂「共和」，則指民國初年三、四十年代。因為聚焦於古典詩人及詩作，內容自然涉及古典詩壇的掌故和社會背景，其中所蘊含的時代、社會文化元素，是值得留意的。可強調的是：本書作者是學人，也是詩人，他在取材、組織、裁斷等方面，固然顯示了學人的本質，同時在評說詩作方面，也表現詩人才有的感覺和見地。

　　為了方便讀者，我姑且就自己讀後所見，選幾項內容談談，目的不過是引發大家閱讀的興趣。

二

　　本書既然以「詩」為中心，對詩作的評說，顯然佔了重要的部分。其中有些意見，不但可益人智，而且可啟人思。例如本書「導言」提到徐志摩為陸小曼作題畫詩七絕，意見是：

可謂頗有韻致。只是「混茫」的「混」，要讀作陽平，如「渾然天成」之「渾」，徐詩此處只讀成「混合」之「混」，才合乎格律。可見徐的舊詩根基是有的，只是大概不多作，所以對讀音沒有太注意分辨。

評語中的，但措詞平和而恕，可見寬厚。

又如談到周鍊霞的《鹹蛋詩》七絕，本書這樣說：

首聯「春江水暖」固然謂鴨，「鹽海泥塗」則指製作鹹蛋之法，此為鋪墊之筆。尾聯謂將蛋剖半時，蛋黃之色一如夕陽，而殼外黑泥撥開則彷彿滿山烏雲退去。區區鹹蛋微俗之物，卻被鍊霞賦予如斯畫意詩情，教人既驚且悅。（見《金閨國士周鍊霞》）

上述評說，可謂善於形容。以微俗之物入詩而不俗，的確需要超卓的詩才。先師曾克耑先生亦擅長以微俗之物入詩，堂上詩課，也常以《雪花膏》、《暖水壺》、《粉筆》等等命題。

又如談到蘇雪林的《雙十節夜遊天安門》七律，本書的意見是：

此詩前兩聯，不難令人想起唐人名句「九天閶闔開宮殿」、「禁城春色曉蒼蒼」，以及古詩「阿閣三重階」等語，而「澹」字以形容詞作動詞用，謂十里長安街的華燈遍照，令月光都顯得黯淡，措詞新穎而熨貼。然而這四句的恢宏氣象，不過為了鋪墊後文，對北洋當局作出譏刺，謂民國建國八年，卻依然內憂外患，生靈塗炭。此詩唯一美中不足者在於「猶守府」、「遍兵屯」屬對未算工穩，殆真應付之作耳。（見《世紀才女蘇雪林》）

說明既聯繫前人名句，又點出詩中優點和諷意所在，最後略提「未算工穩」之處。評語以褒為主，言有所據，並非泛泛而論。

三

本書正文共收錄四十位詩人，每位一篇述論。而每篇的開端，都附七絕一首，以「論詩絕句」的形式，對述論對象作相關的吟詠。這些絕句，概括性強，文采富贍。下面試舉三兩例子。

如詠「寒玉王孫」溥儒，云：

勝朝靈氣此相鍾，筆底河山憶九重。詩譽久為書畫掩，歲寒誰識後凋松。

這說明溥儒雖以前清遺少自居，有心為清朝守節，但日軍入侵時，他卻能拒絕與日軍合作，不加入偽滿洲國，志節高尚，有如歲寒中的松樹。

又如詠「亂世能臣」陳公博，云：

漫詡東南半壁存，因情就戮不憐身。已虧大節百事已，焉用區區耽小恩。

一首絕句，總結了陳公博的一生。陳氏本不相信日軍所宣傳的東亞共榮之說，但卻相信汪政權可保東南半壁的中國民生，因而甘心情願屈從汪政權的招攬，最後落得虧大節而被處以死刑。本書作者所顯示的，有知人論世的裁斷。

又如詠「滑稽自偉」聶紺弩，云：

悲劇如狼喜劇狗，惟才是用吾何有。心靈圖像在詞章，堪繼史公牛馬走。

聶氏是一位屢受政治事件牽連而被判罪的知識分子，遭際坎坷。詩中提到聶氏誤野狼為狗的趣事，並作詩自嘲，顯示在困阨環境中的幽默。而類似幽默中帶苦澀味的詩作，在聶氏詩集中就有不少，其中既有自嘲的成分，更委婉地反映了當時社會的一些情況，有司馬遷撰述史書的功能，也就是詩句所謂「堪繼史公牛馬走」。

四

　　本書內容，除以上所舉外，我們還該留意的，是它所提供的詩壇掌故、社會文化、歷史事實；其中介紹的女詩人，更多達十二位，有好幾位的詩作成就，或許是大家所未留意的。讀者要從中獲益更多，得要自己直接閱讀，所謂「如人飲水」。為省篇幅，我就不一一說明了。至於本書所附錄的三篇文章，內容堅實，提示性強，讀者也不宜忽略。

　　陳煒舜教授與我可說是忘年交。與我相比，他年紀較輕，但學問早有所成，而且才思敏捷，詩作、論著不少。他這部著作，雖與他以前已出版的學術論著形式不盡相同，但真能深入淺出，舉重若輕，可讀性高，兼涵學術性和趣味性，值得向廣大讀者大力推薦。是為序。

二〇二三年十月

——原載陳煒舜《從王土到共和：「清末一代」古典詩人淺談》，初文出版社（2024年5月）

《望雲窗韻稿選》序

　　馬顯慈兄的《望雲窗詩稿》及《望雲窗詩稿續編》相繼出版於二〇二二年及二〇二三年，前者錄詩三百六十多首，後者錄詩二百五十多首。現在顯慈兄又把前未發表的新舊詩作四百四十多首收集、選編出版，名為《望雲窗韻稿選》，可見他的詩興持續不減，而從詩篇的數目，更可知道他詩思如潮，下筆快，有捷才，令詩思枯涸、苦吟難以成篇的作者，既羨慕而又佩服。

　　本書內容分為五類：甲編文史類有詩一百二十多首，乙編文化類有詩四十多首，丙編軍政類有詩五十多首，丁編文學類有詩七十多首，戊編雜興體式多樣，共有一百四十多首。由甲篇至丁篇，主要為七言律詩、五言古詩兩種體式，內容都是以人為對象，然後再由人帶出相關的事，範圍涉及歷史文化、學術思想、藝術技能、政治軍功、教育文學等方面。這類詩都附有作者自注，供讀者參考。附注所提供的簡要資料，對不少讀者，應有增益知識的作用。戊篇雜興類有五言絕詩及三、五、七言長短句，也有擬古詞曲體，內容大多屬有所思、有所感、有所見、有所知，頗能顯示作者的情志和心境。如果讀者想對作者的思想、情感多所了解，就不要忽略這類篇章了。

　　綜觀顯慈兄已出版的兩部詩集，我們應可知道他的詩集都有一貫的撰作宗旨和表達風格。我以為，本書也是這樣。現試在下面提出來談談，如有誤解或偏失，那是我的責任，與作者無關。

　　一、讀本書會有這樣的印象：作者重視中國歷史文化，對中國傳統
　　　　思想、品德要求，更有傳承、弘揚的用心。許多詩句，固然有

這方面的表白，附注中所提供的歷史、文化、技藝等資料，更與詩句相呼應，有深化詩意的作用。

二、提到國史中的人與事，無論褒貶，作者大多懷有溫情與敬意。由於下筆有溫情，有敬意，因此褒多貶少，偶有貶意，也只是溫和地表示不足，而非斥責。

三、每個人長期以來的生活經歷，總會有不少挫折、委屈，作者大抵也不能避免，因此詩中有時會有不平的表露。不過作者的出語、措詞或有所指，但並不尖刻、峻厲，這或許就是他的基本詩風。

四、本書所錄詩篇，內容質實，罕有泛語浮辭，但並不是不講究煉字、修辭。細味作者的詩句，可以感到他矜慎地通過文字，真誠表達自己的思、感、見、知。

五、作者對古人、古事，固然常有懷舊之思，而在日常生活、對人、對事、對物、對景的感興中，也不時有懷舊之情。我的意見是，凡有懷舊思想的人，大多能不忘本，雖然在現實環境中，有人或許會對「不忘本」貶為不切實際，不時尚，滯後！

上述意見，是一個讀者讀本書後的一些印象，無妨供其他讀者參考。不過，詩還該由讀者自己直接去讀、去尋味。

二〇二四年春

——原載馬顯慈《望雲窗韻稿選》，萬卷樓圖書公司（2024年4月）

《張之洞「通經致用」教育思想研究》序

一

張之洞（1837-1909）一生，經歷清代道光、咸豐、同治、光緒、宣統五朝，是一位曾影響晚清政局的重要人物。他雖銳於新政，忙於政事，但同時熱心辦學，對教育事業特別用心用力。他注重經史實學，辦學以「通經致用」為宗旨，這個宗旨，對當時和以後的中國教育思想，都有大影響。多年前，江燕媚同學隨友人來新亞研究所（香港）聽課，對史學逐漸產生濃厚興趣，後來就註冊入學，正式成為史組碩士班的學生，最後以《張之洞「通經致用」教育思想研究》為題，完成她的碩士論文。

二

江同學的論文，內容主要涉及幾方面：其一是探討張之洞的生平事功，特別是論證他的「通經致用」教育思想，在現實環境下的變化和演進。其二是透過張氏的著述，如《輶軒語》、《書目答問》、《勸學篇》等等，發掘其中「通經致用」的教育思想內涵。其三是述說張氏任撫督期間，如何在地方上積極興辦教育事業。其四是述說張氏晚年，如何擘畫晚清政教的發展，而在創新學制、廢除科舉、推行普及

教育、擴大西學範圍等方面,更是多所用心;後來他又提倡設立存古學堂,意在保存國粹、制衡西學。

三

我忝屬江同學的論文導師,知道她在撰寫論文的過程中,非常勤奮認真,努力搜集多量參考資料,並用心爬疏、整理相關資料,再從而作辨析及綜合的述論。細察這篇論文的內容,其中既有述證、辨析,又有裁斷、評論,可說是一篇內容充實、言而有據、有所考、有所見的學術論著。據知在論文答辯時,當時的校外評審者胡春惠教授(珠海學院文學院院長兼文史研究所所長)對江同學的研究成果,甚為推許,論文答辯完成後,即推薦她入讀珠海學院文史研究所的博士課程(最近江同學已順利取得博士學位)。另一位評審者,則是剛自臺北中央研究院史語所退休來新亞研究所出任所長的廖伯源教授,他對江同學的論文表現,也給予好評。

四

時隔多年,現在已有博士名銜的江同學,把她的碩士論文稍作調整、修訂,成為書的形式,請花木蘭文化出版社代為出版,並邀我為她的書寫序。我是她的碩士論文導師,當然義不容辭,就寫了這篇短文作介紹,讓讀者在閱讀本書時,有一個初步的印象。不過,讀者要切實了解本書的內容,還得要自己來閱讀。

二〇二四年二月

——原載江燕媚《張之洞「通經致用」教育思想研究》,花木蘭文化事業有限公司(2024年9月)

《平山探藝》第一、二輯讀後

　　莊志崗先生（平山人）《平山探藝》第一輯初版於2020年8月，今年《探藝》第二輯連同第一輯合集由集古齋出版（2024年3月），真是可喜可賀！

　　《探藝》第二輯的內容特色，一如我在第一輯的序文所說：可讀性高、資料充實、矜慎求證、圖片豐富[1]，限於篇幅，我當時只是摘要地舉出這幾項。現在我藉出席「新書發佈分享會」的機會，就書論書，再進一步談談，聊作芹獻。

　　讀《探藝》，不妨留意下列幾點：

一　時有通達之說

　　從《探藝》，我得到這樣的印象：莊先生對待藝術的基本看法，是「有傳承，才可以推陳出新」。他更引述高劍父（1879-1951）之言，表示任何藝術，「須把握時代性和民族性」，「再接收外來的特長」；他又認為，香港藝壇普遍「薄古厚今」的現象不理想，我們今後應該「做好文化遺產搶救和傳承工作」；也就是說，「厚今」其實不必「薄古」[2]。這些意見，我認為都不失通達，可供大家思考。類似通達之說，還有不少，不再一一舉述了。

1　參閱莊志崗《平山探藝》第一輯我所撰的序文，2020年8月普藝出版社（書港），目錄前。後第一輯重印，連同第二輯合集出版，2024年3月集古齋有限公司（香港）。
2　參閱莊志崗《平山探藝》第二輯，2024年3月集古齋有限公司（香港），頁64及72。

二　不自囿於門派

　　莊先生除了忙於工作、著述，也從事書畫創作。他學有師承，重視師教，平日的表現，是敬重老師、尊重同門。但在《探藝》中，他卻能「容納異己」，「認識異己之美」。任何藝術家只要有所長，他都能不論門派，不計名氣，公平地予以介紹、表揚。這種不自囿門派、不貶抑自己的態度，在書畫界是可貴的。

三　表隱發微存真

　　《探藝》提及好幾位書畫家，本身藝術造詣不低，甚至不弱於著名的同行，但卻不太為人所熟知。莊先生通過諸多途徑，想方設法，探尋、蒐集各種被人忽略而可信的資訊，表隱發微，為中國近現代的藝術發展，提供可靠資料，真符合秦嶺雲詩句的評語：「巧從遺佚探真貌」[3]。《探藝》一書，有不少篇幅，確有「探」本港藝壇「真貌」的功能。

四　關注本地藝壇

　　莊先生有志於「講好香港故事」[4]。「講」，不是憑口說，而是做實事，方法是盡力發掘、推介曾經活動於本港藝壇的藝術家，我們都知道，香港地方不大，居民來自四方八面，中國人中就有許多籍貫，藝術家也不例外。因此，莊先生下筆述論，關注的雖是本地藝壇，但能

---

[3] 秦嶺雲詩句，見莊志崗《平山探藝》第二輯《自序》的引述，同上，目錄前。
[4] 參閱同上。

心懷國家,放眼四海,以發揚中國藝術文化為宗旨,並不自我局限。

　　時間關係,不多說了,據知莊先生日後還會有《探藝》第三輯、第四輯⋯⋯的出版,不勝期待!

二〇二四年五月

(「《平山探藝》第一、二輯合集新書發佈分享會」發言稿,2024年5月10日)

《益智仁室詩說》序

　　我是新亞書院農圃道時期的學生，一九五六年入讀中文系（初名文史系），一九六〇年畢業。在這段期間，我修讀了曾克耑先生（1900-1975）任教的「詩選」，而當時何敬群先生（1903-1994）任教的，是「詞選」，後來他講授「詩選」時，我已畢業離校了。一九六五年，我為了取得英聯邦承認的中文大學學位，又回到新亞重讀一年，全力應付學位試。因此，我無緣追隨敬群先生學詩。現在回想起來，當時錯過了受教的機會，不無遺憾。不過，他刊登在報刊上的詩作和詩話，我倒讀過一些，但不多。今年夏天，聽說中大新亞書院要出版《益智仁室詩說》以作紀念，並約我為書寫序。當時我有點遲疑，因為自問對敬群先生的詩學所知不多，而自己又長久與本港的詩壇活動疏離。今年十月，我終於答應為《益智仁室詩說》寫一篇類近「讀後記」的短文，主要固然是因為陳煒舜教授拳拳邀約的誠意，同時我也想藉著這個機會，通過《詩說》全稿的閱讀，向敬群先生學習，讓自己可以稍補未曾受教的遺憾。

　　本書名為《益智仁室詩說》，是敬群先生著作的選刊，內含甲編《益智仁室論詩隨筆》和乙編《詩學纂要》。《詩學隨筆》正文五萬八千多字（含標點），內分八篇：風格、法勢、聲韻、辭采、詩體、詩題、詩病、雜記。內容主要是「雜寫古人詩法」、「上下漢晉唐宋之世，出入蘇、李、杜、韓之間」（先生自序語）。《詩學纂要》正文五萬五千多字（含標點），內分三部分：詩學導論、唐詩選讀、宋詩選讀。內容主要是對詩歌淵源、體制、律法、聲調及名家作品的介紹，目的

在為學生「開扃啟鑰以窺其祕，指路示途以助其行」，「要在易知易行，重在能讀能寫」（先生自序語）。我的印象是，無論是《論詩隨筆》或《詩學纂論》，都重視「詩法」，即學詩之法，只不過後者是課堂講義，對象是在學學子，因此有「能讀能寫」的期望；而前者的撰作對象，大抵是友朋、同道，以至是對詩歌有濃厚興趣的讀者，在述論中既顯示了敬群先生的學識，同時也蘊含了他的抱負和寄託。在閱讀本書全稿時，我留意到《隨筆》和《纂要》之後，附有兩篇論文，其一是《益智仁室論詩隨筆初探》（龍受證），另一是《何敬群詩學纂要初探》（陳煒舜），兩文內容周至翔實，我本不必再對本書多所述說。不過，既受命為本書撰寫讀後短文，姑且就閱讀所見說說，聊作芹獻。

本書既以「詩法」為重，又重視「能讀能寫」，我的讀後所記，自然會側重這方面的摘錄，如有偏失，或說明欠妥，那是我的責任，與原書作者無關。

關於學詩之法，《論詩隨筆・風格篇》云：

> 凡詩古文詞，學某人者貴學其意，而非學其貌，貴從其氣稟之所近而致力焉，乃能事半而功倍也。[1]

學前人之作，須學其意而不是貌，而用心致力的所在，「貴從其氣稟之所近」。《風格篇》又云：

> 詩之為藝，雖以工麗為優，而其要歸，則在能規風人之旨、得性情之正。[2]

---

[1] 見何敬群《益智仁室論詩隨筆》，1962年12月人生出版社（香港）初印本，頁6。
[2] 見同上，頁9。

這是說，詩的表現，須以意為重，要在「能規風人之旨、得性情之正」，辭藻「工麗」，不該是最先的考慮。

又《論詩隨筆・法勢篇》云：

> 昔人論詩法，括之以寫景、寫情之兩端。……兩者於詩法，雖不僭為軌儀，而實未盡其究竟。[3]

景和情，雖是「詩法」的軌儀，但仍有不足。補足之道，《法勢篇》云：

> 詩法不外空間、時間、感想與借題發揮四事之互為綜錯。[4]

可知「詩法」除了寫景、寫情，還有「四事之互為綜錯」，可以措意。

敬群先生論詩，很重視聲韻。《論詩隨筆・聲韻篇》云：

> 近體詩音律，不外平起仄起之四譜，知此四譜，則平韻仄韻、拗體變體，皆能得之心而應之手，皆能隨意運用而盡悠洋鏗鏘之妙矣。……能熟讀唐人詩百數十首，即能盡四譜之變化，則其正格、變格之音調，自然琅琅上口。[5]

敬群先生的意見是，多讀是掌握聲調格律的竅門。他在《詩學纂要・自序》中表示：學詩「能明於聲調格律而熟其規則，則十得四五」。在這個基礎上，再多讀唐宋詩二三百篇，就可以「十得六七」，加上

---

[3] 見同上，頁13。

[4] 見同上，頁15。

[5] 見同上，頁28-29。按：「悠洋」，一般作「悠揚」。

不斷試作,就可以「十得八九」,更進而泛讀魏晉詩作,涵濡《詩》、《騷》,於是就可以「言必己出,斐然成章」了[6]。

除了風格、法勢、聲韻,講「詩法」,辭采和詩病,也不可不留意。《論詩隨筆・辭采篇》云:

> 詩之句法,或四言、五言,或六言、七言,必須一句渾成,字字著力,不可添一字,亦不可減一字,乃為精鍊之章,然後句中無閒字,篇中無冗詞。[7]

上面的重要提示是:詩句須渾成。句中無閒字,篇中無冗詞,才是精鍊。《辭采篇》又云:

> 詩固須有警句,然必如人之眉目,與五官肌色,配合自然……故詩必渾成,然後顧盼生姿而有警句,否則是無鹽畫眉、嫫母學顰而已。[8]

詩中有警句,可動人心目,可為全詩增分,但須自然、渾成,與詩篇中各句配合,否則難可稱為優點,甚至反增其醜。這個意見,對過分用心追求警句的詩人,應該是切實有用的提示。

此外,留意詩病,自知「病」之所在,才會知道怎樣改進。《論詩隨筆・詩病篇》云:

> 今夫詩境自以能有創見,不襲陳言為佳,然當知運化之方,與

---

[6] 參閱何敬群《詩學纂要》,1974年9月遠東書局(香港)初印本,頁1。
[7] 見何敬群《益智仁室論詩隨筆》,頁39。
[8] 見同上,頁40。

融裁之巧,乃能創而非幻怪,新而非詭僻。[9]

詩境以能創新為佳,但「創」不是怪,「新」不是僻,重要的是知運化、融裁之道。為免詩病,《詩病篇》提供具體意見:

> 工部詩云:「新詩改罷自長吟。」此謂詩以能改為佳。又云:「詩成覺有神。」此謂詩以天成為佳……詩由興會,要在天機所動,信手拈來,故謂神來之作。……工部又言:「晚節漸於詩律細。」……詩既成,自檢討其時空感想,是否相訢合,是即細於律者也!再檢討其聲韻音節,是否相抑揚,是即所以須長吟者也![10]

上文以杜甫(712-770)詩句為據,說明詩作完成後須有適當的檢討及修訂,才可以減少詩病。所謂「新詩改罷自長吟」,是說詩以能「改」為佳,又要檢討聲韻音節,即講究「詩律」,所以須「長吟」,須檢討其時空感想是否訢合。而「神來之作」,往往出自天成,信手拈來。杜甫之說,經敬群先生提點,讀者就較容易領會了。

詩體方面,《詩學纂要》在「導論」中,用了扼要的文字,述說「詩之淵源及體制」[11],這些基礎知識,是初入詩學門檻的學子所需要的。這是「知來處,明去路」的教導。而《論詩隨筆・詩體篇》,也有這方面的述說,並舉述例證,呼應了「導論」的說明,限於體例,篇中明顯地涉及「詩法」的意見倒不多。不過在論及諸名家各體詩作的長短時,《詩體篇》也有原則性的提示:

---

9 見同上,頁79。
10 見同上,頁79-80。
11 參閱何敬群《詩學纂要》,頁1-4。

> 夫好而知其惡，惡而知其美，然後能得好惡之正，而知所取法。[12]

這個意見，透露了學詩的方法和門徑。

至於詩題，是詩作完成的一部分，《論詩隨筆・詩題篇》的提示很簡要，說：

> 詩之有題，猶人之有眉目，必朗秀清明，乃見神采。⋯⋯故詩題須精絜賅簡，毋取瑣碎冗長。[13]

這方面，敬群先生引述不少名家處理詩題之法作印證，足供大家參考。

本文根據《益智仁室詩說》一書的內容，介紹敬群先生談「詩法」的意見。文中引述的資料，以《論詩隨筆》為主，《詩學纂要》為輔。我的述說，只能算是個人的「蠡談」，恐怕未能充分顯示《詩說》的精要。「蠡談」，一般會有偏失，而且一定不深不廣，屬於所謂「識小」之類。「識小」自難入大家之目，但對有興趣讀詩或嘗試寫詩的年輕朋友，這篇短文，或許也會有些幫助罷？

二〇二四年十月

——原載《新亞生活》月刊等五十二卷第四期，香港中文大學新亞書院（2024年12月）

---

12 見何敬群《益智仁室論詩隨筆》，頁62。
13 見同上，頁65。

後記

　　讀書，對我來說，應該是我大半生生活的主要部分，為了讀書，就會買書、聚書，漸漸書愈聚愈多，最後，家裏處處是書之外，還得另找地方安置。近日偶然讀到何敬群遯翁先生（1903-1994）的《買書》詩，頗有感受。詩云：「囊有餘錢便聚書，年年不讀廢居諸。如何架上塵封徧，又置新編飽蠹魚。」詩中所述不斷買書不斷聚書、舊書還未讀遍新書又來的情況，與我的處境很相似。不過，既然手邊有書，隨時取讀，隨手寫寫讀後札記，便成了自己長久以來的習慣。札記所積漸多，選取部分擴充、改寫為較長篇論文，或維持短篇札記模樣，或以序跋和發言稿的形式出現，就很自然了。

　　本書收錄的長短文共有三十八篇，按性質分為四類：甲輯論經，乙輯說史，丙輯談文，丁輯則是序跋和發言稿，內容都是讀書後所撰成的篇章，或根本就是讀書札記，所以全書統稱為「讀書記」。「讀書記」上冠以「樸堂」室名，不過聊表「志之所之」而已。本書雖說按篇章性質分類，其實各類有相兼的情況，即論經、談文時或會涉及史，而說史有時也會涉及經或文，分類，或許可讓本書在編排上有較清晰的眉目，同時也方便讀者選讀。說到我讀的書，由始至終，都是實體紙本書，不是電子書，也不是網上書，因此家裏和工作室的書，經數十年積聚，已形成「泛濫成災」的現象，並為我造成「物累」的壓力，連向來寬容的家人也有微言。在他人看來，真是不可救藥的滯後分子！時人喜言「斷捨棄」，可是我「未敢廢書」和「未肯廢書」的習慣依然改不了，日常仍會讀讀寫寫過日子。本書的出版，就是例

證之一。可以說，本書是個人讀書後略有所見、偶有所思、或有所考的記錄，內容難以盡是，也不必盡是，只希望可引來一些不怕書、肯接觸書的讀者。

本書能順利出版，得感謝方滿錦校長與出版公司的聯繫和幫忙，又要感謝王慧儀博士為我的書稿打印、校訂。而出版公司編輯部諸君費神調整、編輯等等的辛勞，也一併在此致謝。時在深秋，早晚稍有微涼，但日間大段時間仍出現爭秋奪暑的炎熱。前人常說「秋涼好讀書」，現代人只好靠空調了。

於新亞研究所（香港）
二〇二四年秋

歷史文化叢刊 0602032

樸堂讀書記

作　　者	李學銘
責任編輯	丁筱婷
特約校稿	吳華蓉
發 行 人	林慶彰
總 經 理	梁錦興
總 編 輯	張晏瑞
編 輯 所	萬卷樓圖書股份有限公司
排　　版	林曉敏
封面設計	黃筠軒
印　　刷	博創印藝文化事業有限公司

發　　行　萬卷樓圖書股份有限公司
　　臺北市羅斯福路二段 41 號 6 樓之 3
　　電話 (02)23216565
　　傳真 (02)23218698
　　電郵　SERVICE@WANJUAN.COM.TW
香港經銷　香港聯合書刊物流有限公司
　　電話 (852)21502100
　　傳真 (852)23560735

ISBN 978-626-386-271-5
2025 年 6 月初版
定價：新臺幣 480 元

如何購買本書：
1. 轉帳購書，請透過以下帳戶
　合作金庫銀行　古亭分行
　戶名：萬卷樓圖書股份有限公司
　帳號：0877717092596
2. 網路購書，請透過萬卷樓網站
　網址　WWW.WANJUAN.COM.TW
大量購書，請直接聯繫我們，將有專人為您
服務。客服：(02)23216565 分機 610
如有缺頁、破損或裝訂錯誤，請寄回更換
版權所有・翻印必究
Copyright©2025 by WanJuanLou Books CO., Ltd.
All Rights Reserved　　　Printed in Taiwan

國家圖書館出版品預行編目資料

樸堂讀書記/李學銘著. -- 初版. -- 臺北市：萬
卷樓圖書股份有限公司, 2025.06
　面；　公分. -- (歷史文化叢刊；602032)
ISBN 978-626-386-271-5(平裝)

848.7　　　　　　　　　　　　114005564